W0371276

MÈRE PAR PRÉMÉDITATION

Thierry POCHET

Mère par préméditation

Éditions Baudelaire

Envois de manuscrits :
Éditions Baudelaire – 27, place Bellecour – 69002 Lyon

À Sophie,
pour qui cette histoire fut conçue,

À Jef,
grâce à qui elle a pris d'autres formes.

PROLOGUE

C'est un cauchemar que je faisais souvent quand j'étais jeune. Je suis chez moi. Dans mon souvenir, il n'y a personne avec moi. Mes parents sont partis, je ne sais plus où. Je regarde une émission scientifique à la télévision. L'origine du monde, le Big Bang, la matière, l'antimatière, tous ces machins-là. Je n'y comprends pas grand-chose. Je comprends quand même ce qu'un petit vieux à l'air triste, en blouse blanche, vient raconter : on s'appuie depuis des années sur des calculs erronés ; étant donné l'énergie contenue dans le Big Bang, la vitesse de développement de l'univers, et cetera, il n'a pas pu y avoir ni matière ni antimatière. Il n'a pas pu y avoir d'univers. L'univers n'existe pas. C'est une illusion, une vue de l'esprit.

Et, à l'instant même, tout disparaît. Tout. La télévision, le divan que j'ai choisi pour m'allonger, le salon, la maison de mes parents. Et, au-delà de la maison de mes parents, les voitures garées dans la rue, la rue elle-même et les rues voisines. Tout. Il ne reste que moi. Il n'y a personne avec moi, il fait tout noir et j'ai froid. C'est à peu près ce que je ressens depuis que je suis ici.

Il y avait bien du monde, ce jour-là, dans les couloirs du Palais de justice installé dans la résidence des comtes de Namur : des avocats, des couples en attente de leur divorce, des prévenus en attente de leur condamnation et même quelques curieux. Que faisaient-ils là ? Se réjouir au récit de quelque malheur, probablement. Il est un fait que le malheur, le malheur de la vie des autres, s'entend, est un puissant dérivatif pour oublier la médiocrité de la sienne. C'est pour ça que les files de voitures ralentissent en approchant d'un bel accident. Un malheur, un beau malheur, bien ciselé et bien poli, c'est le plus plaisant des spectacles.

Avec son mètre soixante, Maître Charles Miramar se disait qu'il ne trouverait jamais son interlocuteur dans cette cohue. Aucune chance, il n'apercevait qu'une foule d'épaules qui jouaient des coudes pour avancer, en menaçant à chaque fois de lui casser le nez. Il en serait quitte pour aller lui poser la question à son cabinet lundi. Ou bien il lui passerait un coup de fil. Mais Charles se dit qu'il aurait bien aimé l'interroger tout de suite.

La chance sembla pourtant se montrer encline à satisfaire les souhaits de Maître Miramar. Elle lui livrait la venue, depuis le bout du couloir, de l'interlocuteur qu'il espérait : Maître Vandevelde, un familialiste à l'air sempiternellement fatigué, avec ses souliers toujours mal noués et sa cravate défraîchie. Maître Miramar l'interpella familièrement :

— Eh ! Vandevelde ! Vandevelde !

L'autre s'arrêta comme une alouette frappée en plein vol. Il chercha à deviner qui avait pu le solliciter si familièrement dans tout ce brouhaha. Enfin, de derrière une grosse dame qui pérorait contre les décisions d'un juge, il vit émerger le petit bonhomme aux yeux pétillants de malice.

— Vandevelde, je dois absolument vous demander…

Maître Vandevelde tendit la main à son interlocuteur.

— Ah, bonjour, Maître Miramar.

Celui-ci serra la main de son vis-à-vis, un peu penaud. Pas de bonjour, un confrère interpellé directement par son nom de famille. Qu'est-ce qui lui prenait d'afficher cette familiarité à la limite de l'insolence ? Il avait si hâte d'avoir sa réponse qu'il en oubliait les convenances.

— Oui, pardon, bonjour Maître Vandevelde. Je voulais vous demander : c'est vous qui m'avez envoyé cette affaire ?

— Quelle affaire ? Celle de l'assassinat de… ? Oui, c'est moi.

— Vous faites du pénal, vous, maintenant ?

— Non, moi j'ai juste plaidé le divorce, c'est tout.

Maître Miramar comprenait mieux l'enchaînement des événements : le familialiste avait été sollicité par un client pour une affaire pénale et il avait passé la main. Quelque part, ça le rassurait. Aussi s'efforça-t-il de se montrer plus courtois.

— Je vous remercie d'avoir pensé à moi. Mais que voulez-vous qu'on plaide dans une affaire pareille ?

— Ça, je n'en sais rien. Je ne suis pas pénaliste.

— Écoutez, c'est très aimable à vous de penser à moi pour une affaire mais je crois que je ne vais pas la prendre.

Cela surprit bien Maître Miramar mais il lui sembla voir passer une ombre de déception sur le visage de Maître Vandevelde. Celui-ci prit Charles par le coude et l'entraîna dans la pénombre feutrée du bout du couloir.

— Vous connaissez le dossier, Maître Miramar ?

— Non, je n'ai pas encore eu le temps, je débarque dans l'affaire.

— Je serais vous, je commencerais par une première rencontre. Une visite en prison. Vous allez ouvrir de grands yeux, Maître, croyez-moi.

L'autre ne parut pas convaincu.

— Je ne sais pas, oui, peut-être. Enfin, je veux dire, j'irai peut-être, je verrai bien.

Charles s'avisa à cet instant que, depuis leur poignée de mains, Maître Vandevelde ne l'avait pas lâché. Il semblait curieusement insistant.

— C'est une affaire passionnante !

Discrètement, sans que ça passe pour une nouvelle brusquerie de sa part, Maître Miramar ôta sa main de l'étreinte de son confrère.

— Je verrai. J'irai peut-être.

Il s'éloignait déjà quand les mots de Maître Vandevelde le firent se retourner.

— Croyez-moi, Maître Miramar. C'est pour plaider des affaires comme celle-là que vous faites du droit !

Le jour déclinait déjà quand Charles Miramar gara sa voiture devant l'immeuble qui abritait son cabinet. Il eut la bonne surprise de voir que les bureaux étaient encore allumés : Luigi était encore là ; ça lui ferait du bien de parler avec quelqu'un après sa visite à la prison.

À peine eut-il franchi la porte que la voix de Maître Luigi Corda, son associé, dont la pointe d'accent italien roulait délicieusement les R, l'accueillit.

— Ne me dis pas que tu en reviens. Pas encore !

Charles était parfois exaspéré par l'accent chantant de son associé. Il ne comprenait pas pourquoi Luigi ne faisait pas tout pour le perdre. Quelques cours de diction chez une bonne logopède et le tour serait joué. Un jour, pensait-il, il serait moins crédible au cours d'une plaidoirie si, au moment le plus poignant, son accent faisait rire un juré. Et puis il ne comprenait pas ce qu'un avocat italien faisait ici. Luigi lui avait déjà expliqué cent fois, pourtant. Une arrivée de sa famille en provenance d'Italie, pour travailler dans les mines, en Belgique, et les parents qui se saignent aux quatre veines pour envoyer leur rejeton à l'université. Bon, ce n'est pas que ça ne l'intéressait pas mais… En fait, si, il s'en fichait. Ce qui le cueillit sur le pas de la porte, ce ne fut pourtant pas l'accent de son associé. Mais le ton de lourd reproche qui accompagnait les paroles.

— Que je reviens d'où ? demanda innocemment Maître Miramar.

— De la prison de Berkendael, tempêta Maître Corda de sa voix de baryton italien. Toujours cette affaire, hein ? Ne me dis pas que tu vas la prendre !

Charles Miramar, qui comptait sur le soutien de son associé, comprit que ce n'était pas gagné ! En fait, il allait falloir commencer à plaider dès maintenant.

— C'est une affaire passionnante, mon vieux !

Cet argument, qui pour Charles aurait dû clore la discussion, ne semblait pas convaincre son associé.

— Tu sais combien d'affaires passionnantes tu as déjà perdues, Charles ?

D'accord, il voulait la jouer comme ça. Il semblait à Maître Miramar que, sur ce terrain-là, il avait de quoi se défendre.

— Est-ce que tu sais aussi combien j'en ai gagné ?

Mais ça ne parut pas impressionner Maître Corda.

— Moins. Et quand tu les gagnes, ils n'ont pas les moyens de payer tes honoraires.

Maître Miramar fit la grimace. Non ! Tout mais pas la question de l'argent. Charles Miramar était un pénaliste brillant, surdoué même. Quand il plaidait, tout le monde retenait son souffle. On l'écoutait dans le plus grand silence. Déjà très calé dans la tenue de ses dossiers, plus redoutable débatteur encore. Mais, pour ce qui était de facturer ses prestations à ses clients, il était le plus désordonné des hommes. Sans Luigi qui s'occupait de toute l'intendance, il aurait dû mettre la clé sous le paillasson depuis bien longtemps. Charles déborda de franchise.

— Je vais te dire quelque chose qui va beaucoup ébranler tes valeurs personnelles, Luigi. Je ne fais pas ce métier uniquement pour gagner de l'argent ; je fais ça d'abord parce que ça m'excite !

— D'accord, Charles. Payer le loyer du cabinet, ce n'est pas excitant. N'empêche que si on ne peut plus le faire, on fera comment ?

En fait, toutes les affaires pratiques, concrètes du cabinet étaient gérées par Luigi. À commencer par les questions financières. Avocat solide, très structuré, organisé, un peu moins brillant à l'oral, surtout à cause de ce fichu accent, Maître Corda était le complément idéal de Maître Miramar. Chacun d'eux, sans l'autre, n'aurait pas eu la même carrière et ils le savaient. Sans que ce soit prémédité, Charles prit la tangente.

— Son histoire m'a tellement touché. Son désarroi. Sa solitude en prison, au milieu des voleuses et des trafiquantes.

— Tu te rends compte que tu n'as aucune chance de gagner quand tu plaideras ça ? fit doucement Corda, toujours professionnel.

La chose qui fut la plus évidente dans cette phrase, aux oreilles de Charles, c'était que Luigi s'inclinait : il admettait déjà que son associé plaiderait l'affaire.

— Mais, tu es de quel côté, toi ? Du mien ou de celui du Procureur général ?

— Justement, à propos de Procureur, tu sais qui a été désigné dans ce cas précis ? Thierry Lagasse !

— On aura intérêt à avoir du talent avec un adversaire pareil !

— « On » ?

Maître Miramar mit la main sur l'épaule de son associé.

— Toi et moi, mon vieux Luigi ! Tu ne crois tout de même pas que je vais travailler tout seul sur un dossier comme celui-là !

Et, en un instant, la paire d'amis fut reconstituée. Ils iraient au casse-pipe ensemble ! La tête brûlée du droit et le raisonnable. Quelque chose comme Roland de Roncevaux et Olivier.

Luigi ne savait pas ce qui l'énervait le plus : que Charles gagne chacun de leurs conflits professionnels parce qu'il finissait toujours par s'écraser ; ou de voir à quel point le talent de Charles semblait lui donner un plaisir immense quand lui restait le besogneux appliqué.

Plusieurs mois étaient passés. Maître Miramar était retourné bien souvent à la prison et l'affaire lui paraissait vraiment exceptionnelle. Même s'il savait bien qu'il n'avait aucune chance de la gagner. Mais non, râlait-il contre lui-même, tu ne dois pas dire ça. Tu vas gagner !

Tu vas tout faire pour gagner ! N'empêche qu'aux termes de la loi, c'était plié, c'était foutu !

Ce jour-là, il se présenta au palais plus d'une demi-heure à l'avance tant il craignait d'être en retard. Il manqua même, anxieux comme il l'était, d'agonir d'injures Luigi Corda qui arrivait, tout tranquillement, bien après lui. Luigi fit observer à Charles qu'il était encore en avance sur l'heure qu'on leur avait donnée et celui-ci fit un effort pour maîtriser sa nervosité.

C'est qu'on procédait ce jour-là à la sélection qui allait désigner les douze jurés effectifs et les douze jurés suppléants. L'avocat de la défense, comme celui de la partie civile du reste, avait le droit de récuser un certain nombre de candidats jurés sur base de critères à leur discrétion. Selon ce qu'on percevait de l'affaire, chacun pouvait tenter de se composer un jury qui lui serait favorable. Davantage d'hommes, de femmes, pas de personnes trop âgées, pas de trop jeunes non plus en fonction de ce qu'on imaginait comme caractéristiques inévitablement attachées à ces catégories de personnes.

La voix du Président Métivier annonça l'appel de la candidate jurée suivante : une certaine Alice Pirson. La jeune femme qui se leva avait l'air bien sous tous rapports : bien coiffée, bien habillée sans ostentation, un visage franc et ouvert. Charles Miramar la détesta immédiatement. Une gamine qui n'a rien vu de la vie, qui n'a pas souffert. Des chaussettes bien montées, sans faux pli, sur ses chevilles de première communiante. Une certaine droiture, certes, mais une droiture pleine de raideur, à peine sortie de l'enfance. Le Président Métivier lui demanda si elle avait bien lu la brochure sur les droits et devoirs des jurés. Elle répondit que oui, très attentivement, parce que c'était important, la vie d'une personne était en jeu. Une vraie première de classe. Une tête à claques, pensa Miramar.

— Dites-moi, vous avez une bien jolie bague, fit observer le pénaliste en désignant un solitaire qui avait dû coûter un beau petit matelas de billets à un amoureux qu'on devinait tout aussi terne et bien peigné.

Miramar trouva que la tête à claques rougissait comme une petite coquine.

— Oui, c'est un cadeau de Paul, mon fiancé, balbutia la première communiante.

Maître Miramar la moucha avant même qu'elle ne comprenne ce qui lui arrivait.

— Je vous souhaite beaucoup de bonheur, Mademoiselle Pirson. Je vous récuse !

La jeune femme ne comprenait pas ce qu'on lui voulait et n'avait pas saisi qu'elle ne serait pas jurée dans ce procès. Il fallut que le Président Métivier lui explique et que le greffier l'emmène vers la sortie. Alors que le Président continuait à appeler les candidats jurés, Luigi Corda fit observer à son associé que cette petite lui semblait très bien pourtant, et que c'était fini, ils avaient épuisé toutes leurs récusations. Charles répliqua que ça lui était égal, qu'il avait consulté la liste et que les autres étaient plus âgés.

— Oui, elle était bien, cette petite, poursuivit Maître Miramar mais trop. Trop bien. Une idéaliste qui croit en la justice, c'est le pire juré qui soit quand on est avocat de la défense. Celle-là, poursuivait-il, elle allait se marier, rentrer dans le rang, avoir deux enfants dans les cinq ans. Elle deviendrait intéressante dans quinze ans, quand elle dormirait moins bien parce qu'elle s'inquiéterait pour ses gosses. Quand son Paul aurait commencé à boire un peu trop en sortant avec ses potes. Quand il l'aurait trompée.

— C'est beau la vie, quand on t'écoute, répliqua Luigi avec une ironie que Charles ne perçut pas.

— Parce que tu la trouves toujours belle, la vie, toi ? Change de métier, mon vieux ! Pas de jeune, pas d'idéaliste pour une affaire comme ça ! Je veux des malheureux, des divorcés, des cabossés ! Des types qui ont du mal à payer la pension alimentaire. Des bonnes femmes que les caprices de leurs gosses rendent dingues ! Qu'est-ce que cette gamine pouvait comprendre à une affaire comme celle qu'on va plaider ?

Luigi Corda enchaîna avec douceur.

— Je ne t'ai jamais vu comme ça ! Tu es tendu comme une corde de violon !

— Il n'y a pas que moi ! Regarde Madame Monsieur, il a les mains qui tremblent !

— Regarde qui ?

Maître Miramar lui expliqua que c'était le surnom que des journalistes avaient donné au Président Métivier : le Président Madame Monsieur. Comme il était d'une grande courtoisie avec les accusés, toujours à les appeler Madame ou Monsieur Untel, jamais à dire brusquement « Accusé, levez-vous », un chroniqueur spécialiste des affaires judiciaires l'avait surnommé le Président Madame Monsieur et depuis tout le monde l'appelait comme ça. Charles fit observer à son associé les mains de Madame Monsieur : il tapotait sans cesse le banc. Pour cacher qu'il avait les mains qui tremblaient. Charles Miramar le connaissait bien : il savait bien que cette affaire devait le déstabiliser. Métivier était un type hypersensible, arrivé assez récemment dans les affaires pénales en provenance d'un autre type de juridiction et Miramar pensait qu'il n'aurait jamais dû accepter cette promotion. Une affaire pareille, ça devait l'empêcher de dormir. C'était une belle affaire de merde alors elle devait empêcher tout le monde de dormir.

— Tu comprends, Luigi ? C'est une affaire en or mais c'est une affaire de merde !

Luigi acquiesça. Une affaire qui empêchait tout le monde de dormir, ça devait être une sale histoire !

PREMIÈRE PARTIE

C'était l'histoire d'une famille comme les autres. L'histoire d'une famille qui aurait dû rester comme toutes les autres, mon vieux.

Emmanuelle et Jason s'étaient rencontrés à la fac, à Namur. Ils ne suivaient pas les mêmes études, non, puisque lui abordait un cursus à la faculté des sciences économiques et de gestion tandis qu'Emmanuelle étudiait les sciences biomédicales. Le programme de l'université avait cependant décidé de les associer dans le même amphithéâtre pour suivre le même cours de philosophie, le jeudi, de quatorze à seize heures. Vers quinze heures, à la pause, Jason, que ces abstractions théoriques touchaient peu, proposa à ses condisciples de sécher la deuxième heure de philo et d'aller boire un verre. Seule Emmanuelle l'avait suivi et ils finirent dans la chambre d'étudiant du garçon. La semaine suivante, à l'heure où le prof de philo parlait du plaisir à enseigner la Critique de la raison pratique, eux trouvaient plus pratique et plus jouissif encore de se donner directement rendez-vous dans la chambre de Jason. Et quand le cours explorerait les régions de l'être sartrien, ils seraient en pleine exploration de leurs zones érogènes. Chacun son truc.

Leur relation commença donc par une forte attirance et un plaisir sexuel partagé. Jason aimait beaucoup les filles qui ne faisaient pas de jérémiades avant de coucher. Et Emmanuelle, qui trouvait ce grand garçon très attirant, était à l'aise avec son corps et ne voyait pas de raison de ne pas faire l'amour immédiatement si elle en avait envie. Pourquoi coucher le premier soir si on peut coucher l'après-midi ? disait-elle avec malice.

Ils se trouvaient si bien ensemble qu'ils restèrent ensemble, bachotèrent cette connerie de cours de philo dont ils n'avaient suivi au total que la première heure mais qui leur avait valu de se rencontrer, fêtèrent au resto la réussite médiocre de leurs deux examens avant de rentrer se glisser sous les draps. Plutôt levrette que Levinas, ajoutait Jason. Chacun son truc.

De fil en aiguille, ils finirent par faire ce qu'on appelle aujourd'hui sortir ensemble et ils réalisèrent qu'ils ne faisaient pas que coucher ensemble mais qu'ils étaient ensemble avant même que cette idée leur traverse l'esprit. Il avait une petite amie, elle avait un copain.

Arriva donc la phase toujours délicate de la présentation de l'élu de son cœur à sa famille. Phase qui se résuma pour Emmanuelle, qui avait perdu ses deux parents coup sur coup au sortir de l'adolescence, à lui présenter sa grande amie Alessia, une jolie brune au sujet de qui Jason ne put s'empêcher de faire des réflexions graveleuses qu'Emmanuelle eut le bon goût de prendre pour de simples plaisanteries.

De son côté à lui, la tâche parut plus ardue : Jason était le dernier d'une fratrie de quatre garçons, fils d'un colonel retraité gai comme une porte de prison. Le colon avait perdu la colonelle quand Jason, le petit dernier, avait treize ans et, depuis, il faisait vivre la famille dans une grisaille aux couleurs du deuil et du souvenir. Avec pèlerinage sur la tombe imposé le jour anniversaire du décès de la mère. Jason retarda donc la présentation de sa copine de trois semaines, par crainte qu'elle ne se voie imposer, en guise de cadeau de bienvenue dans la famille, l'expédition annuelle au cimetière. Jason se disait que, si grand que soit leur plaisir au lit, il ne résisterait pas à pareil traitement. Il faut dire que ses belles-sœurs étaient rentrées dans le rang et s'appuyaient, elles aussi, la macabre excursion annuelle pour aller déposer des couronnes sur la tombe de la colonelle.

La conclusion logique de cette histoire fut un grand mariage, dont les fastes éblouirent Emmanuelle. Il faut dire que l'ex-colonel avait du bien de famille, les moyens de louer une salle prestigieuse et qu'il accepta de supporter tous les frais du mariage puisque sa nouvelle belle-fille n'avait plus de famille. Avec toutefois une certaine condescendance, un côté franchement hautain pour les gens moins gâtés par la vie. Pour qu'il y ait des invités du côté de la mariée aussi, ils battirent le ban et l'arrière-ban de tous leurs amis, de l'université et d'ailleurs. Tous ces jeunes gens s'amusèrent comme des fous jusqu'aux petites heures du matin, les mariés ne se décidant à rentrer dans leur appartement à Jambes que sur le coup de quatre heures bien sonnées. Leur départ du lieu de la fête se fit dans un manque absolu de discrétion puisque la salle louée était située en hauteur, non loin de la Citadelle, et qu'un petit malin avait eu l'idée de brancher la commande du klaxon sur les freins. Ils klaxonnèrent ainsi tout le long du trajet avant d'aller s'effondrer sur leur lit où Jason fit évidemment sauvagement l'amour à une Emmanuelle qui ronronnait de plaisir comme une jeune chatte alors qu'elle sommeillait déjà. Elle se disait que, quand la vie commençait à être belle, elle pouvait être très belle !

Une des choses qui l'aidait aussi à trouver la vie agréable, c'était l'argent disponible dans sa belle-famille. D'autant que Jason, hormis une inaptitude crasse à la philosophie, était brillant : il s'était assez vite fait engager après ses études dans une grosse entreprise multinationale, avait gravi les échelons avec une apparente facilité et obtenu un poste dont le salaire faisait écarquiller les yeux d'Emmanuelle chaque fois que la question était évoquée. Ce n'était certes pas son propre poste, qui consistait à concevoir les menus du restaurant universitaire de la ville de Namur, qui pouvait prétendre rivaliser avec ces sommets ! Alors, elle avait assez vite appris le luxe. Elle se trouva même particulièrement douée : l'initiation aux bonnes tables dans les meilleurs restaurants, aux étoffes de luxe et aux vêtements bien coupés, sans parler des vacances au soleil en hiver lui avait semblé un apprentissage facile dont elle s'était tirée haut la main ! Un des plaisirs qui avait le plus ravi Emmanuelle était de pouvoir disposer de places, de très bonnes places même, à l'opéra à Bruxelles, à la Monnaie, qu'ils se mirent à fréquenter assidûment. Ces spectacles hauts en couleurs, ces arias émouvantes, ces voix divines la menaient au septième ciel. Jason l'accompagnait chaque fois mais, fidèle à une habitude prise en d'autres lieux, il proposait systématiquement à son épouse de partir à l'entracte pour aller boire un verre, voire plus si affinités. Emmanuelle déclinait chaque fois, disant qu'elle voulait voir la fin du spectacle. Lui rétorquait que c'était toujours pareil, reprenant le bon mot prêté à George Bernard Shaw affirmant que l'opéra raconte constamment comment le baryton veut empêcher la soprano de coucher avec le ténor. Emmanuelle admettait en riant que c'était vrai mais ajoutait en retournant s'asseoir dans la salle qu'elle voulait ne rien perdre de ces sublimes voix. Ils assistaient à la fin de l'œuvre et rentraient chez eux où, malgré l'heure tardive, ils trouvaient encore la force d'exécuter l'intermède que Jason aurait bien vu en lieu et place du deuxième acte.

Car, en dehors de leurs exploits partagés sous la couette, ils n'étaient d'accord sur à peu près rien : question sport, elle pratiquait le taï-chi et un peu de yoga quand lui préférait le vélo et la varappe aux rochers de Freÿr. Ils n'allaient plus au cinéma ensemble parce que ça finissait chaque fois en dispute : il était en effet difficile de concilier cinéma d'auteur pointu et blockbuster d'action américain. Ils avaient essayé une fois un film d'un obscur réalisateur asiatique et l'expérience avait beaucoup déstabilisé Jason : sa femme avait passé l'essentiel de la séance à pleurer. Pour lui, ça dépassait tout ce qui était concevable : on ne pleurait pas au cinéma, point à la ligne. Il faut dire que, pour Jason, tout ce qui ressemblait de près ou de loin à une émotion, c'était un continent inconnu. Héritage sans doute d'une enfance et d'un père trop stricts qui avait affirmé plus d'une fois qu'un homme, ça ne pleure pas ! et que, nom de Dieu, il n'y avait que les bonnes femmes et les hystériques pour pleurer.

Il n'y avait que sur la personnalité du beau-père d'Emmanuelle qu'ils se retrouvaient : celle-ci avait commencé à distiller sur l'ancien colonel un lot de plaisanteries de bas étage qui visaient à stigmatiser son côté autoritaire et sa tristesse permanente. Et Jason, qui ne s'était jamais révolté contre son père, qui n'aurait jamais désobéi à un de ses ordres, riait chaque fois plus fort de ces blagues assez grasses. Emmanuelle affirmant par exemple que si son beau-père n'était jamais parvenu à passer l'aspirateur, c'était à cause du balai. Elle laissait son mari chercher quelque temps le rapport entre ce balai et cet aspirateur jusqu'à ce qu'elle finisse par lâcher qu'en fait de balai, elle visait celui qu'il avait dans le cul et qui l'empêchait de se courber jusqu'à nous, simples mortels. Et Jason de rire de plus belle.

Une seule chose manquait pour que ce bonheur puisse être complet : c'était évidemment l'arrivée d'un enfant. Au bout de deux ans, ils finirent par aller consulter pour s'assurer que tout fonctionnait bien ; quand la gynécologue affirma que, du côté d'Emmanuelle, tout était normal et qu'elle suggéra qu'ils aillent consulter un andrologue, Jason entra dans une colère noire, traita la praticienne de mal baisée et partit en claquant la porte. Emmanuelle eut toutes les peines du monde à le calmer en lui disant que non, elle n'avait pas mis en cause sa virilité ni affirmé que dans sa famille il pouvait y avoir un problème. Pour lui, l'équation était simple : Emmanuelle était fille unique, de son côté ils étaient quatre garçons, chacun de ses frères avait déjà un ou plusieurs enfants, le problème ne pouvait donc pas venir de chez lui.

Et puis, à force – il faut bien reconnaître qu'ils mettaient beaucoup d'énergie à pratiquer – leurs souhaits furent exaucés et Emmanuelle mit au monde un gros garçon de près de quatre kilos dont ils décidèrent assez vite, vu les difficultés rencontrées pour l'avoir, qu'il resterait fils unique.

La maternité fut un de ces moments qui déçut Emmanuelle : elle aimait Nicolas, bien sûr, elle l'aimait de toutes ses forces, elle se serait fait tuer pour lui mais elle ne se sentit pas comblée comme elle l'avait imaginé. Elle espérait une sensation d'amour total, quelque chose qui vous bouleverse et embrase tout sur son passage et Nicolas était là, simplement, c'était tout. Elle regardait le nourrisson dans son berceau sans parvenir à bien réaliser que cette petite chose braillarde était sortie d'elle. En plus, il eut des coliques, passa bon nombre de nuits à pleurer et Emmanuelle, épuisée et remuée, se demandait pourquoi les humains, dès qu'ils étaient en couple, étaient si nombreux à souhaiter des enfants.

Elle se souvenait qu'elle avait éprouvé quelque chose de similaire durant leur voyage de noces : elle avait pleuré le soir de leur visite au Taj Mahal. Elle attendait ce moment depuis si longtemps, il lui semblait que ce devait être exceptionnel et voilà que ce jour-là, il faisait gris, la pierre du monument ne semblait pas aussi blanche que sur les photos des guides et le site était noir de monde. Elle espérait un instant fabuleux et ça avait été un instant qui avait été, voilà tout.

Malgré tout, Nicolas finit par passer ses nuits ; il grandit, entra dans l'adolescence ; et le couple formé par ses parents ne connut pas de turbulence notable jusqu'à l'approche de la quarantaine.

Un soir, à l'entrée de l'automne, à l'heure où les jours commencent à raccourcir, à l'heure où il commence à faire maussade et où l'on ne songe qu'à se réfugier chez soi, Emmanuelle et Jason étaient occupés à une activité bien innocente héritée du début de leur relation : une gigantesque bagarre d'oreiller, prélude à une réconciliation sur l'oreiller. Alors qu'il croyait avoir frappé le coup de grâce, Jason demanda à Emmanuelle si elle s'avouait vaincue mais celle-ci, qui n'avait pas dit son dernier mot, prit son élan et asséna une volée de plumes à son mari à coups de « Tiens ! Prends ça ! Et ça ! ». Dans un grand geste, elle fit tomber un vase qui trônait sur un petit meuble à côté de la porte, un vase affreux, dans une porcelaine grisâtre, dont elle n'avait jamais compris ce qu'il faisait là, qui tomba au sol et se brisa en mille morceaux. Bon débarras, pensa-t-elle, il était hideux !

— C'est pas une raison pour t'en prendre aux souvenirs de mes parents, fit Jason dans un étrange mélange de rire et d'affliction.

C'était un cadeau de ma mère, ce vase ! Mon père me l'a donné à sa mort avec beaucoup d'émotion.

Emmanuelle considéra froidement les morceaux par terre et ne put s'empêcher de remarquer que ce vase était ultra moche. Jason l'admit sans difficulté mais ajouta que ça n'autorisait pas pour autant sa femme à baisser sa garde. Et il se mit à l'attaquer de plus belle avec son coussin. Elle trouvait qu'il y allait franchement, avec beaucoup de conviction et elle se demanda un instant s'il ne lui en voulait pas d'avoir fait tomber et d'avoir cassé le pieux souvenir.

— Bah, on lui dira pas, fit-elle haussant les épaules.

— Qu'on a cassé son vase ? La pauvre femme, elle se retournerait dans sa tombe !

Emmanuelle rectifia avec cruauté.

— Non ! À ton père ! Que son vase était horrible et qu'on l'a cassé exprès !

— Parce que tu l'as fait exprès, petite salope ?

La violence du coup d'oreiller lui fit comprendre que le jeu érotique virait au règlement de comptes.

— Tu te rends compte que son veuvage lui pèse, à ce pauvre homme ?

— S'il commençait par raser cette affreuse moustache ! C'est pas avec ça qu'il va attirer une femme !

— Ma mère l'aimait avec cette moustache ! Pour lui, la raser, ce serait comme un sacrilège.

— Il y a quelque chose que je n'ai jamais compris chez ton père : il a perdu sa femme à quarante ans. Depuis, c'est comme s'il avait définitivement fermé la lumière.

Il eut l'air furieux. Emmanuelle se demanda s'il n'allait pas la gifler.

— Puisque c'est comme ça, c'est moi qui vais la fermer, la lumière !

Et sans transition, à sa grande stupéfaction, Jason avait éteint sa lampe de chevet, avait remonté le drap sur ses épaules et s'était tourné, dos à sa femme. Ils ne firent pas l'amour ce soir-là, chose assez exceptionnelle pour être signalée.

Quelques jours plus tard, Emmanuelle se rendit compte qu'ils approchaient des vingt ans de leur rencontre, c'est-à-dire des vingt ans de ce cours de philo dont ils avaient séché la deuxième partie. Pareil événement méritait bien un gros cadeau, non ? Après avoir cherché quelque temps une cravate ou une paire de souliers d'une très grande marque, bref, le genre de cadeau qui tenait dans une boîte, elle finit par se dire que le plus beau présent serait un voyage à l'autre bout du monde. Elle contacta une agence de voyages de Namur où elle se laissa séduire par un séjour hors des sentiers battus ; malheureusement, pour bénéficier de la promo, il fallait se décider vite et Emmanuelle, qui aurait aimé en parler à Jason, dut signer le contrat sur-le-champ. Le soir dit, elle alla chercher les billets d'avion et tous les prospectus sur cette destination de rêve qu'elle avait trouvée. Jason fut d'abord marri de se présenter le jour anniversaire de leur rencontre les mains vides ; Emmanuelle fut belle joueuse, admettant que les femmes sont plus romantiques que les hommes, qu'elles pensent davantage à organiser ce genre de surprises et se souviennent davantage des dates d'anniversaire et elle offrit l'enveloppe contenant tous les documents. Ils passèrent le reste de la soirée au lit, blottis l'un contre l'autre, à lire le moindre prospectus de voyage jusqu'à la dernière ligne.

— Et après, on peut reprendre le bateau et traverser la baie !

— Ça a dû te coûter un bras, non ?

Jason était touché de la gentillesse de sa femme, d'autant plus que (il avait vérifié) aucune grosse somme n'était sortie de leur compte commun et elle avait dû payer son cadeau rien qu'avec ses revenus, bien moins élevés que ceux de son mari. Elle gagnait moins que lui, c'est bien ainsi qu'il l'entendait, c'était comme ça que ça devait être. Mais si, dans un couple, le mari voulait gagner plus que sa femme, il devait aussi admettre qu'elle ne pouvait lui faire de si beaux cadeaux.

— Ne t'inquiète pas, j'ai mis un peu d'argent de côté, j'ai largement les moyens de t'offrir ce voyage.

Elle continuait à se noyer dans les images de son guide.

— Tu as vu ces couleurs ? C'est extraordinaire ! Alessia en revient, elle disait qu'il y avait plein de petits musiciens dans les rues !

Mais tout d'un coup, une angoisse inexprimable remplaça le contentement sur le visage de Jason.

— On part quand ?

La conne ! Elle avait pris son voyage le jour de l'anniversaire ! Sans rien demander, elle avait voulu se débrouiller. Mais quelle idiote ! Comment elle s'imagine qu'il me laissera partir ! Elle la connaît pourtant, la date, cette conne ! Mais il savait comment faire : il ne dirait rien ! Elle devrait comprendre d'elle-même que c'était impossible. Et puis elle n'aurait qu'à faire jouer son assurance annulation.

Emmanuelle détestait y aller. Chez son beau-père, cette grande bâtisse sur les hauteurs de la capitale wallonne, tout était triste. Même son intérieur était triste : le tapis marronnasse, la nappe grise, le carrelage beige. Rien qui sortait de cette monotonie terne. Par provocation, elle avait mis une robe rouge mais elle savait bien que ce serait la seule tache de couleur de la journée. Elle abhorrait ces réunions du dimanche qui rassemblaient toute la famille. Les enfants allaient encore s'éclipser et disparaître dans les chambres où ils feraient Dieu sait quoi. Les grands resteraient à table où seraient disséqués et analysés les moindres mouvements de la géopolitique. À dix-sept heures, sans être sorti de table, on prendrait le thé, toujours le même, un earl grey, dans un service aussi terne que le vase qu'elle avait cassé l'autre jour. Et puis, on serait enfin autorisé à lever le camp et à rentrer chez soi. Mortel.

Seulement, il n'avait pas fallu attendre pour que ça dérape. Dès l'apéritif, l'ancien colonel avait ouvert des bouteilles de coteaux du Layon en précisant que c'était le vin préféré de sa défunte. Ça faisait une belle jambe à Emmanuelle qui détestait les blancs trop sucrés. Puis il avait ouvert une chemise en carton qui avait autrefois dû être brun sale et qui était maintenant brun sale délavé ; avec dévotion, il en avait sorti des billets de train (sa femme était originaire du fin fond de la province du Luxembourg) en prenant la parole.

— J'ai tout réservé : on prend le train à huit heures quarante-sept. La cérémonie est à onze heures, j'ai reçu la confirmation de l'abbé Bouillon. Après, j'ai réservé une table au Petit Barcelone. Ensuite, on va au cimetière et on reprend le train pour rentrer à dix-huit heures quarante-neuf.

Jean-Marc, un des frères de Jason avait tenté un sourire.

— Bon. Ben, c'est sans surprise, finalement. C'est comme chaque année.

Mais ça n'avait pas l'air de dérider le colon.

— Évidemment que c'est sans surprise ! Où veux-tu mettre de la fantaisie là-dedans ? C'est l'anniversaire de la mort de votre mère, pas une joyeuse sauterie.

Emmanuelle se dit que les mots « joyeuse sauterie », dans la bouche de son beau-père, avaient vraiment quelque chose d'incongru. Mais qu'est-ce que Jason attendait pour parler ? C'était à lui de le faire !

— Et cette année, ce sont les trente ans de sa disparition. Sinistre anniversaire. Je tiens vraiment à ce que tout soit impeccable.

Puisqu'il n'y allait pas, elle allait devoir le faire elle-même. Satané lâche ! Emmanuelle se racla la gorge.

— Eh bien, cette année, Jason et moi, on ne viendra pas. Désolée.

Emmanuelle se dirait plus tard qu'elle n'avait jamais vu un visage comme celui que son beau-père affichait en cet instant. Un étrange mélange de fureur, d'indignation et d'incrédulité. Il est vrai que le beau-père se disait au même moment qu'il n'avait jamais entendu ça. Un mélange obscène d'impudence et d'indécence.

— Je te demande pardon, Emmanuelle ? Ce sont les trente ans de la mort de la mère de Jason et tu penses sérieusement que vous pourriez ne pas être présents ?

Mais qu'est-ce qu'il attendait pour voler à son secours, Jason ? Qu'il dise quelque chose au lieu de fixer la pointe de ses pompes ! Mais non, rien. Il laissait Emmanuelle se démerder toute seule.

— On a réservé un voyage pour nos vingt ans. Un voyage très coûteux.

— Vous vous êtes mariés au mois d'août.

— Oui, on s'est marié au mois d'août mais ce sont pas nos vingt ans de mariage, ce sont les vingt ans de notre histoire. Notre histoire à nous ! C'est un voyage pour célébrer notre histoire.

Emmanuelle s'attendait à peu près à tout sauf aux deux syllabes qui tombèrent comme un couperet.

— Annule !

— Annuler le voyage ?

— Ou partez plus tard.

— Ce n'est pas possible. Mais vous le faites chaque année, votre pèlerinage. C'est pas pour une fois !

Un silence de mort planait sur la table. Personne n'osait prendre la parole dans un événement absolument inédit : quelqu'un tenait tête à papa ! À la manière dont il distilla les syllabes, tout le monde comprit que pour lui c'était l'argument massue qui devait clore toute discussion.

— Ce sont les trente ans !

— Ou si vous tenez absolument à ce que Jason et moi, on soit là (ce satané Jason toujours figé dans la contemplation du bout de ses godasses)… peut-être que vous, vous pourriez modifier la date ?

— Que moi, je déplace la date ? Si c'est une plaisanterie, elle est de très mauvais goût !

Mais Emmanuelle s'enfonçait toute seule, dérisoire tache rouge dans le gris familial.

— Si des deux voyages, il y en a un qu'on ne peut pas déplacer, il faut changer la date de l'autre, c'est évident.

Le colon prit toute la famille à témoin.

— La date de la mort de votre mère, vous la connaissez depuis trente ans ! Exact ? Je ne changerai rien !

Emmanuelle se sentit glisser comme sur un rocher à pic. Et pas la moindre main d'un quelconque Jason pour se rattraper.

— En plus, si je comprends bien… Il y a vingt ans, Jason, tu as célébré les dix ans de la mort de ta mère en sautant une de tes nombreuses petites salopes dans ta chambre d'étudiant ?!

Il y a des gens avec qui il est impossible de se fâcher. Le moindre différend tourne à l'insulte ou au chantage affectif. Quand elle vit son beau-père porter la main à son cœur et reculer jusqu'au canapé comme s'il faisait un malaise, Emmanuelle s'avoua enfin ce qu'elle aurait dû comprendre depuis le début : elle avait perdu. Elle sortit de la pièce en claquant la porte.

Les choses s'enchaînèrent ensuite sans qu'il soit besoin de s'accorder sur quoi faire, tout naturellement. Les deux aînés, William et Franck, restèrent auprès de leur père pour tenter de le réconforter tandis que Jean-Marc et Jason allèrent rejoindre Emmanuelle dans la pièce à côté. Les épouses restèrent auprès de leur mari. Elle s'était attendue à recevoir un peu de soutien de la part de ses belles-sœurs mais non, rien. Seule Emmanuelle n'avait pas compris la portée idéologique du fait d'épouser le fils d'un colonel de l'armée belge en retraite.

Jason tenta une attaque en douceur.

— Écoute, on n'a qu'à changer la date, c'est tout.

— Mais tu n'as pas compris ce que j'ai dit ? On ne peut pas changer la date.

— Tu n'as qu'à faire jouer l'assurance annulation. Ne me dis pas que tu n'as pas pris d'assurance annulation !

Eh bien non, il n'y avait pas d'assurance annulation, c'était bien ça, le problème. Ce voyage était une opportunité extraordinaire, un *last minute* comme on disait dans le milieu des agences de voyages, à des prix défiant toute concurrence mais il y avait des contraintes : il fallait signer tout de suite, régler la somme en une fois et, bien entendu, pas de possibilité de prendre une assurance annulation !

— Mais c'est complètement con ! s'emporta Jason.

— Eh bien, la prochaine fois, c'est toi qui t'occuperas d'organiser un voyage surprise, répliqua sa femme sur un ton acide.

— Je sais pas, moi, on peut avoir un imprévu de dernière minute, je peux faire l'appendicite.

Mais Emmanuelle était si sûre d'être dans son bon droit qu'elle avait réponse à tout.

— De toute façon, même avec une assurance annulation, on n'est remboursé qu'en cas de force majeure ! Et tu ne fais pas l'appendicite, tu fais dans ton froc devant les caprices morbides de ton père !

Là, elle en prenait trop à son aise. Il fallait la remettre à sa place. Jason tenta la même technique qu'avec Nicolas quand il passait les bornes : il se mit à hurler.

— N'insulte pas mon père sous prétexte que tu es trop conne pour prendre une assurance annulation ! C'est toi qui as merdé, ma pauvre !

Jean-Marc tenta d'intervenir pour apaiser la situation. Pas sûr qu'il le fit d'une façon très adroite.

— Jason, franchement ! Pourquoi au même moment, bordel ? Tu la connais bien la date du pèlerinage annuel, non ?

Jason fut ulcéré de tant d'injustice.

— Mais c'est pas moi, nom de Dieu ! C'est elle qui a tout réservé pour me faire une surprise, cette conne ! Qu'est-ce que tu ferais à ma place ?

— À ton avis ?

Emmanuelle ne savait plus quel sentiment dominait chez elle : la tristesse de voir la perspective de ce voyage idyllique s'envoler, la déception de constater que son mari ne la soutenait pas du tout ou la fureur de s'entendre traiter de conne à longueur de conversation. En tout cas, il faudrait que Jason perde cette sale habitude : jamais elle n'accepterait qu'il continue à la traiter de conne, surtout devant sa famille. Déjà que son beau-père l'avait traitée de petite salope que Jason avait emmenée dans sa chambre !

Jean-Marc tenta de conclure. Pour une surprise, c'était une sacrée surprise. Jamais il n'aurait imaginé que la journée tournerait comme ça. Il n'y avait plus qu'une seule chose à faire : renoncer. Emmanuelle réagit comme si un frelon l'avait piquée.

— Dis ! Tu sais combien il coûte, ce voyage ? Même avec les réductions ! Vous allez continuer combien de temps à trembler comme des gosses convoqués chez le directeur ? C'est un vieil égoïste !

Emmanuelle s'attendait à toutes les réactions possibles devant cette dernière phrase mais pas à celle qu'eurent les deux frères. Jason se précipita sur la porte du salon pour vérifier qu'elle était bien fermée et qu'on ne pouvait pas les entendre pendant que Jean-Marc se liquéfiait en « chut, pas si fort ».

Il faisait gris et maussade quand Emmanuelle se leva. Elle trouva la maison vide et silencieuse sinistre. Elle descendit à la cuisine et se décida à préparer quelque chose de bon, ça l'occuperait. Mais soudain, elle ne se sentit plus le courage de se lancer dans un truc trop compliqué. Elle se contenterait de faire des crêpes. Quand elle ouvrit la poubelle pour jeter les coquilles d'œufs, elle vit les prospectus de voyage qui jetaient leurs couleurs inutiles tout au fond, sous les ordures ménagères.

— Et merde !

Elle se sentait seule et sale. À son grand désappointement, elle se mit à pleurer et ne put contenir ses larmes. Ce petit con ne valait pourtant pas la peine qu'on pleure pour lui, alors pourquoi ? Jason était parti tôt le matin et il avait emmené Nicolas avec lui. Emmanuelle qui était plutôt du genre solitaire ne fréquentait en fait que peu de personnes : sa belle-famille et son amie de toujours, Alessia. Elle se dit qu'il ne lui restait vraiment qu'Alessia. Elle rata sa pâte à crêpes.

Comment un couple se relève d'un incident pareil ? Oh, il n'y a pas une recette unique mais pour eux, tout passait par là : par le sexe, pardi ! Une belle réconciliation, en bonne et due forme, sur l'oreiller où Jason, qui avait compris que la crise avait été sérieuse, tenta de l'inédit. Elle lui fit même promettre que, désormais, il essaierait de tenir tête à son père mais Emmanuelle ne crut pas complètement à ce serment d'ivrogne. Soit.

Mais vers le tournant de la quarantaine, elle commença à trouver que ça avait moins d'importance. Le sexe. Le radada. Les parties de jambes en l'air, tout ça. Ça l'intéressait moins. Parfois même, ça ne l'intéressait plus du tout. Jason insistait parfois pour le faire dans la salle de bains, assis sur le rebord de la baignoire ou debout, les mains à plat sur le miroir. Son reflet devait l'exciter, pensait-elle. Elle se trouvait ridicule. Vieillie. Une sorte d'usure. L'impression d'en avoir fait le tour. Évidemment, ça n'avait pas changé grand-chose à leurs rapports sexuels. Emmanuelle laissait certains soirs son corps à la disposition de son mari qui en usait comme bon lui semblait. Elle trouvait ça plus tranquille. Plus simple. Elle ne devait pas être la seule femme sur terre à faire comme ça, non ? Parfois pourtant, il lui arrivait de résister. Des soirs où vraiment pas envie, même de faire semblant. Ou simplement le désir de tester son pouvoir d'exercer sa liberté. Jason n'aimait pas. Ces soirs-là, il se retournait dans leur lit en boudant et se vengeait en ronflant plus fort que jamais. Routine de la vie conjugale d'un couple qui vieillit.

Mais ne va pas t'imaginer que ça n'allait pas, mon vieux ! Non, non, ça allait très bien. Simplement, dans la vie, il y a parfois des hauts et des bas, c'est tout. Et ils étaient repartis de plus belle, tous les deux, Emmanuelle et Jason, Jason et Emmanuelle, comme au temps de leur folle jeunesse.

Tiens, un jour Emmanuelle était chez elle, elle était rentrée plus tôt de son travail, elle lisait un magazine féminin dans le canapé, un article sur les bienfaits de manger des fruits et des légumes de saison. Jason rentra lui aussi plus tôt. Il s'approcha de sa femme et lui déposa un petit baiser ironique sur les lèvres.

— Bonjour Madame. Elle va bien, la dame ? Elle sait lire, la dame ?

Emmanuelle avait rarement vu son mari d'aussi bonne humeur. Elle le connaissait bien, elle se doutait que s'il était aussi enjoué, c'est qu'il préparait quelque chose, une surprise ou une bonne nouvelle. Et là, ça ne manqua pas : il lui fourra un papier administratif sous le nez, le genre de papier impossible à déchiffrer, bourré de chiffres dans tous les sens.

— C'est pas vrai ? Tu l'as eue ?

Jason se jeta dans le canapé à côté d'elle.

— Et pas qu'un peu ! Tu as vu le chiffre ? J'ai jamais été augmenté d'autant en une fois. Tu sais comment on va fêter ça ?

Emmanuelle s'avança sur le canapé, très chatte, la main cherchant déjà les boutons de sa chemise. Elle l'imaginait bien, comment il voudrait fêter ça. De toute façon, avait-il une autre façon de célébrer quoi que ce soit ? Mais sa réponse le surprit.

— Mon père va aller chercher Nicolas à l'école et il le garde à dormir pour cette nuit. Autant qu'il serve à quelque chose ce pauvre vieux, hein ? On a toute la fin de journée pour nous. Viens, on va aller faire les magasins.

Jason lui sortit le grand jeu et l'emmena dans la boutique d'un grand couturier, à Bruxelles, dans le quartier Louise. Ils réalisèrent d'emblée qu'on n'était pas dans le monde du prêt-à-porter : le personnel stylé pour vous ouvrir la porte, l'espace entre les rayonnages, le salon d'essayage aux dimensions d'une suite dans un palace. Quand elle vit le prix du premier article qu'un vendeur compassé lui apporta, Emmanuelle n'eut plus qu'une envie : partir.

— Mais on est fou. Tu as vu ce que ça coûte, ici ?

Jason eut l'air presque vexé.

— Et alors ? Tu l'as vu, le chiffre de mon augmentation ou tu l'as pas vu ? De toute façon, c'est moi qui régale !

Emmanuelle se dit que c'était en train de devenir une sorte de question de virilité pour lui. Il voulait pouvoir exhiber une épouse enveloppée de vêtements luxueux comme un présent dans un joli papier d'emballage. Après tout, quand on fait un cadeau, c'est d'abord à soi qu'on cherche à faire plaisir, non ? Ça la mettait mal à l'aise. Elle se promit de tout trouver inadapté à sa silhouette, ne lui convenant pas, et de sortir sans rien acheter. Mais Jason revint avec une blouse noire transparente absolument sublime. Elle ôta le chemisier qu'elle était en train d'essayer et passa cette merveille.

Le vendeur s'était discrètement éloigné pour ne pas surprendre une cliente en soutien-gorge.

— Celle-là, il faudra absolument que je la porte avec un soutien ! Tu as vu comme elle est transparente ?

Elle l'enfila ; elle était lumineuse, éblouissante.

— Tu es absolument sublime ! Tu sais à quoi je pense ?

Bien sûr qu'elle le savait. Quand il la regardait comme ça, elle savait toujours à quoi il pensait. Mais là, il la surprit tout de même.

— Elle serait encore plus belle si tu la portais sans ton soutien.

Il déconnait, bien sûr. Elle lui ferait tous les numéros érotiques qu'il voudrait à la maison. Mais pas ici. Pas maintenant. Mais elle se rendit compte qu'il était très sérieux.

— S'il te plaît !

D'habitude, quand quelqu'un dit « s'il te plaît », il demande. Ou il implore. Ici, c'était un « s'il te plaît » de commandement. Un ordre !

— Je te ferai ça à la maison.

Il tapa du pied pour répondre, comme un enfant capricieux.

— Non, pas à la maison. Maintenant. Tout de suite. J'ai envie tout de suite !

Jason tira le rideau et jeta un œil dans le magasin. Ils étaient seuls. Le vendeur chichiteux était occupé avec une petite vieille couverte de perles jusqu'au cou qui voulait essayer un tailleur. Il referma soigneusement le rideau de la cabine d'essayage sur eux deux.

— Il n'y a personne ! Personne ne peut te voir.

Emmanuelle pesa le pour et le contre. Ce qui emporta sa décision fut de se dire que de céder à l'insistance de son mari lui prendrait une minute alors qu'argumenter pour ne pas le faire lui en prendrait dix. Instinctivement, elle se recula pour être bien dans le fond de la cabine, ôta la blouse puis ôta son soutien-gorge. Jason admirait ses seins qui étaient restés admirablement ronds et fermes pour ses quarante ans. Puis elle renfila la blouse. Ce fut à cet instant qu'elle comprit que la situation lui échappait.

— Non, Jason ! Non !

Mais elle sut au moment où elle le disait que c'était peine perdue. Cette lueur dans la prunelle de son mari, elle l'aurait reconnue entre mille. Ça ne l'empêcha pas de continuer à essayer de le contenir.

— Je t'ai dit non !

Tout alla très vite : Jason baissa la culotte d'Emmanuelle, ouvrit son pantalon, souleva sa femme dans les bras et ils firent l'amour là, dans la cabine. Ce fut violent et bref. Ils jouirent tous les deux très vite, sans un mot. Dans la cabine d'à côté, la petite vieille emperlousée qui essayait son tailleur crut que le ciel lui tombait sur la tête sans réaliser ce qui se passait à un mètre d'elle. Puis, toujours sans échanger une parole, ils se rhabillèrent et sortirent du salon d'essayage. Jason était au septième ciel tandis qu'Emmanuelle se sentait monter une sorte de nausée. Ils payèrent la blouse et rentrèrent chez eux.

Une question faisait son lit dans l'esprit d'Emmanuelle et elle ne parvenait pas à la chasser. Une question qui revenait sans cesse, qu'elle aurait bien voulu repousser mais qui était si présente qu'elle la réveillait la nuit. Une putain de question. Jason l'avait-il violée, oui ou non ? Bien sûr, elle avait pris son pied, elle avait joui comme jamais, avec une sorte de rage. Peut-être pour en avoir fini plus vite. Mais elle avait dit non. Elle n'avait pas cessé de dire non, même quand il était déjà entré en elle, elle continuait de dire non. Devait-elle rester avec un homme qui lui faisait l'amour quand elle disait non ? Tout d'un coup, elle eut une drôle de pensée, un peu absurde, dont elle ne savait pas quoi faire : Jason était en train de lui échapper. Leur famille était comme un nid. Et Jason était un coucou qui y ramenait des règles qui, normalement, n'y avaient pas cours.

Quelques semaines plus tard, ils étaient partis en week-end en amoureux en France, en Provence. Se balader dans les petits villages, goûter les vins chez les petits propriétaires. Nicolas était assez grand pour rester tout seul deux jours, se disaient-ils. Ils se perdirent plus d'une fois dans les ruelles de petites cités médiévales.

Emmanuelle s'était raisonnée. Elle avait tordu le cou aux vilaines pensées qui avaient assailli son esprit quelque temps auparavant. C'était flatteur, dans le fond, si Jason ne pouvait dominer son désir quand il avait envie d'elle. Il était si amoureux de sa femme qu'il y avait des moments où c'était tout de suite qu'il lui fallait honorer son corps. Elle était comme un temple auquel elle ne pouvait empêcher qu'il apporte des offrandes sacrées. Il l'aimait, il la désirait, il le lui montrait, voilà tout. Bien des femmes délaissées auraient voulu être à sa place. Elle avait de la chance d'être aimée à ce point. D'accord mais pourquoi avec tant de violence ? Pourquoi fallait-il que tout soit si compliqué avec Jason ? S'il avait pu montrer ses sentiments de façon plus simple, tout aurait été parfait.

Elle en était là de ses pensées quand elle se rendit compte qu'elle était seule. Jason, dont elle aurait juré qu'elle le tenait par la main, avait disparu. Il lui sembla logique de rebrousser chemin, repasser devant l'artisan qui réalisait des objets en fer forgé, prendre la ruelle à gauche. Toujours pas de Jason. Tout d'un coup, elle se sentit inquiète, plus qu'inquiète, apeurée stupidement, comme si elle ne devait jamais le revoir. Elle l'appela, discrètement d'abord, elle ne voulait pas déranger les habitants de cette petite bourgade dont certains devaient sûrement faire la sieste. Puis, comme ça ne donnait toujours rien, elle appela plus fort. Elle se demanda ce qu'elle ferait s'il ne reparaissait jamais, s'il avait profité de cette balade pour la quitter, la laisser pour toujours. D'une façon qui lui paraissait assez inexplicable, elle sentait une panique grandissante, un monstre incontrôlable lui envahir le cœur. Qu'est-ce qu'elle ferait si elle devait rester toute seule ? Elle ne parviendrait jamais à s'occuper de Nicolas, elle serait perdue. Et puis, soudainement, la vérité lui sauta sur les épaules comme si elle était tapie dans l'ombre. Si Jason disparaissait, ça ne changerait pas grand-chose. Vis-à-vis de Nicolas, en tout cas. Il s'en occupait si peu. Alors que se passait-il dans sa tête ? Oui, que se passait-il dans la tête de toutes les femmes pour qu'on ait pu les convaincre comme ça qu'elles avaient absolument besoin d'un homme et qu'elles ne pouvaient pas se passer de lui ?

Pendant qu'Emmanuelle se posait toutes ces questions, Jason s'amusait beaucoup. Durant la promenade, obéissant à on ne sait quelle impulsion puérile, il était passé derrière un chèvrefeuille et s'était caché. Depuis, il la suivait, de tout près en fait, à quelques mètres. Il se dissimulait derrière une voiture, la margelle d'un puits. Elle cherchait si mal. Elle n'était pas organisée, elle cédait à ses émotions, c'était stupide, elle paniquait comme une bonne femme ! Parfois, il était bêtement sur le trottoir d'en face mais elle ne regardait pas au bon endroit au bon moment. Et Jason la suivait de rue en rue, méprisant vaguement la façon dont elle le cherchait, sans deviner le tourbillon émotionnel qui s'installait en elle.

Elle aborda une femme qui profitait de la douceur du jour devant sa maison et lui demanda si elle n'avait pas vu son mari.

— Comment est-il votre mari ?

— Grand, baraqué, la quarantaine, une barbe de trois jours.

— Et il est beau ? demanda malicieusement la villageoise.

La question surprit Emmanuelle qui réalisa en lui répondant qu'elle le trouvait toujours aussi beau et que c'était sans doute une partie du pouvoir qu'il exerçait sur elle.

— Oui, très beau.

— Je ne l'ai pas vu. Mais s'il est si beau que ça, je vais chercher avec vous. Seulement attention, si je le trouve la première, je ne voudrai sans doute pas vous le rendre.

Emmanuelle décida d'entrer dans la plaisanterie.

— Je ne vous le conseille pas. Il ronfle après l'amour, ajouta-t-elle sur le ton de la confidence. Et puis c'est un fameux macho !

— Un macho qui ronfle après l'amour, comme c'est formidable ! Écoutez, si je le trouve, je vais vraiment le garder pour moi !

Emmanuelle poursuivit son chemin en songeant à cette pauvre vieille qu'un peu de compagnie, même d'un lourdingue comme Jason, aurait comblée. En revenant vers le cœur du village, elle entendit la voix de Jason l'interpeller.

— Tu m'as perdu, chérie ? Cherche bien ! Si tu me trouves, tu pourras me faire l'amour. Et si je te trouve, c'est moi qui te fais l'amour !

Emmanuelle éprouva des sentiments divers. Il se cachait ! Il se foutait d'elle ! Quel culot, nom de Dieu ! Puisque monsieur trouvait les blagues aussi drôles, elle pouvait répondre sur le même ton. Elle avait le double des clés dans son sac, elle pouvait redescendre au parking, reprendre la voiture, rentrer à l'hôtel et le laisser se débrouiller pour la rejoindre. On verrait s'il trouverait toujours ça aussi drôle ! Mais le sentiment qui éclata le plus fort dans le cœur d'Emmanuelle, et cela la déçut, la fâcha même, c'était du soulagement. Elle s'était crue abandonnée, elle ne l'était pas. Quel genre de confiance en elle, c'est-à-dire quelle absence de confiance en elle devait-elle avoir pour trembler si fort à l'idée de se retrouver seule, loin de ce pignouf qui se moquait d'elle mais était si sûr de son charme ?

Dans la rue suivante, sa voix résonna du mur d'une maison à l'autre.

— Allons, cherche mieux ! Je suis sûr que tu vas finir par trouver.

Emmanuelle commençait à trouver que ce petit jeu avait assez duré alors que Jason, lui, s'amusait comme un petit fou à la voir repasser pour la troisième fois sur la même petite place et en sortir toujours par la même ruelle. Quelle idiotie de chercher aussi mal ! Les hommes étaient décidément si supérieurs aux femmes. Et il l'observait de loin, amusé, sans réaliser l'angoisse qui commençait à la submerger.

Elle se retrouva enfin sur la place de l'église où Jason avait disparu. Le parvis surplombait, en contrebas, toute la vallée où les pins parasols jetaient une tache plus sombre sur un paysage d'une beauté à couper le souffle. Elle tâchait de se calmer et de dominer sa nervosité en respirant lentement. Jason surgit dans son dos et lui donna une claque familière sur les fesses.

— Trouvée ! C'est moi qui peux te faire l'amour !

Emmanuelle se retourna brusquement, le prit dans ses bras, enfouit son visage dans son cou et se tint ainsi un moment, étroitement enlacée. Elle tâchait toujours de se calmer. Jason, qui tenta de se dégager, fut surpris de ne pas pouvoir y parvenir.

— Oh, chérie, ça va ?

Elle fit oui de la tête, sans la relever, les yeux toujours dans son cou. Puis, enfin, elle se dégagea. Jason lui trouva le visage dur.

— Et si, moi, je ne veux pas faire l'amour ?

La main de Jason s'abattit sur son visage dont il serra les mâchoires jusqu'à lui faire mal, comme dans un étau. Il fallait préciser les choses.

— Ne dis jamais ça, chérie ! Le monde est fait pour les hommes. Par les hommes et pour les hommes !

Pendant que la relation entre ses parents changeait petit à petit, Nicolas changeait lui aussi. Il grandissait, en taille à défaut de grandir en sagesse. Car le petit garçon, gentil, poli et très doué en classe avait laissé la place à un ado, modèle de base, avec appartenance à la « bof génération » et tout le tintouin. Plus rien ne le passionnait. Ses centres d'intérêt semblaient avoir fondu comme neige au soleil. Adieu les maquettes de son enfance et les heures passées dans les bouquins d'histoire à tenter de comprendre les subtilités des guerres napoléoniennes. Ses notes en classe, de remarquables, étaient devenues remarquablement médiocres. Tireur d'élite, Nicolas visait la moyenne, sans trop se fatiguer et ne la manquait pas souvent : dix sur vingt, parfois neuf, plus rarement huit, jamais onze.

Une chose sembla l'intéresser, cependant, dès le début de l'adolescence : les filles. Assez timide au début, il les observait de loin, sans oser les approcher, sans réaliser (parce qu'il était terriblement joli garçon, le bougre !) que certaines se seraient damnées pour qu'il vienne leur adresser la parole.

Il avait, en particulier, jeté son dévolu sur une certaine Jessica qui le fascinait. Son visage d'ange, sa personnalité, son caractère ? Même pas. À parler franc, ses nichons et rien d'autre. Il en parlait parfois avec ses potes : de vrais obus qu'elle avait, Jessica ! Elle avait développé, dès sa puberté, une opulente poitrine et Nicolas ne songeait à rien d'autre qu'à pouvoir lui peloter les seins. Seul problème, sur le chemin de ces seins, si l'on peut dire, trônait Jérémy, un grand de deux ans l'aîné de Nicolas, que celui-ci jugeait très con et dont il trouvait particulièrement injuste que lui ait semblé avoir trouvé le chemin du 95C de la demoiselle.

Un jour, pourtant, Nicolas tenta sa chance et, avant qu'il ait pu comprendre ce qui lui arrivait, il se retrouva enfermé dans un box des toilettes des filles de l'école avec la langue de Jessica dans sa bouche. Celle-ci n'attendait que ça : que le plus beau garçon de l'école vienne lui conter fleurette. Nicolas, qui n'avait pas encore réalisé l'attrait que son charme exerçait sur le sexe féminin, n'en croyait pas sa bonne fortune. Ils étaient en train de s'embrasser goulûment quand le jeune homme fit une tentative en montant ses mains vers la poitrine de Jessica pour constater, un instant plus tard, que celle-ci se laissait pétrir les seins avec des petits gémissements de plaisir. Le seul souci de Nicolas fut de la caresser et, en même temps, de déboutonner son chemisier pour lui voir ses obus de tout près. Pas facile de faire les deux en même temps. Il avait ses soucis, le don Juan !

Alors que Jessica, bonne pâte, attaquait elle-même le bouton du dessus de son chemisier, la porte des toilettes s'ouvrit en grinçant.

Les deux s'interrompirent, se regardèrent et, au même instant, eurent toutes les peines du monde à retenir un fou rire. Il fallait pourtant d'autant plus se retenir d'éclater de rire qu'ils avaient reconnu le chuintement caractéristique des baskets du grand Jérémy et que celui-ci, tout con qu'il soit, aurait bien compris ce qu'ils faisaient à deux enfermés dans les toilettes des filles, Jessica avec son chemisier en partie déboutonné. Mal luné comme il l'était, Jérémy aurait été foutu de mal le prendre. Les gens sont si méchants.

— Jessica ? Jessica, tu es là ?

Nicolas, par jeu, eut l'idée de répondre tout bas, d'une voix de fausset un peu ridicule.

— Oui ?

Jessica crut qu'elle allait s'évanouir tant se retenir de rire lui semblait difficile. Elle ne comprenait pas comment son petit copain en titre pouvait ne pas les entendre. Soudain, elle se dit qu'il allait se pencher et repérer leurs pieds en regardant par en dessous des portes qui n'allaient pas jusqu'au sol. Elle fit monter Nicolas sur la cuvette. Là, ce fut l'inverse : elle se dit qu'ils allaient dépasser la hauteur des portes des box et que l'autre les verrait, tout pareillement. Elle insista pour que Nicolas se tienne voûté mais ceci ne fit qu'amplifier leur hilarité. Ils allaient éclater d'une seconde à l'autre, c'était évident. Par chance, Jérémy était parti en expédition vers le bout des toilettes. Jessica essaya de lui imposer un sérieux qu'elle-même avait du mal à garder.

— Chut ! Ta gueule, ta gueule !

— Jessica ?

Ils finirent enfin par entendre le chuintement des baskets s'éloigner, la porte grincer, les pas sortir et la porte se refermer. Les deux amoureux purent enfin descendre de la cuvette et laisser leur fou rire éclater librement. Jessica finit de déboutonner son chemisier et les deux merveilles qu'elle offrit à Nicolas le firent bander tellement fort que ça lui fit un peu mal. Ils n'allaient pas s'arrêter là ! Ça ne pouvait pas finir comme ça, pensait Nicolas qui espérait que Jessica serait bien sur la même longueur d'onde. Aussi fut-il soulagé quand il l'entendit demander :

— Bon. On va chez toi ou chez moi ?

Nicolas précisa précipitamment.

— Ah non, on va chez toi ! Chez moi, il y a ma mère !

Nicolas savait bien que les horaires de travail de sa mère étaient très irréguliers. Pas question de prendre le risque de se faire choper au lit avec une fille… ou pire, de se faire choper avant qu'il ait eu le temps de se la faire. Il regretta instantanément cette phrase qu'il avait prononcée devant Jessica : pour quelqu'un qui voulait exister comme grand, à côté de ce grand con de Jérémy, parler de sa maman n'était pas particulièrement adroit. Mais Jessica ne semblait pas avoir relevé. Ses parents travaillaient tard tous les deux, ce qui l'arrangeait bien, et en ce moment elle ne pensait qu'à une chose : se retrouver au lit avec le plus beau garçon de l'école, qui enflammait l'imagination de toutes les filles et pouvoir leur raconter leurs ébats demain, à la récréation du matin.

Ils sortirent des toilettes main dans la main et tombèrent nez à nez avec Monsieur Akim, le prof de physique. Celui-ci les menaça de les coller immédiatement. Un garçon et une fille qui sortaient bras dessus bras dessous des toilettes des filles, il ne fallait pas lui faire de dessin. Surtout quand la fille avait son chemisier déboutonné jusqu'au nombril. Il s'emporta, plus pour la forme que pour autre chose, semblait-il, mais il parla quand même de prévenir les parents de ce débordement. Ça évidemment, les deux jeunes n'y tenaient pas du tout ! Que ses parents soient mis au courant, Jessica s'en fichait comme d'une guigne mais elle se disait que ça ferait du bruit et qu'une partie de ce bruit arriverait aux oreilles de Jérémy. Nicolas, lui, était plus craintif : il ne savait pas du tout comment réagiraient ni son père ni sa mère en lisant ce motif sur un carton de retenue : s'enferme dans les toilettes des filles avec une condisciple. Aussi fut-il reconnaissant envers Jessica quand elle se mit à plaider pour eux deux. Elle rappela à Monsieur Akim que lui aussi avait été jeune, que lui aussi avait dû découvrir les joies de l'amour et qu'il devait bien se souvenir de l'émoi que ça représentait pour des adolescents et qu'enfin ils n'avaient pas perturbé l'institution puisqu'on était en fin de journée et que personne, hormis lui, ne les avait vus. Monsieur Akim finit par les laisser filer en leur recommandant de chercher à être plus discrets à l'avenir.

Ils filèrent jusque chez Jessica en s'embrassant et se pelotant autant qu'ils pouvaient dans le bus. Une fois la porte de rue franchie, ils se déshabillèrent mutuellement dans le hall et dans l'escalier de sorte qu'ils entrèrent entièrement nus dans la chambre de la jeune fille. Nicolas était bouleversé par sa beauté : elle avait un corps sublime et il se dit qu'il n'avait jamais vu de si beau spectacle que le balancement de ses seins quand elle marchait.

Trop affamés de ce qu'ils avaient à faire, ils ne se posèrent aucune question de protection, ne cherchèrent pas de préservatif et ils étaient si avides de se donner l'un à l'autre que Nicolas pénétra le corps de sa conquête dès qu'ils furent tombés sur le lit. Experte, Jessica commença à remuer le bassin avec tant d'adresse qu'après deux ou trois mouvements, Nicolas sentit monter un plaisir si fort qu'il ne put retarder le moment de sa jouissance. Le garçon fut désespéré que ce soit si vite fini. C'était sa première fois, il manquait forcément d'expérience mais ça, il aurait mis sa main au feu plutôt que de l'avouer.

Jessica, de son côté, avait pas mal d'expérience et il fallait reconnaître ce talent à Jérémy que, aussi limité intellectuellement qu'il puisse être, il avait su initier la jeune fille. Elle était affreusement déçue de cette tentative encore plus inexistante que médiocre. Sentant le jeune homme devenir flasque et minuscule entre ses jambes, elle s'observait se transformer en boule de frustrations.

Cinq minutes plus tard, ils étaient couchés sur le dos, côte à côte, recouverts par le drap. À défaut de l'orgie sexuelle envisagée, Nicolas aurait bien aimé pouvoir continuer à contempler les seins de sa compagne. Mais elle ne semblait plus d'humeur coquine et lui n'osait pas lui demander de redescendre le drap. Il comprenait bien qu'elle n'était pas contente, il savait pourquoi, il n'était pas idiot. Mais il ne mesurait pas à quel point elle était furieuse contre lui. Il lui aurait bien demandé de faire son écolage, il voulait bien l'avoir pour instructrice, pour *sparing partner*. Puisque la première fois, ils n'avaient fait l'amour que vingt secondes, la deuxième fois ils essaieraient d'atteindre deux minutes, la suivante quatre et ainsi de suite. Mais il n'y croyait pas trop même s'il en avait terriblement envie. Ce fut donc sans réel espoir qu'il essaya de prendre une voix câline pour suggérer :

— On pourrait… Je sais pas, moi, on pourrait réessayer…

Il fut surpris par son ton mordant quand elle répliqua.

— On pourrait, ouais. On pourrait.

Nicolas mit un pied en terre inconnue ; il s'aventura sur un terrain aussi glissant pour lui que pour son père, celui des émotions.

— Tu es fâchée ? Tu fais la gueule ?

— Pourquoi ? J'aurais des raisons de faire la gueule ?

Tout à coup, elle se leva et s'enveloppa du drap. Un instant plus tôt, elle voulait bien lui donner toute son intimité mais là, il n'était plus question qu'il la voie nue. Elle contempla ce grand corps inutile et mou. Son sexe avait l'air d'un petit chihuahua fatigué. Il osait protester en plus, ce con.

— Eh ! J'ai froid !

Elle conclut avant de claquer la porte de la salle de bains.

— T'as qu'à te geler les couilles ! Pour ce que ça sert, de toute façon. Et dépêche-toi de te rhabiller, ma mère va bientôt rentrer. Et puis prends du Viagra aussi, ça te fera du bien.

Dans le bus qui le ramenait chez lui, Nicolas, à qui les souvenirs de son ancienne passion pour l'épopée napoléonienne revenaient par bribes, se demandait si c'était plus Waterloo ou la retraite de Russie. Un fiasco, de toute façon. Waterloo, ça aurait voulu dire que c'était définitivement foutu. Retraite de Russie, il aurait pu rester un espoir. Il n'était pas tout à fait fini, après la retraite de Russie, Napo. Il s'accrochait à des espoirs infimes : elle lui avait conseillé de prendre du Viagra, c'était donc bien qu'elle comptait qu'ils refassent un essai ensemble. Et Nicolas, qui était déjà sorti avec des filles mais n'avait jamais tenu une femme nue dans ses bras avant cette après-midi, s'aperçut d'une chose : la beauté de cette fille le bouleversait. Il était pincé.

Donc, la prochaine fois, avec du Viagra. Mais comment s'en procurer ? En pharmacie, bien sûr. Mais c'était en délivrance libre ? Il ne fallait pas une prescription ? Si, sûrement qu'il en fallait une ! Et où il la trouverait, lui ? Il ne se voyait pas, grand ado plus que jeune homme, aller trouver leur médecin de famille pour lui demander une ordonnance de la fameuse pilule bleue. Le toubib lui aurait ri au nez et puis, il en aurait parlé à ses parents, c'est sûr. Alors il fallait en piquer une boîte mais à qui ? Son père, il n'en prenait pas ? Ça n'avait pas l'air d'être le genre de type à en avoir besoin mais dans le fond, qu'est-ce qu'il en savait ? Rien. Il voyait bien ses parents assez empressés l'un envers l'autre, cherchant la moindre occasion pour s'embrasser mais, en fait, il réalisait qu'il ne connaissait rien de leur vie intime. Et c'était très bien comme ça. Il ne voyait pas son père avoir besoin de Viagra mais il en prenait peut-être pour améliorer ses performances. Il commencerait par chercher dans la pharmacie parentale.

Quand il rentra chez lui, il était seul. À la maison, ses parents avaient une salle de bains privative, attenante à leur chambre et une pharmacie qu'ils ne partageaient pas avec lui. C'est là qu'il se rendit puisqu'il était maître du champ de bataille. Il réalisa alors qu'il ne savait pas à quoi pouvait bien ressembler une boîte de Viagra. La pilule était bleue, d'accord, mais la boîte ? De rage, il jeta toutes les boîtes de médicaments à terre et les reprit, une à une, pour déchiffrer le nom et les replacer sur l'étagère. Mais il venait à peine de commencer cette tâche que son père, rentré du travail, paraissait derrière lui.

— Nicolas, ça ne va pas ? Qu'est-ce que tu fous, là ? Regarde comme tu as mis le souk ! Tu sais très bien que j'ai horreur du désordre !

— Je cherche un médicament.

— Qu'est-ce qu'il te faut ?

Nicolas décida de se jeter à l'eau et de demander ce qui l'intéressait le plus innocemment possible. Mais comment on peut avoir l'air innocent en posant des questions pareilles ?

— Papa, est-ce que tu as du… ?

Il n'osa pas aller jusqu'au bout, ce qui n'échappa pas à Jason.

— Du quoi ? Tu es malade ?

C'était le moment d'y aller. Calme, neutre, le plus naturel possible.

— Tu as du Viagra ?

Jason se tut pendant un temps qui parut interminable à son fils. Il ne savait pas ce qui le heurtait le plus : que Nicolas se mette en quête d'un médicament pareil, à son âge ? Ou qu'il ait l'air de croire que son père devait en avoir ?

— Tu trouves que j'ai une tête à avoir besoin de Viagra ?

La réponse qui fusa permit à Jason de prendre la mesure de la situation.

— C'est pas la tête qui m'intéresse.

— Nom de Dieu, Nicolas ! Qu'est-ce que tu es en train de me dire ?

Mais Nicolas ne pouvait plus rien dire. Il s'était relevé, avait commencé à pleurer, en éprouvait de la honte et, pour se cacher, il avait étreint son père et caché son visage dans son épaule. Jason en fut étrangement touché. Il n'avait jamais été un père très câlin. De la même manière, Nicolas ne s'était jamais montré très affectueux. Mais sentir son grand ado de fils qui pleurait contre sa poitrine le remua jusqu'au fond des tripes. Nicolas reprit suffisamment le contrôle de lui-même pour expliquer.

— C'est Jessica, papa ! Elle dit que je suis nul !

— C'est qui, cette Jessica ?

— Jessica, quoi...

Jason avait-il bien compris ? Son fils avait sauté le pas, eu sa première fois et ça s'était mal passé. Mais, nom de Dieu, il n'était pas un peu jeune pour ça, le gamin ? En faisant appel à ses souvenirs, Jason réalisa qu'il n'avait qu'un an de moins que lui-même, lors de sa propre première fois. Ce n'était pas un âge scandaleux, c'était un âge normal. C'était lui qui n'avait pas su voir son fils grandir. Une chose l'émut en outre particulièrement : c'était à lui qu'il était venu confier son désarroi. Pas à sa mère malgré la grande complicité qui semblait les unir. À lui. C'était une discussion entre hommes. Un mâle de la tribu qui faisait appel à un ancien, plus expérimenté. Il allait falloir se montrer à la hauteur.

— Nicolas, je crois qu'il faut qu'on parle, tous les deux.

Jason avait réfléchi à toute vitesse sur ce qu'il convenait de faire. Comment aider un grand gamin dans la situation où était son fils ? C'est vrai, quand ça ne se passait pas très bien, quand l'entrée dans la vie amoureuse était compliquée, à qui on pouvait demander de l'aide, quand on était un grand ado ? À un de ses potes ? Et prendre le risque qu'il se foute de vous ? À une de ses petites amies ? Et voir cette salope vous humilier ? À un adulte extérieur à la famille ? Qui ?

Un prof? Nicolas allait trouver son prof de math pour lui exposer ses problèmes d'ordre intime? Ça ne tenait pas debout! À un médecin du planning familial? Pour se retrouver confronté à des tonnes de mises en garde sur les IST et repartir sans le moindre conseil un peu concret mais avec deux préservatifs dans les poches? Non, il y avait des choses où il n'y avait que lui, Jason, qui pouvait l'aider. C'était son devoir de père et il ne se déroberait pas.

Nicolas l'avait oublié mais c'était justement le soir où sa mère rentrait tard parce qu'elle devait assister à un conseil des facultés universitaires de Namur. Jason décida de ne pas perdre de temps. Un quart d'heure plus tard, installés dans le salon, une bière en main, les pieds sur la table basse (ce qu'on ne pouvait jamais faire quand maman était à la maison!), Jason et Nicolas regardaient un porno. Les gémissements surjoués des actrices de X faisaient rire le gamin et Jason le regardait avec tendresse et indulgence. Le raisonnement de Jason avait été le suivant: les jeunes de la génération de son fils, quand ils avaient des questions comme celles qu'il semblait avoir, allaient chercher des réponses en matant des films X. Sur internet, ce n'était vraiment pas difficile à trouver. Seulement, dans ces films de cul, on trouvait de tout: des machins violents, des gangbangs invraisemblables où une fille, en plus de la double pénétration, devait branler deux étalons en même temps. Rien qui permettrait à un ado sensible de répondre à ses questions. Non, Jason voulait sélectionner du sérieux. Des films érotiques plus que pornographiques. Deux acteurs, une femme, un homme et là, il apprendrait des trucs qui lui seraient utiles dans sa vie amoureuse à lui.

Soudain, Nicolas lui demanda d'arrêter l'image.

— Attends! Arrête! Fais « pause »! Arrête-toi, là!

Jason appuya sur la télécommande. Il fut soulagé que les gémissements de l'actrice qui lui vrillaient les nerfs s'interrompent.

Il se tourna vers son fils dont les yeux avaient pris la forme de gigantesques points d'interrogation.

— Je comprends pas ce qu'ils font, là.

Pour un peu, Jason aurait éclaté de rire. Ces jeunes ! Il fallait tout leur apprendre !

— Je ne vois ce que tu peux ne pas comprendre. Ça me paraît très clair ! Très, très clair, même !

Nicolas, complètement à l'aise, totalement désinhibé, se pencha vers l'écran pour examiner tout à son aise la position adoptée par les hardeurs.

— Attends ! Elle, elle... Ah ! D'accord ! C'est ça qu'elle lui fait !

Jason s'amusait beaucoup. D'abord il n'avait plus regardé de porno depuis un sacré bout de temps, il l'avait parfois fait avec Emmanuelle mais leur libido n'avait pas vraiment besoin d'être boostée, et ça l'excitait pas mal, en fait. Et voir son fils découvrir ça lui faisait réenvisager son rôle de père différemment. Il n'avait pas imaginé que la fonction paternelle s'étendrait jusque-là. Cette scène avec Nicolas lui paraissait bizarre, à la fois tendre et un peu malsaine.

— Voilà ! Tu as compris !

— Tu crois qu'elle ferait ça avec moi, Jessica ?

La question piège ! Il allait falloir jouer serré. Nicolas avait besoin d'une vie équilibrée, y compris d'une vie amoureuse équilibrée. Et un des ingrédients c'était que les femmes restent à leur place et ne vous marchent pas sur la tête.

— Si elle veut pas, tu la largues !

— Sérieux ?

— C'est toi le chef, oui ou non ?

À se souvenir du moment où Jessica lui avait dit qu'il pouvait bien se geler les couilles en ajoutant qu'il n'avait qu'à prendre du Viagra, Nicolas n'avait pas le sentiment d'avoir été le chef en quoi que ce soit !

— Euh, je sais pas... Oui, mentit-il pour faire plaisir à son père.

— C'est comme ça, les femmes, mon vieux ! Si tu ne montres pas que c'est toi le plus fort, elles te poignarderont dans le dos ! Et alors, finie la tranquillité, c'est toutes des putes !

À dire vrai, Jason n'avait pas totalement l'impression que les mots qu'il employait auraient pu servir pour décrire sa propre relation avec sa femme. Mais c'était pédagogique, c'était pour Nicolas, il fallait bien qu'il comprenne ! Qu'il n'entre pas dans une relation toxique avec une petite salope qui l'emmerderait. Alors il durcit le trait. Ça n'empêcha pas la question qu'il redoutait d'arriver.

— Et maman ?

— Quoi maman ? Tu n'espères tout de même pas que je vais te dire si on fait ça ou pas !

Jason avait appuyé sur le bouton de la télécommande et les acrobaties érotiques avaient repris leur cours sur l'écran.

— Non, mais je veux dire… C'est toi le patron, avec elle ? Tu te laisses marcher sur la tête ? Tu vas quand même pas me dire qu'elle aussi, c'est une pute ?

Jason poussa un long soupir. La conversation prenait une tournure déplaisante et qu'il aurait bien voulu éviter. Il tâcha de préciser sa pensée. Pas simple. Il fallait armer Nicolas, lui donner des ressources pour affronter sa Jessica et les femmes en général mais sans trop dénaturer l'image de sa mère, quand même.

— Le problème avec ta mère, c'est que…

Jason s'interrompit ; il ne savait comment continuer. Il reprit avec précaution, cherchant ses mots.

— Le problème avec les femmes, c'est qu'on ne peut pas vivre sans elles. Bon… Mais ce n'est pas vraiment possible non plus de vivre avec elles. Tu comprends ?

Nicolas opinait gravement de la tête. Ce n'était pas simple mais il pensait bien saisir l'idée générale.

Nicolas fut très reconnaissant envers son père de cette séance. Cela inaugura un nouveau rapprochement avec Jason, une nouvelle complicité père-fils. Et une confiance en lui renouvelée. Il se dit qu'il retenterait bien le coup avec Jessica.

Quelques jours plus tard, il la cherchait partout dans les bâtiments du collège qu'ils fréquentaient tous deux. Il entrait dans les locaux, le réfectoire, la salle informatique, les labos de sciences avec tout le temps la même question à la bouche.

— Tu as pas vu Jessica ?

Mais la réponse était constamment non, on ne l'avait pas vue, elle n'était nulle part. Elle semblait s'être volatilisée. Et Nicolas quittait le local dépité, en claquant la porte. De sorte qu'il n'entendait pas la phrase qui suivait généralement son départ.

— Je serais lui, je lui foutrais la paix, à Jessica.

Il finit cependant par la retrouver, au fond du parc attenant à l'école et que les élèves avaient le droit d'utiliser durant leurs temps de récréation. Elle était là en compagnie de ses potes, deux filles et deux garçons avec qui elle discutait. Seulement, un des deux garçons était le grand Jérémy et Nicolas ne l'aperçut pas tout de suite. Quand il s'en rendit compte, il était trop tard pour faire demi-tour et repartir d'où il venait, à moins de vouloir passer pour l'empereur des lâches. Aussi, c'est sans conviction qu'il s'approcha et interpella la jeune fille.

— Ah ! Jessica, tu es là. Je te cherchais.

Le moins qu'on puisse dire, c'est que la jeune fille n'avait pas l'air particulièrement transportée à l'idée de le voir.

— Qu'est-ce qu'il y a ? Qu'est-ce que tu me veux ? Tu veux promener ton petit chihuahua, c'est ça ?

Nicolas ne comprit pas l'intention moqueuse qu'il y avait dans cette question et c'est très décontenancé qu'il répondit.

— Quel chihuahua ? J'ai pas de chien, moi !

Ce n'est qu'en entendant l'éclat de rire dans le groupe qu'il comprit qu'on se foutait de sa gueule et qu'il saisit que Jessica avait dû leur faire des confidences sur sa contre-performance quand ils s'étaient retrouvés au lit. Il se sentit rougir jusqu'à la racine des cheveux et s'enfuit quasiment, plaçant tous ses efforts dans le fait de ne pas partir en courant.

Il se dit qu'il s'arrangerait, une prochaine fois, pour l'aborder quand elle serait seule. Un mardi, en fin de journée, il la suivit alors qu'elle rentrait chez elle, il l'aborda dans une rue tranquille. Elle n'avait pas envie de le voir mais, à force d'insistance, elle finit quand même par accepter d'écouter ce qu'il avait à dire. Il la flatta d'une façon éhontée, lui dit qu'il avait été bouleversé de la découvrir nue, renversé de sa beauté et que ça lui avait fait perdre tous ses moyens. Il la supplia de recommencer en jurant ses grands dieux que, cette fois-ci, ce serait différent. Jessica, qui le trouvait toujours aussi craquant, consentit à lui donner une chance, une seule, la dernière ! En lui promettant bien que s'ils se retrouvaient au lit et que si ça se passait comme la fois dernière, non seulement elle ne le reverrait plus jamais mais que tout le collège serait au courant de comment ça se passait pour le sexe avec lui. Quitte ou double. Et pas question de se dérober : c'était tout de suite ou bien jamais. Ils rentraient chez elle, ils baisaient et on verrait bien !

Nicolas avait une pression de dingue ! Mais il se sentait bien préparé. Il avait encore regardé des films avec son père, avait pu poser toutes les questions qu'il voulait, s'était renseigné sur le plaisir des hommes, l'éjaculation, la jouissance des femmes. Il entra dans sa chambre comme un sportif entre sur le terrain un soir de finale.

Il fut royal. D'entrée, il prit la direction des opérations et imposa à sa partenaire une position qu'elle n'avait jamais pratiquée. Elle eut l'impression de faire l'amour avec un champion, un pro et se dit qu'effectivement la fois d'avant avait été un accident. Par un curieux renversement des choses, leurs situations amoureuses s'inversèrent : Jessica qui avait été si déçue la première fois se sentit invinciblement attirée par ce si beau garçon qui la faisait jouir si fort ; Nicolas qui se sentait si amoureux après son fiasco se dit maintenant qu'il testerait bien son nouveau pouvoir avec d'autres partenaires.

Dans les semaines qui suivirent, Nicolas devint l'amant expérimenté d'un nombre toujours croissant de jeunes filles du bahut. Son adjuvant involontaire dans cette tâche fut Jessica elle-même qui se vantait auprès de ses copines d'avoir dégoté la perle rare. Aussi beaucoup d'entre elles voulurent vérifier par elles-mêmes si la réputation du beau Nico n'était pas usurpée. Lui faisait le maximum pour cloisonner ses histoires et faire en sorte que chacune se croie la seule mais, au grand désespoir de Jessica, la vérité ne tarda pas à émerger et Nicolas fut vu comme un bourreau des cœurs. Il n'avait pas seize ans.

Ce samedi-là, il faisait beau. Emmanuelle et Jason partaient faire un barbecue dans le jardin de la maison de Stéphane et Magali. Une charmante villa située dans le village d'Erpent, non loin du collège de Nicolas. Stéphane était un collègue de Jason, un des rares avec qui il avait sympathisé. Et comme le courant était plutôt bien passé entre Emmanuelle et Magali, ils faisaient partie des quelques amis qu'ils voyaient parfois. Ils avaient un fils de quatorze ans, Michel, et lui et Nicolas avaient l'air de pas mal s'entendre. Le bonheur chez les bobos, quoi !

À l'apéritif, les garçons avaient déjà filé dans une chambre, sûrement pour s'user les yeux toute l'après-midi sur un jeu vidéo. Alors qu'il allait faire un temps splendide ! Ah, les ados ! Stéphane essayait de déboucher une bouteille de vin dont le bouchon se montrait particulièrement récalcitrant tout en tentant de raconter une anecdote sur Massoulier, le grand patron de la compta. Jason charriait son copain Steph en lui disant qu'il était quand même plus doué avec un ordi dans les mains qu'avec un tire-bouchon ; il fallait qu'il se dépêche s'il ne voulait pas retrouver des convives morts de soif. Les deux femmes bavardaient de tout et de rien en finissant d'assaisonner les salades. Mais ce putain de bouchon était pourri, pestait Stéphane.

— Bon, en attendant, tu m'as pas raconté pour Massoulier, faisait Jason en picorant les olives.

Stéphane précisa pour ces dames qui posaient la question que Massoulier, c'était le grand big boss de la compta, une sorte d'ovni qu'on voyait hiver comme été avec le même pull crasseux mais un seigneur dès qu'il s'agissait de jouer avec des chiffres !

— Et là, le matin, je le croise à la machine à café, je vois qu'il est tout chic : une chemise, un costard, une cravate ! Un super beau costume. Et une chemise blanche !

— Et en prime, une cravate noire ! précisa Jason.

— Tout en noir, en fait ! En noir des pieds à la tête ! Mais moi, bon, je fais pas attention, je vois surtout qu'il est bien habillé, je me rends pas compte qu'il est en deuil.

Là, ça y était, Stéphane avait ferré son auditoire, il les tenait avec son histoire. Les deux femmes imaginaient déjà le quiproquo qui pouvait avoir eu lieu. Et Jason était en train de renoncer à la perspective de boire un coup parce que le bouchon n'avançait même plus d'un millimètre !

— Forcément ! fit Jason. C'était sa femme qui venait de mourir !

— Mais ça, j'en savais rien, protesta Stéphane. Tu aurais pu me le dire !

— J'aurais bien voulu mais je te croise jamais à la boîte !

— Comme quoi on a bien raison d'organiser ce genre de barbecue le week-end ! Bon, Magali, ce tire-bouchon, ça va pas du tout. On n'en a pas un autre ?

Magali fit rire toute la tablée en disant que si, bien sûr, il y avait le vieux cassé dans le tiroir de la cuisine. Stéphane, moitié choqué, moitié amusé, lui demanda ce qu'elle voulait qu'il fasse d'un tire-bouchon cassé. Magali répliqua qu'il pouvait se le foutre où il voulait, que ça lui était égal, que de toute façon elle ne buvait pas.

Et Emmanuelle fit observer que c'était pareil chez elle, elle trouvait jamais le temps de ranger. L'ambiance était donc excellente. J'insiste bien sur ce point, mon vieux : l'ambiance était super bonne. Pour finir, Jason se dévoua, il sortit son petit canif à six lames, exhuma un tire-bouchon de lilliputien et ce fut lui qui entreprit de se battre avec la bouteille de vin pendant que le gars Stéphane racontait la fin de son histoire avec Massoulier.

— Toujours est-il que je me rends pas compte de la situation, je veux lui faire un compliment et je lui fais : « Monsieur Massoulier, quelle élégance ! Un rendez-vous galant, peut-être ? ».

Magali, entre catastrophée et amusée, se dit que son mari n'en faisait jamais d'autre.

— C'est pas vrai ! Tu as parlé de rendez-vous galant à un type qui vient d'enterrer sa femme ?

Stéphane dut bien reconnaître que ce n'était pas le summum du tact.

— Ouais ! Tu imagines le blaireau, quoi… Et puis, dans la journée, ma secrétaire m'explique ma méprise. Tu penses bien que je suis super emmerdé !

— Tu m'étonnes ! qu'elle fit Magali. Ah ! Voilà ! Il suffisait de demander à quelqu'un de compétent, en fait !

Effectivement, après s'être mesuré avec le liège récalcitrant, Jason avait réussi à décrocher une victoire et à déboucher la bouteille de vin. Il remplit les verres tandis que Stéphane terminait son histoire.

— Alors dans l'après-midi, je m'arrange pour recroiser Massoulier et je lui fais… « Je viens d'apprendre. Désolé pour votre pauvre épouse ! ». Et lui, Massoulier, il me répond : « Oh, vous savez, tout le monde a ses petits soucis ! ».

Le propos suscita évidemment l'hilarité générale.

— C'est pas vrai ! Il t'a pas dit ça ?

Stéphane se mit la main sur le cœur pour répondre.

— Je te jure ! Sur la tête de Michel ! Du coup, j'étais encore plus emmerdé que le matin, je savais pas où me mettre !

— Quoi ? Le gars perd sa femme et il te sort « Tout le monde a ses petits soucis » !

— Attends, tu sais pas le plus beau. Je ne l'ai réalisé que plus tard mais, s'il était en noir, c'est parce qu'il est venu travailler l'après-midi même de l'enterrement de sa femme !

Emmanuelle tâcha de ramasser le sentiment général en une formule.

— Peut-être qu'ils n'étaient plus très, très amoureux.

Les rires s'enflèrent encore. Venir travailler l'après-midi de l'enterrement de son conjoint et qualifier sa mort de « petit souci », non, ça ne ressemblait pas au comportement d'un homme « très, très amoureux ». Là-dessus, puisque le vin était servi dans les verres, ils trinquèrent. Mais de l'avis général, le vin n'était pas moins acide que le comportement de Massoulier. Stéphane résuma l'impression d'ensemble.

— Je me demande si on est très reconnaissant à Jason d'avoir réussi à l'ouvrir. Il est dégueulasse, non ?

— Infâme. Tu en as acheté beaucoup ?

— Six caisses !

— Tu vois ? Toi aussi, tu as tes petits soucis…

— Il n'y a qu'à le refiler à Massoulier !

Voilà la tonalité générale de l'ambiance : drôle. Détendue. C'est au dessert que les choses ont commencé à se gâter ! D'abord Emmanuelle s'est inquiétée de ne pas avoir vu les gamins depuis un bon bout de temps. Mais Magali l'avait rassurée, disant qu'ils étaient sûrement occupés à jouer à la console à l'étage. Et Emmanuelle avait paru rassurée.

Puis Jason avait demandé à tout le monde ce qu'ils pensaient de cette affaire idiote qui défrayait la chronique judiciaire, qui excitait la verve de toutes les associations qui, de près ou de loin, s'occupaient de l'enfance. Comme personne ne voyait de quoi il s'agissait, Jason entreprit de résumer l'histoire. C'était un couple de divorcés. Ils avaient un gamin en garde partagée, une semaine chez l'un, une semaine chez l'autre. Douze ou treize ans, le gamin, avait ajouté Jason, à peine plus jeune que les nôtres. Un jour, le gosse avait désobéi à son père : il avait refusé de dire bonjour à quelqu'un qui venait en visite chez eux. Pas un bisou, hein ? Non, simplement refuser de dire bonjour à un visiteur, un ami du père, le gamin ajoutant même qu'il n'aimait pas ce type-là et que c'était un con. Très calmement, le père avait emmené son fils à l'étage, dans la salle de bains. Là, il lui avait redemandé de descendre et de saluer la personne qui venait en visite chez eux. Nouveau refus du gamin. Alors, tout tranquillement, c'est-à-dire pas sous le coup de la colère, comme une chose réfléchie posément, le père avait donné une fessée à son fils et l'avait envoyé dans sa chambre et puis il était descendu retrouver son visiteur. La semaine suivante, le fils était retourné chez sa mère, il lui avait raconté qu'il avait reçu une fessée. Furieuse, la mère avait téléphoné à son ex, demandant confirmation. Le père avait tout exposé à la mère du gamin, en ne cachant rien des circonstances de l'incident. Et la mère avait décidé de porter plainte. L'affaire venait d'être jugée : condamnation du père. Plusieurs centaines d'euros d'amende. Une somme astronomique, en tout cas.

Jason racontait ça comme ça, il ne savait même pas trop ce qu'il en pensait, lui. Ce qui l'amusait surtout, c'était de voir les réactions virulentes que cette affaire produisait dans les deux camps, chez les anti- et les pro-fessées. Des gens se seraient bien battus, prolongeant le conflit des parents avec des arguments que lui trouvait excessifs de toute façon. Il ne se doutait pas que le débat, y compris dans tout ce qu'il avait de démesuré, allait bientôt s'inviter à table.

— Eh bien, moi, je trouve ça très bien, fit Magali, sans l'ombre d'une hésitation.

Emmanuelle réagit comme si Magali avait voulu soutenir des néonazis révisionnistes.

— Pardon ? Attends… C'est quoi que tu trouves bien ? Qu'on ait condamné un père qui avait donné une gifle à son fils ?

Magali n'avait pas l'air de percevoir le ton de pasionaria de la femme du collègue de son mari. Mais Jason qui la connaissait bien soupira. Quand elle se braquait comme ça, il n'y avait plus de discussion possible. Elle devenait une intégriste. Elle allait faire chier son monde et niquer la fin de l'après-midi. S'il avait su, il aurait jamais raconté cette histoire idiote. Magali précisa simplement sa pensée.

— Ben oui… C'est bien ! On ne peut pas frapper les mômes !

Là, c'était fini. Elle allait monter sur ses grands chevaux ! Déjà, elle prit un de ces tons de givre pour répondre à Magali.

— Il ne lui a pas arraché un bras, Magali ! Il ne l'a pas tué ! Il lui a donné une petite gifle !

Ce que Magali répondait lui paraissait très logique. Alors, au début du moins, elle répondit très calmement, sur un ton posé.

— Comment tu sais qu'elle était petite ?

Emmanuelle se mit à distiller les syllabes et à articuler exagérément. Jason savait que c'était jamais bon quand elle articulait comme ça.

— Magali, il ne l'a pas tué ! Ce n'est pas de la maltraitance !

Mais Magali, justement, se sentait dans son bon droit. Et si l'autre voulait monter sur ses grands chevaux, eh bien, elles feraient la cavalcade ensemble !

— Ah bon ? Et c'est quoi, pour toi, la définition de la maltraitance ?

Jason se dit qu'il allait monter, lui aussi, sur le ring. Histoire d'essayer de calmer le jeu.

— On condamne un père qui a frappé son fils ! Qui pourrait ne pas trouver ça bien ?

Ce dont il n'avait pas pris la mesure, c'est que le match allait se déplacer entre sa femme et lui. Que le jeu ne se calmerait pas. Qu'il dévierait. Et qu'il prendrait des proportions inusitées.

— Il ne l'a pas frappé ! Voyons, réfléchis un peu !

— Il l'a frappé ! Flanquer une gifle à un gamin, c'est le frapper !

— Toi, évidemment, tout de suite les grands mots ! Dès qu'il y a moyen d'exagérer, môssieu Jason est là !

Elle personnalisait la discussion ? Elle voulait en faire une question de personnes ? D'accord, on allait bien voir !

— Tu frapperais Nicolas, toi ? Réponds-moi franchement, tu l'as déjà battu ?

Mais Emmanuelle n'était pas femme à laisser la discussion prendre ce tour-là sans réagir. Elle déplaça l'axe du problème.

— Ton père, à toi, il t'a jamais flanqué de gifle ? Ne me réponds pas non, couillon, je sais bien que si ! Si, il t'en a déjà flanqué des torgnoles, et des sévères ! Tu me l'as assez souvent raconté ! Bon, et tu n'en es pas mort ! Et jamais tu n'aurais l'idée de parler de lui comme d'un mauvais père !

— Non.

— Alors, je ne comprends pas. Elle est où, la différence ? Pourquoi c'est très bien que ce type soit condamné à une amende colossale ?

Jason perdit un moment le fil de la discussion. Il rêvait ou cette salope venait de le traiter de couillon ? Non non, il ne rêvait pas ! Elle l'avait traité de couillon devant ses amis à lui. Il lui renfoncerait ces paroles dans la gorge ! Même si pour ça il devait les enfoncer à coups de talons pour que ça rentre !

— L'époque n'est plus la même !… Pétasse !

Mal joué, pensa-t-il. Un petit temps, un petit délai entre la phrase et l'invective. Un rien mais assez pour montrer qu'il perdait pied, qu'il était déstabilisé. Il montrait un peu de fébrilité. Ce n'était pas avec ça qu'il allait la remettre à sa place. Il faudrait jouer plus serré et reprendre l'avantage la prochaine fois !

— C'est assez pauvre comme argument, tu m'avoueras, ducon !

Putain ! Elle le faisait mieux ! Chez elle, c'était naturel mais il était hors de question qu'il laisse passer ça ! Au besoin, il réglerait ça ce soir en la corrigeant quand ils seraient seuls dans leur chambre ! De l'autre côté de la table, avec gêne, Magali et Stéphane voyaient la discussion leur échapper et tourner à la bataille rangée avec lancer de noms d'oiseaux dans le couple de leurs amis.

— Réponds-moi, connasse ! Tu as déjà frappé Nicolas ?

— Mais non ! Bien sûr que non ! Comment tu peux être assez con pour poser la question ?

— Parce que je te connais, pauvre idiote ! Tu le ferais ? Frapper Nicolas, tu le ferais ?

Ça allait. Ça s'équilibrait. Elle ne cédait pas, elle tenait tête, cette pute mais, du moins, ils étaient à armes égales.

— S'il est impossible ou s'il me fait complètement perdre patience, je n'exclus pas de lui donner une petite tape.

— Ici, c'est pas une petite tape, c'est une gifle !

— Tu joues sur les mots ! Ça revient au même, non ?

Déjà deux phrases qu'elle prononçait sans insulte. Elle se calmait, peut-être. Ce n'était pas le moment de baisser sa garde, il fallait frapper un grand coup.

— Explique-moi pourquoi tu veux à ce point défendre les flanqueurs de gifles ! Salope !

Mal négocié. Ça faisait artificiel. Rester dans la même énergie, la faire plier, lui faire rendre gorge !

— Tu ne le vois pas que cette mère instrumentalise son fils ? Les parents sont divorcés ! La mère, elle cherche avant tout à emmerder son ex. Elle se sert de son fils. Elle l'embrigade là-dedans. Le petit n'a pas à se retrouver coincé entre ses parents à ce propos-là ! On lui donne un pouvoir qu'il n'a pas à exercer.

Aïe ! Ça prenait un tour que Jason n'aimait pas. Elle quittait l'invective pour le langage de la raison. Elle remplaçait l'insulte par le raisonnement, un terrain discursif où Jason se sentait nettement moins à l'aise. Qu'est-ce qu'il devait faire ? D'un côté, s'il continuait à empiler les injures, Stéphane et Magali allaient le trouver excessif, revanchard. D'un autre côté, c'était elle qui avait commencé en le traitant de couillon en public et il ne pouvait pas laisser passer ça ! Temporiser. Il fallait gagner du temps.

— Je vois pas du tout ce que tu veux dire. Sois claire, putain !

— Tu imagines la prochaine fois que ce gamin ira chez son père ? Il n'aura plus aucune autorité sur lui. Dès que le père voudra dire quelque chose qui plaît pas au môme, ce sera « Non, pas ça ou je le dis à maman ! ».

— Donc toi, tu frapperais Nicolas ?

Oui, bien, comme ça ! Ramener la situation à elle et à la drôle de mère qu'elle devait être pour raisonner de la sorte !

— Ça va pas le tuer, non ?

Un blanc. Plus personne ne répondait. Ça allait peut-être apaiser la situation. Mais danger aussi. Si le silence s'installait, on croirait qu'il ne savait pas quoi répondre, qu'il restait le bec dans l'eau. Il fallait parler. Dire quelque chose, ne pas lui donner l'impression qu'elle en sortait vainqueur. C'est le moment que ce crétin de Stéphane choisit pour intervenir dans la discussion.

— Eh bien, moi, je suis tout à fait d'accord avec toi, Emmanuelle.

Du coup, c'est l'autre hystérique, c'est sa propre femme qui réagit, comme si une guêpe l'avait piquée.

— Toi, tu frapperais Michel ?

— Mais non, bien sûr que non. Mais elle instrumentalise le petit, ça, je suis d'accord.

— Ouf, tu m'as fait peur.

Des couilles molles, ces deux-là ! Même pas foutu de se disputer, même pas capable de tenir tête à sa femme. Jason tenta une sortie de route, une phrase légère et anodine pour faire diminuer la pression.

— On dirait bien que j'ai niqué l'ambiance avec mon histoire de gifle.

Personne ne rit. Ça ne marchait pas super bien, son essai d'alléger l'atmosphère. Tout à coup, Emmanuelle se leva et passa aux toilettes. Magali alla au fond du jardin, enfouir son nez dans ses roses pour capter leur parfum et apaiser sa tension. Les deux hommes se retrouvèrent seuls, face à face, de part et d'autre de la table, à pas savoir quoi dire, comme deux cons.

Vingt minutes plus tard, tout le monde débarrassait la table. Rien n'était réglé, on n'avait pas repris le débat, personne ne s'était excusé. Simplement, au bout d'un temps, quelqu'un avait recommencé la discussion sur autre chose. Mais avant cela, le silence avait été lourd. Un ange qui passe, comme on dit. Simplement, celui-là, il avait une kalachnikov dans les mains. On en était donc revenu aux platitudes de base, le temps qu'il fait, le temps qui passe, quand, d'une phrase anodine, Emmanuelle relança les boulets rouges.

— De toute façon, les divorces, c'est toujours des problèmes.

— Qu'est-ce que tu en sais ? fit Jason, goguenard. Tu as divorcé ?

— Pas encore, non.

Sympa. Charmant.

— Parfois, un divorce, c'est pas seulement un conflit dans un couple qui ne s'aime plus. Le conflit s'exporte aussi chez les enfants. Alors, on ment, on fait mentir, on manipule, c'est fréquent. Alors, parfois, si ça se passe pas bien entre un des deux parents et son fils, il vaut mieux cesser de se voir. Pendant quelque temps, du moins. Plus du tout, si c'est nécessaire. Le temps que tout ça s'apaise un peu.

Magali avait déjà été très ébranlée par la discussion de tout à l'heure. Là, elle était décidée à ne plus rien laisser passer.

— Pardon ?

Emmanuelle, consciente que ce qu'elle disait avait un côté provocateur, essaya de s'expliquer calmement.

— Je sais, c'est une idée que personne n'est prêt à accepter. Il y a des idées, comme celle-là, dont le totalitarisme est si fort que personne n'est prêt à envisager le point de vue contraire. Un père, ou une mère, doit voir son fils. C'est obligé. C'est inévitable. On vous dira même que c'est humain. Ce qui sous-entend que si vous défendez une autre idée, ce n'est pas humain. C'est inhumain. Un père, une mère doit voir son fils. Parce qu'une mère aime toujours son fils. Elle sait toujours ce qui est bon pour lui. Et un fils aime toujours sa mère. Toujours. C'est obligé, c'est la nature.

Magali, qui avait d'abord pensé qu'elle allait se mettre à hurler, fut si surprise qu'elle répondit d'une voix blanche.

— Mais c'est monstrueux ce que tu dis ! Évidemment qu'un fils aime toujours sa mère ! Et qu'une mère aime toujours son fils ! Heureusement !

— Eh bien, non, pas toujours. Ce n'est pas obligé. Il y a des fois où la rencontre ne se fait pas, des fois où on peut être déçu. Des deux côtés, d'ailleurs. Des fois où on aurait tellement voulu avoir comme fils le fils des voisins. Ou avoir comme mère la mère des voisins. Il y a des familles où ce n'est pas naturel de s'aimer, on dirait que je vous apprends quelque chose mais tout le monde sait ça.

Emmanuelle réalisait à quel point elle s'ouvrait aux autres. Jamais, peut-être, elle n'avait été plus sincère. Elle aimait Nicolas, bien sûr, mais elle savait bien que si les circonstances avaient été différentes elle aurait pu tout aussi bien ne pas l'aimer. Toujours abasourdie, Magali poursuivait de la même voix éteinte.

— Ça veut dire que si tu divorçais de Jason, tu pourrais accepter l'idée de rester sans voir Nicolas ?

— S'il le fallait, oui. Si c'est mieux pour tous les deux, oui. Si vraiment on se hait, le mieux c'est de pas se voir.

— C'est affreux, ce que tu dis !

— Non, ce n'est pas affreux. C'est la vie. On n'a pas de télécommande pour forcer les gens à vous aimer.

Emmanuelle sentit tout à coup une grande lassitude lui tomber sur les épaules. Ce qu'elle essayait d'expliquer était si compliqué. Si bizarre aux yeux de certains. Qu'est-ce qu'ils pouvaient comprendre, ces gens, avec leur bonheur si parfait qu'ils lui donnaient parfois l'impression de ne pas vivre tout à fait. Soudain, elle se dit qu'elle n'en pouvait plus.

— Jason, on rentre ?

Les conséquences de cette après-midi qui avait si bien commencé et s'était achevée si difficilement seraient énormes. D'abord, elles allaient contribuer à isoler Emmanuelle au-delà de ce qu'elle aurait pu imaginer. Magali avait déjà été ébranlée des idées si bizarres de la femme du collègue de son mari. Ce qui achèverait d'enfoncer le clou, ce serait le comportement de Michel dans les jours qui suivraient. Magali le trouvait bizarre, perturbé. Jusqu'au jour où il finit par lui avouer, rouge jusqu'à la pointe de ses oreilles, que les films qu'ils avaient regardés sur la tablette avec Nicolas, le jour où les amis de papa étaient venus déjeuner, l'avaient troublé et qu'il y pensait sans cesse depuis. Magali finit par réaliser qu'ils avaient passé une bonne partie de l'après-midi de ce jour-là à regarder du porno, soft d'abord puis de plus en plus hard. Elle en fut profondément choquée et ne douta pas un instant que c'était là le résultat de l'éducation ou de la non-éducation bizarre et laxiste qu'Emmanuelle donnait à son fils. Elle résolut de ne plus jamais la voir et, un jour, en cachette de son mari, téléphona à celle-ci pour lui annoncer qu'elle mettait un terme définitif à leurs relations. Ajoutant qu'elle ne tolérerait pas davantage que Nicolas voie Michel. Cette démarche était douloureuse à Magali ; aussi quand elle eut fini ce qu'elle avait à dire, elle raccrocha précipitamment sans laisser à Emmanuelle le temps de répondre. Celle-ci, qui allait demander si Nicolas avait fait quelque chose de mal, s'entendit raccrocher au nez. Elle ne s'affola pas outre mesure, se dit que, comme Magali était hypersensible, ce ne devait pas être très grave et que ça allait s'arranger. Les deux femmes ne se parlèrent plus jamais.

L'autre chose qui allait contribuer à donner l'impression à Emmanuelle de monter l'univers contre elle, ce serait le comportement de son mari. Jason était revenu de chez son pote Stéphane particulièrement remonté contre sa femme. Elle l'avait traité de tous les noms devant ses amis, maniait l'invective comme un charretier, il s'était senti dominé, ça ne pouvait plus durer. De plus, ils faisaient de moins en moins l'amour et Jason, qui se plaisait à se définir comme un homme aux besoins physiques impérieux en concevait beaucoup de ressentiment. Non, décidément, il fallait la reprendre en mains. Cette salope. Il se rendit compte que, lorsqu'il pensait à sa femme, c'était ce mot-là qui revenait sans cesse dans son esprit et Jason se dit qu'il n'y avait décidément pas de fumée sans feu. Si ce mot-là lui venait à l'esprit, il n'y avait pas de hasard. Il la mettrait donc au pas, cette salope !

Dans le même temps, il devait négocier un contrat particulièrement difficile avec la firme espagnole avec laquelle il avait déjà pris contact. Un contrat juteux, avec plein de zéros sur le chèque mais c'était loin d'être joué et cela mettait sur les épaules de Jason une pression qui finissait par se faire ressentir aussi dans la vie de famille. D'autant que, pour ce contrat, on lui colla dans les pattes un superviseur qui, pour la première fois de sa carrière, était une femme. Avec un prénom idiot, trouvait-il, un prénom de gamine qui était ridicule. Mady. On eut beau lui expliquer que c'était un diminutif de Madeleine, rien n'y fit. Rien dans cette bonne femme ne trouvait grâce à ses yeux. Marre des bonnes femmes. Un jour, il leur ferait payer. À toutes.

Un matin comme les autres, rien n'indiquant que cette journée devrait être particulière, alors que Nicolas et sa mère achevaient de prendre leur petit-déjeuner avant de partir au travail et au collège, un rugissement de Jason tomba de l'étage des chambres sur la table de la salle à manger. Devinant que son père était de particulièrement mauvaise humeur, Nicolas engloutit un dernier bout de pain avant d'empoigner son sac et de filer prudemment vers la sortie.

— Prends ta veste, il va pleuvoir en fin de journée ! s'inquiéta sa mère.

Peine perdue, Nicolas était déjà dehors, sans veste bien entendu, quand Jason entra dans la salle à manger d'un vigoureux coup de pied donné dans la porte. Emmanuelle se dit qu'elle avait intérêt à se tenir à carreau et que, si elle pouvait se faire oublier, ce ne serait pas plus mal. L'oreille vissée au portable, son mari alternait les arguments rationnels et les explosions coléreuses.

— Comment, pas en ordre ? Mais tout était nickel ! Putain ! Ouais, c'est ça, dis-leur à ces connards ! D'accord, je me dépêche, j'arrive tout de suite !

Emmanuelle se serait bien passée de savoir ce qui se passait ; elle avait bien saisi que son mari était fou de rage et que ça ne tournait pas comme il voulait. Même sans comprendre la portée des paroles, la musique de sa voix était très claire. Mais Jason tint tout de même à lui faire part de ce qui coinçait.

— Les Espagnols disent que tout n'est pas en ordre pour le contrat ! Évidemment, elle jubile, l'autre conne, elle dit que j'ai pas fait mon job. Putain !

Avec fureur, Jason saisit une tasse qu'il précipita au sol où elle se brisa en mille morceaux. Emmanuelle se montra encore plus effrayée que désapprobatrice ; elle avait le sentiment qu'elle n'avait jamais vu son mari comme ça.

— Jason ! Je t'en supplie, calme-toi ! Ça va s'arranger !

Il empoigna son téléphone, ses clés et son imper.

— J'y vais ! Ce soir, tu devras me calmer.

Cette dernière phrase ne disait rien de bon à Emmanuelle.

— Comment tu veux que je te calme quand tu es dans cet état-là ? Quoi ? Il fallait lui mettre les points sur les i, à cette conne ?

— Tu vois bien ce que je veux dire, non ?

Emmanuelle hésita avant de répondre. Mais elle se dit qu'elle ne pouvait pas transiger sur ce qui était en train de se préparer.

— Pas ce soir, Jason. Je ne suis pas en forme. Moi aussi, j'ai mes soucis en ce moment.

Des soucis ? De quoi elle se mêlait d'avoir des soucis quand les Espagnols allaient peut-être ne pas signer, cette salope ? Jason lui prit le visage dans les mains et se mit à serrer de toutes ses forces.

— Ne t'avise jamais de me dire un truc comme ça ! Plus jamais !

— Lâche-moi, tu me fais mal…

Jason la lâcha à contrecœur.

— De toute façon, ce soir, il y a mes frères qui viennent. Après le dîner. Tu n'as pas oublié, j'espère. On doit parler de mon père, il a fait un malaise…

— C'est grave ?

Mais Jason avait claqué la porte et il était déjà dehors.

C'était juste. Le colon avait fait un malaise. Jason lui avait dit mais il jouait tellement souvent la comédie, à porter la main à la poitrine et à pleurnicher « Mon cœur, mon cœur… » qu'Emmanuelle ne faisait plus attention. Cette fois-ci, pourtant, cela semblait plus sérieux et ses beaux-frères se demandaient s'il ne faudrait pas envisager un placement en maison de repos. Emmanuelle aurait bien dit qu'il n'avait qu'à aller vivre dans l'urne funéraire qui contenait les restes de sa défunte, au columbarium du cimetière où ils se rendaient chaque année, qu'il aurait là tout ce qu'il lui fallait mais elle subodorait que ça n'aurait fait rire personne. Pour en avoir le cœur net, elle décida de téléphoner à une de ses belles-sœurs. Elle appela la femme de Jean-Marc qui la rassura : ce n'était qu'un malaise vagal. N'empêche que le soir même, les frères et les belles-sœurs arrivèrent à la maison à peine après le retour de Jason du boulot. Tout le monde s'installa autour de la table de la salle à manger et on servit un verre de vin.

Le ton était grave, compassé, on envisageait le placement du beau-père comme une des plaies d'Égypte. Emmanuelle, elle, avait envie de hurler.

— Un malaise vagal, les gars ! C'était un malaise vagal. Une heure après, il se portait comme un charme !

D'accord ! Mais ça ne changeait rien ! Qu'est-ce qu'il fallait faire ? Emmanuelle ne comprenait pas : faire quoi à propos de quoi ? Il allait bien. Son beau-frère William se mit à lui expliquer patiemment.

— Un jour, papa ne sera sans doute plus capable de vivre seul. Il faudra lui trouver une maison de repos ou un service médicalisé.

Bon. Mais ce n'était franchement pas pour tout de suite, hein ? William continuait à lui expliquer gentiment.

— Non, bien sûr, mais il faut prendre les devants. Ces endroits ont toujours des listes d'attente interminables. Si on n'a rien prévu et qu'il nous fait un accident plus grave, qu'est-ce qu'on fera ?

Cette façon de tout prendre au tragique, de tout présenter comme si la catastrophe était imminente. Emmanuelle n'en pouvait plus et elle décida qu'il était grand temps d'alléger l'atmosphère avec une plaisanterie. C'est donc avec son air le plus sérieux qu'elle proposa quelque chose.

— Vous pourriez peut-être le faire empailler.

Aucun de ses beaux-frères ne semblait trouver ça drôle. À vrai dire, aucun ne semblait avoir compris qu'il s'agissait d'une plaisanterie. Les belles-sœurs, elles, souriaient. Discrètement. C'est Franck qui réagit le premier, au bout d'un temps qui lui parut interminable.

— Comment tu peux dire une horreur pareille ?

Emmanuelle continua sur le même ton.

— Non, mais je ne plaisante pas ! Un spécimen pareil, qui met tant d'énergie à entretenir sa tristesse, qui refuse toute forme de joie, toute légèreté, il faut garder ça pour les générations futures.

Franck fut celui qui se montra le plus choqué. Bien, pensait Emmanuelle, au moins une réaction !

— Papa est veuf ! Il n'a pas le droit d'être triste ?

Mais Emmanuelle n'était pas femme à déposer les armes comme ça.

— Votre mère est morte il y a trente ans ! Depuis tout ce temps-là, il n'a pas desserré les dents ! Je sais bien que les hommes sont peu enclins à manifester leurs sentiments, surtout les hommes de la génération avant la nôtre, mais il pourrait sourire un peu, non ?

— Tu sais que tu parles d'un vieillard ? D'un vieux bonhomme tout cassé qui a fait un malaise ?

— Un malaise vagal, Franck !

— Qu'est-ce que tu en sais ? Tu es médecin, peut-être ?

C'était ce que la femme de Jean-Marc lui avait dit. Ils étaient tous au courant, quand même ! Ils le savaient que ce n'était rien ! Et Jason ? Quel rôle il jouait là-dedans ? Pourquoi il n'intervenait pas ?

— Ce n'est rien de grave ! Mais il claque dans ses doigts et vous accourez ventre à terre, tous ! Il n'est pas plus malade que moi mais il vous tient avec sa sinistrose. Et ça fait trente ans que ça dure !

Les frères de Jason étaient fâchés. Sans doute aucun aussi fâché que Franck. Aussi interpella-t-il Jason durement.

— Et toi, tu ne dis rien ?

Ça voulait dire quoi, cette question ? Ça voulait dire : réagis ! C'est ta bonne femme qui est en train de péter les plombs ! Fais-la taire ! C'est à toi de le faire. Jason sortit du bois et se manifesta enfin.

— Bon, chérie, ça suffit, on a bien ri. (Ah bon ? Elle, elle n'avait vu personne rire.) Maintenant tu arrêtes, ajouta Jason.

Mais Emmanuelle était en humeur de continuer.

— Vous vous êtes jamais dit qu'il vous avait pourri la vie avec sa tristesse obligatoire ?

Chez Jason, qui avait de plus en plus de mal à se contrôler, le ton monta rapidement. Une belle montée dans les tours, comme on dit.

— Je t'ai demandé d'arrêter !

— C'est incroyable une telle aigreur ! Une telle inaptitude à être un tout petit peu joyeux !

C'est alors que la chose eut lieu. Et, plus tard, tous les frères de Jason dirent à quel point ils avaient été choqués. Ils n'appréciaient pas particulièrement leur belle-sœur, ils trouvaient ses plaisanteries de ce soir vraiment déplacées, mais là, non ! Surprenant de brutalité, Jason saisit une bouteille de vin rouge débouchée par le goulot, et dans un geste d'une violence formidable, il la brisa sur le bord de la table, le bordeaux se mit à couler sur la nappe et Jason appuya le tesson tranchant sur le cou de sa femme, comme s'il allait l'égorger. Il se mit à hurler comme personne ne l'avait jamais entendu hurler.

— J'ai dit que ça suffisait ! Tu comprends pas, nom de Dieu ! Tu vas la fermer, ta gueule ?

Emmanuelle n'en revenait pas. Elle le savait sous pression depuis qu'il devait négocier ce contrat avec une firme espagnole mais à ce point-là ! De stupeur, les frères s'étaient levés et les belles-sœurs leur avaient emboîté le pas. Elle, qui avait l'impression de sentir déjà le verre lui entamer la carotide, se dégonfla tout à coup et sortit de la pièce en courant pour aller se réfugier dans sa chambre. Jason la regarda sortir avec satisfaction. Enfin ! Enfin, il avait repris le contrôle et elle allait fermer sa gueule. Il reposa calmement la bouteille de vin brisée sur la table et se rassit, tout de suite prêt à reprendre posément la discussion. Ce n'est que lorsqu'il remarqua que tout le monde était encore debout qu'il s'aperçut qu'on le fixait avec consternation.

— Ben quoi ? C'était ça ou elle se taisait pas !

Aucune décision ne fut prise ce soir-là. La réunion de famille fut rapidement écourtée. Emmanuelle et Jason ne reparlèrent pas de ce qui s'était passé ce soir-là qui s'accumula avec le reste des incompréhensions qui s'entassaient doucement entre eux. Et la vie reprit son cours comme si de rien n'était. Quelques jours plus tard, au petit-déjeuner, Jason aborda sa femme sur un ton particulièrement cassant.

— Figure-toi que ce calendrier prétend que samedi, c'est notre anniversaire de mariage. Heureusement que le calendrier s'en souvient parce que, moi, j'avais même oublié qu'on est marié !

Emmanuelle fut très peinée de cette déclaration. Ils avaient des problèmes, bien sûr, comme beaucoup de couples, sans doute, mais de là à penser qu'on pouvait oublier qu'ils étaient mariés. Elle tenta de faire part de cette tristesse mais son mari n'était pas disposé à l'écouter.

— Nous ? Mariés ? C'est une blague ! Tu veux me rappeler depuis combien de temps tu ne m'as plus pris dans tes bras ? Depuis combien de temps on n'a plus fait l'amour ?

Emmanuelle sentait les ennuis venir. Alors elle décida de réagir, se leva, fit le tour de la table et, si les événements l'exigeaient, elle était prête à se donner à lui, là, tout de suite, sur le carrelage de la cuisine.

— Ah oui ? Eh bien, regarde : là, je te prends dans mes bras !

Mais Jason avait trouvé une bonne raison pour être de mauvaise humeur et il n'entendait pas la laisser filer si facilement. Il pensait qu'ils étaient arrivés dans leur couple à ce point crucial : celui où la seule chose qui compte, c'est de trouver une bonne raison de faire la gueule. Aussi la repoussa-t-il si violemment qu'elle tomba à terre.

— Ah non ! Ça serait trop facile. Tu ne le fais que parce que j'en parle ! Et faire l'amour ?

Emmanuelle sentait bien que le point était crucial pour lui. Elle répondit comme elle put mais elle savait bien, dès l'instant où elle formula sa réponse qu'elle serait insuffisante.

— On l'a fait dans la semaine !

Jason fut cinglant pour répondre.

— La semaine ? Quelle semaine ?

Alors Emmanuelle tenta autre chose. Une variante. Une façon de changer son fusil d'épaule, d'attaquer le problème par un autre bout. Elle acheva de se relever, se rassit à table et planta ses yeux dans les siens.

— Pourquoi tu es brutal et agressif? Pourquoi tu es comme ça, Jason?

Mais lui ne se laissa pas circonvenir si facilement.

— Pourquoi JE suis comme ça? Ça, c'est la meilleure! Le problème vient de toi et tu me demandes pourquoi je suis comme ça? Alors écoute: samedi, pour ce soi-disant anniversaire de mariage, je ne veux ni cadeau ni petit resto ni grande déclaration! Ça correspondra mieux à la réalité de ce qu'on est en train de vivre!

Et il sortit furieux, en claquant la porte. Emmanuelle avait échappé au rapport sexuel brutal et immédiat qu'elle avait en tête. Elle se demanda si c'était une bonne chose.

Mais Jason étant passé maître dans l'art de souffler le froid et le chaud, le soir même, il n'y paraissait plus. Sans ruisseler d'amabilité ou de gentillesse, il fut normal à table, correct enfin, et Emmanuelle se demanda si elle ne payait pas un lourd tribut à ce putain de contrat avec les Espagnols qui avait l'air de le mettre hors de lui si souvent. Du coup, elle savait plus sur quel pied danser. Qu'est-ce qu'elle faisait pour samedi? Leur anniversaire de mariage. Jason avait dit qu'il ne voulait rien, ni cadeau ni resto. Mais depuis, il semblait avoir changé d'humeur. Alors? Elle célébrait ou pas? Emmanuelle se dit qu'elle ne lui achèterait aucun cadeau mais qu'elle le régalerait avec une folle soirée où elle prendrait toutes les initiatives pour jouer à la bête à deux dos.

Le samedi en question, elle rentrait d'avoir été conduire Nicolas chez un copain chez qui ils devaient préparer un gros travail d'anglais. Elle ouvrit la porte d'entrée et, à peine le seuil franchi, son champ de vision fut littéralement envahi par le plus gros bouquet de roses rouges qu'elle ait jamais vu. Un fleuve de fleurs dégoulinant jusqu'à elle, une montagne de roses s'élevant au-dessus d'un prodigieux vase en cristal qu'elle ne connaissait pas plus, qui devait venir de chez le fleuriste. Et encore, se dit-elle, quel fleuriste doit avoir à disposition un récipient pareil ? Elle se dit que c'était magnifique et que Jason devait chercher par là à lui demander pardon. Il avait sans doute dû réaliser l'excès de son comportement. Tant mieux, se dit-elle. D'ailleurs il s'approchait, Jason, tout sourire. Il descendait de l'escalier des chambres vers le hall.

— Bonjour mon amour. Il te plaît, ce bouquet ? C'est toi, c'est nous. C'est notre anniversaire de mariage.

L'espace d'une seconde, Emmanuelle sentit le danger. Elle croyait qu'il voulait s'excuser alors que c'était un cadeau pour leur anniversaire de mariage. Et Jason avait dit qu'il ne voulait rien pour leur anniversaire de mariage. Et elle rentrait à la maison les mains vides. Est-ce qu'elle… ? Mais non ! Jason semblait de trop bonne humeur pour que ça pose un problème.

— Elles sont superbes, ces roses ! Quel cadeau, mon amour !

Mais Jason prit un air faussement modeste.

— Ah non, ce n'est pas ton cadeau. Viens !

Il l'entraîna jusqu'au salon, lui tendit un paquet joliment emballé, un paquet chic en provenance d'une des plus belles bijouteries de Namur, elle avait reconnu le nom sur l'emballage. Lui avait le sourire jusqu'aux oreilles quand il lui fit :

— Joyeux anniversaire, mon cœur !

Fébrile, Emmanuelle défit le paquet : il contenait une montre de grand prix.

Emmanuelle n'y connaissait pas grand-chose mais elle devinait que c'était le genre de cadeau qui devait coûter une fortune. C'était là, sa façon de lui demander pardon. Elle se sentit soudain très heureuse.

— Mais tu as fait des folies ! Elle est splendide !

— Essaie-la.

Emmanuelle se passa la montre au poignet ; elle était sublime et lui allait fort bien.

— Elle te plaît ?

— Tu veux rire ? Elle est magnifique !

Mais Emmanuelle eut l'impression que l'aiguille des secondes s'arrêtait brusquement et que son sang se glaçait en elle quand elle entendit Jason ajouter :

— Et moi ? Mon cadeau, c'est quoi ?

— Mais… je n'ai pas de cadeau pour toi.

Le visage de Jason afficha un désappointement comme elle ne lui en avait jamais vu. Tout de suite, elle se dit que c'était fichu, qu'elle venait de se faire piéger. Que c'était le seul jeu auquel ils jouaient désormais tous les deux et qu'à ce jeu-là, c'était Jason le plus fort.

— C'est ce que tu avais dit ! Tu avais dit « pas de cadeau, pas de petit resto » !

Avec une mauvaise foi crapuleuse, Jason surenchérit.

— Ça veut dire que notre anniversaire de mariage, il n'y a que pour moi que c'est important ?

Emmanuelle essaya de se défendre même si elle savait que c'était peine perdue.

— J'ai même cru que tu me faisais ce cadeau-là pour me demander pardon…

— Quoi ? Je suis le seul à penser à fêter notre anniversaire de mariage, le seul à penser que c'est un événement à célébrer et c'est moi qui devrais m'excuser ? Mais tu es dégueulasse !

Et, dans la foulée de sa phrase, Jason gifla sa femme. C'était la première fois qu'il levait la main sur elle.

— Jason ! fit-elle, plus surprise de cette nouvelle étape franchie que réellement choquée.

Mais Jason avait passé une frontière et il ne serait pas facile de lui faire faire marche arrière.

— Tiens ! Prends celle-là ! Salope ! Ordure ! Tu vas voir ce que tu vas prendre !

Et Jason continuait à se défouler sur elle.

Après, ils étaient repartis pour un tour, évidemment. Mais c'est comme quand on court le marathon. Plus on tombe, plus on a de mal à se relever. Ils connurent pourtant une petite embellie où leur vie intime et sensuelle sembla trouver une nouvelle jeunesse. Dans le même temps, Jason avançait dans la préparation de son gros contrat avec la firme espagnole, ce qui l'amena à se rapprocher des pontes de la boîte pour laquelle il travaillait. Fini de jouer petit bras, maintenant il entrait dans la cour des grands. Il fréquentait le haut du panier, le croustillant du gratin, comme il disait lui-même. Aussi fut-il envisagé de recevoir les big boss à la maison, privilège que peu de cadres, même supérieurs, pouvaient se targuer d'avoir décroché. Après avoir songé un moment à les inviter au restaurant, Jason se dit que rien ne valait la chaleur réconfortante du foyer. Il allait leur montrer sa jolie maison, sa jolie famille et les rassembler autour d'une belle table préparée par sa jolie femme. Inutile de dire qu'Emmanuelle sentait bien la pression qui pesait sur ses épaules. Elle sentait bien l'enjeu pour son mari et se dit qu'évidemment, elle allait tout faire pour être à la hauteur.

Le jour où le dîner devait avoir lieu, Jason rentra plus tôt pour vérifier que tout était sous contrôle et que sa femme se sortait bien de ses préparatifs. Elle était dans sa cuisine, littéralement occupée à mettre la main à la pâte. Jason s'approcha par-derrière ; elle ne l'avait pas entendu venir. Il l'enlaça soudain, plaquant son corps contre le sien, lui remontant les cheveux derrière la nuque et l'embrassant dans le cou. Comme une façon de lui rappeler qu'elle lui appartenait. De faire d'une pierre deux coups. Emmanuelle ne put s'empêcher de remarquer qu'il sentait le whisky. Il buvait de plus en plus souvent, ces jours-ci.

— Enfin là, mon amour ?

— C'est un reproche ?

Aïe ! Avait-elle dit quelque chose qu'elle n'aurait pas dû dire ? Dans ce genre de situation, elle ne pouvait s'empêcher de se poser la question, maintenant. Mais non, Jason plaisantait, il avait vraiment dit cela sur le ton de l'humour.

— Pas du tout, tu vas pouvoir m'aider à finir de préparer.

— C'est toi que je vais préparer.

Elle se retourna vers lui, ils s'embrassèrent amoureusement. Puis, il plongea les yeux dans les siens, lui caressa la joue et glissa vers son cou qu'il empoigna délicatement. Décidément, il avait bien le besoin de marquer son territoire, pensa-t-elle.

— Et si on passait au dessert tout de suite ?

Emmanuelle se dégagea doucement, avec prudence.

— Nous n'avons pas le temps, il faut encore que je me fasse belle pour te faire honneur… mon mari !

— Me faire honneur, tu ne crois pas si bien dire, ma chérie.

Il la lâcha enfin et se servit un large verre de whisky qu'il avala cul sec. Elle ne put s'empêcher de remarquer que le niveau dans la bouteille avait drôlement diminué. Elle lui sourit avec indulgence ; ce repas était si important pour lui, ça lui mettait sacrément la pression. Il avait besoin de se calmer, de reprendre le contrôle. Mais bon, qu'il n'abuse tout de même pas, sinon il le perdrait définitivement, le contrôle !

Emmanuelle sortit de la cuisine et gagna l'étage.

Jason la rejoignit après avoir débouché les bouteilles de vin et les avoir prudemment versées dans des carafes à décanter. À l'haleine, ne put s'empêcher de remarquer Emmanuelle, il n'avait pas fait que les déboucher, il les avait goûtées aussi. Il s'approcha de la robe qu'Emmanuelle avait étendue sur le lit, une robe sublime, qu'elle avait payée très cher. Une robe impayable, littéralement. Sa plus belle robe, évidemment, selon elle. En combinaison, elle circulait sans cesse de la chambre à la salle de bains attenante, pour parfaire son maquillage à coups de corrections imperceptibles. Alors qu'elle revenait pour la énième fois vers le lit, elle s'aperçut qu'il faisait une drôle de grimace, qu'elle connaissait bien, une grimace de désapprobation. Elle fit mine de ne pas s'en apercevoir et s'approcha de la haute armoire à glace pour mettre ses boucles d'oreilles. Quand il prit la parole, elle réalisa à quel point il était mécontent.

— Tu te fous de moi, là ! C'est comme ça que tu veux me faire honneur ?

— Que veux-tu dire ?

— Tu ne vas quand même pas t'habiller comme ça ? Avec ta combinaison de grand-mère sous ta robe. C'est moi qui vais choisir ce que tu vas porter ce soir !

Avec un geste fébrile, il froissa la jolie robe hors de prix et la jeta dans un coin de la pièce. De l'armoire à glace, il sortit une belle jupe noire, très bien coupée et qu'Emmanuelle aimait beaucoup. Bof, pourquoi pas, après tout ? pensa-t-elle, c'est plus classique mais si ça lui fait plaisir. Puis il ajouta la blouse qu'ils avaient achetée ensemble voici quelques mois, le jour où il avait eu son augmentation.

— Je ne vais tout de même pas porter ça, elle est transparente !

Elle n'avait jamais vu sur le visage de Jason la fureur qu'il afficha à cet instant. Elle ne l'avait jamais entendu crier si fort non plus.

— Tu fais comme je te dis et pas autrement.

Emmanuelle réfléchit à toute vitesse. La raison. Il fallait trouver le chemin de la raison de son mari, lui faire comprendre que ce qu'il envisageait était impossible.

— Je ne vais quand même pas m'exhiber devant tes patrons pour te faire plaisir ! Tu ne peux pas m'obliger !

Jason l'attrapa par le cou comme pour l'embrasser mais serra juste un peu plus fort. Juste un peu trop fort, en fait.

— C'est ma soirée ! Tu es ma femme ! Tu fais ce que je te dis ! Ni plus ni moins !

Emmanuelle se dégagea brusquement.

— Écoute, ce n'est pas raisonnable ce que tu me demandes. Je vais mettre la robe que j'avais prévue. C'est tes patrons qu'on va recevoir. Les big boss, tu l'as dit toi-même. Ces gens-là, ils sont souvent assez âgés, ils ont des goûts classiques, des habitudes de gens de la haute. Ils seront choqués de voir comment je m'habille pour les recevoir. Au final, c'est à toi que ça va faire du tort. Peut-être même qu'ils vont te retirer le projet avec les Espagnols…

Jason ne la laissa pas aller jusqu'au bout. Il leva la main dans un geste brusque pour lui imposer le silence ; elle crut qu'il allait encore la gifler. Puis, dans un grand silence, il écarta les tentures, ouvrit la fenêtre qui donnait sur les jardins voisins, sans égard pour le fait qu'elle était en petite tenue et il jeta la jolie robe impayable dans les rosiers. Puis il referma la fenêtre.

— Voilà, c'est pas compliqué, maintenant tu dois faire comme j'ai décidé, tu n'as plus le choix.

Il lui attrapa le menton et lui posa un baiser sur sa bouche.

— Je t'aime, tu le sais que je t'aime.

Emmanuelle était un peu tétanisée. Elle luttait pour retenir ses larmes. Elle ôta sa combinaison, enfila la jupe dont elle remonta la fermeture Éclair. Puis se dirigea vers le tiroir où elle rangeait ses soutiens-gorge pour en choisir un. Mais c'est la même voix qui l'arrêta.

— Non, ça non plus !

— Mais on va voir mes seins nus en dessous !

— On ne va pas les voir, on va les deviner. C'est ça qui est beau.

— Je ne reçois pas tes patrons comme ça. Je refuse !

Jason détacha chaque syllabe pour répondre.

— Tu m'obéis, ma femme !

Mais elle ne prêta pas attention à sa diction. Ce qui retint son attention, ce fut la manière dont il secouait son poing fermé. Elle avait parfaitement compris le message : tu fais ce que je dis ou c'est mon poing dans la gueule. Un instant, Emmanuelle eut la tentation de lui résister : ce serait à lui d'expliquer aux big boss pourquoi sa femme avait les lèvres tuméfiées ou l'arcade sourcilière éclatée. Et puis elle céda ; elle enfila la blouse à même la peau. Lui vint se placer devant elle, se mit à genoux, colla sa tête contre son ventre en l'enlaçant et l'embrassa à travers la blouse. Puis, avec une rapidité stupéfiante, il mit ses mains sous sa jupe, remonta le long de ses cuisses et lui enleva sa culotte.

— Ça non plus, tu n'en as pas besoin !

Et il sortit de la chambre.

Emmanuelle resta seule quelques minutes. D'abord elle remit sa culotte, se disant qu'il ne s'en rendrait pas compte, de toute façon. Puis elle fit différents essais : porter la blouse rentrée dans la jupe, hors de la jupe, cherchant ce qui laisserait le moins voir ses seins. Finalement, elle la porta avec une large ceinture, noire aussi, au-dessus de laquelle elle fit blouser le haut. C'était ce qui la cachait le plus. Mais elle ne se faisait pas d'illusion : chaque invité saurait qu'elle ne portait rien dessous.

Jason avait essayé d'expliquer à sa femme qui allait venir : deux couples, l'un belge et l'autre américain. C'étaient bien sûr les maris qui étaient au conseil d'administration de la boîte. Les femmes, dans ces milieux-là, avait expliqué Jason, c'étaient des potiches. Courses de fringues, coiffeur, cours de bouquet japonais, rien d'autre. C'étaient les hommes qu'il faudrait impressionner. Comme

Emmanuelle ne retenait pas les noms, son mari lui avait rapidement retracé le parcours des deux hommes en les surnommant Monsieur BigBoss pour l'Américain et Monsieur GrandPatron pour le Belge. Monsieur GrandPatron aimait beaucoup les femmes, c'était du moins la réputation qu'il avait. Et, outre une collection de voitures de sport, il se disait qu'il entretenait aussi une collection de maîtresses, toutes des blondes aux lèvres pulpeuses et aux seins refaits alors que sa femme était déjà moulée sur le même modèle. C'était lui que Jason comptait séduire. C'était pour lui taper dans l'œil qu'il avait artistiquement déshabillé sa femme. C'était audacieux mais bien vu, pensait-il. Le souci, c'était que Monsieur BigBoss, que Jason connaissait moins était radicalement différent. Croyant, républicain, conservateur, il n'était pas du tout en humeur de goûter les provocations olé olé de la femme de son hôte. Et son épouse encore moins. Le hasard fit que les deux couples arrivèrent en même temps, s'assirent dans les confortables canapés du salon quand tout à coup, ils virent paraître la blouse d'Emmanuelle suivie de ses seins et de leur propriétaire. La femme de Monsieur BigBoss fut très choquée. Et tandis qu'Emmanuelle repartait chercher les mises en bouche à la cuisine et que Jason allait prendre les bouteilles de champagne à la cave, les Américains évoquèrent très sérieusement la possibilité de repartir illico. C'est Monsieur GrandPatron qui les retint, expliquant qu'en Europe, les choses étaient comme ça et qu'on ne pouvait tenir rigueur à leur cadre supérieur de ce qui relevait uniquement de sa vie privée. Il espérait surtout discrètement qu'il serait placé à table en face de cette beauté. Et sa femme songeait surtout à lui demander où elle avait acheté sa blouse. Aussi, la soirée fut très spéciale, Jason et Monsieur GrandPatron tenant largement le crachoir tandis que Monsieur Bigboss et sa femme répondaient à peine, relançant la conversation juste ce qu'il fallait pour ne pas la laisser mourir. Une soirée *caliente* d'un côté de la table et glaciale de l'autre.

— Mon cher Jason, votre femme est magnifique. Comment se fait-il que ce n'est que maintenant que vous nous laissez l'occasion de la découvrir ?

— Vous n'auriez pas pu la rencontrer avant, Monsieur. Il fallait que je la prépare. Faire d'une petite sauvageonne une femme digne de vous recevoir et de se révéler à vous.

Ce fut Madame GrandPatron qui répondit, elle qui ne devait pas avoir prononcé dix phrases de toute la soirée.

— Pour se révéler, elle se révèle… en toute transparence !

Son mari apprécia particulièrement le jeu de mots ; il regarda sa femme, la trouva sexy et désirable et se demanda tout à coup pourquoi il la trompait. Elle enfonça le clou.

— Méritez-vous seulement de vivre avec une femme aussi exceptionnelle ? Non seulement, elle est sublime mais elle cuisine divinement. Dites-lui de revenir parmi nous et de profiter un peu de sa soirée.

Emmanuelle avait en effet passé le plus de temps possible derrière ses fourneaux, abandonnant son mari à ses invités. Mais celui-ci répondit comme un enfant gâté.

— C'est ma soirée ! C'est ma soirée !

Elle finit par revenir de la cuisine. Elle amenait le dessert.

— J'espère que vous aimez la forêt noire.

Jason se lova avec bonheur dans une intonation grivoise.

— Du moment que moi j'aime ta forêt noire.

Interloquée, Emmanuelle le regarda. Non ! Il n'avait quand même pas osé ça ! Monsieur GrandPatron éclata de rire, d'un rire tonitruant. Du coup, la femme de Monsieur BigBoss était un peu frustrée parce qu'elle n'avait pas compris ce qu'il y avait de drôle. La femme de Monsieur GrandPatron entreprit de lui expliquer mais son mauvais anglais ne lui permit pas de se faire comprendre et l'autre trouva ça vraiment idiot. Là, c'en était trop. Emmanuelle ne pouvait plus le supporter.

— Excusez-moi deux minutes, je reviens tout de suite, dit-elle en sortant et en montant vers sa chambre.

Quand elle revint cinq minutes plus tard, l'Américaine était occupée à couper les parts du gâteau. Emmanuelle fut gênée de voir que c'était à une invitée de s'en charger et que Jason lui avait abandonné cette tâche. Il devait penser que couper le dessert et le servir dans les assiettes, c'était un truc de bonne femme.

— Excusez-moi, dit-elle, j'avais un peu froid.

Monsieur GrandPatron leva vers elle un regard désolé : elle s'était changée et portait maintenant un jeans et un pull rouge. Jason la regarda avec haine, avalant d'une traite son verre de grand cru. Il murmura, mais assez fort pour qu'Emmanuelle et tous les convives puissent l'entendre.

— Je vais t'apprendre, moi, à avoir froid.

Et il se resservit généreusement du vin.

Les invités partirent peu après le retour d'Emmanuelle au salon après qu'elle se soit changée. Les Américains n'avaient de toute façon pas l'intention de prolonger la soirée trop tard. Et Monsieur GrandPatron trouvait que la soirée avait décidément perdu toute séduction depuis que l'hôtesse avait remplacé sa blouse transparente par un bête pull. Vers minuit donc, tandis qu'Emmanuelle s'affairait à débarrasser, Jason était assis dans un canapé occupé à boire un verre de cognac, la bouteille posée sur la table basse devant lui. Elle évitait de le regarder. Elle ne savait pas quand, elle ne savait pas comment mais elle savait que ça allait exploser. À la limite, que ça se fasse tout de suite, songeait-elle. Qu'il me cogne un coup comme ça, ce sera fait. Elle essaya une manœuvre grossière mais bon, qui ne tente rien n'a rien.

— Va te coucher, tu te lèves tôt demain.

Elle réalisa assez vite qu'elle aurait mieux fait de se taire.

— Depuis quand tu me donnes des ordres ?

Il se leva lourdement du fauteuil. Tout de suite, elle vit cela dans son œil… Elle ne savait pas comment se le formuler. Oui, c'est ça : elle vit qu'il n'avait plus de barrière !

— Et depuis quand tu décides que tu as froid ?

Il marcha vers elle en titubant, l'attrapa brutalement par le bras et la colla contre lui.

— Alors comme ça, Madame a froid ! Madame me pourrit ma soirée ! Madame ne respecte pas mes exigences !

— Arrête, tu me fais mal !

— Je te fais mal ? Moi je te fais mal, mais qui a commencé à faire mal à l'autre ce soir ? Qui ? Petite salope qui ne s'assume pas !

Il lui serrait le bras de plus en plus fort. Elle se débattait. Et puis ça commença : il la gifla. Il la poussa violemment sur le canapé, elle glissa au sol et, dans ce mouvement, se cogna la tête contre la table basse. Elle saignait du front. Il l'attrapa par les pieds, la tira vers lui et il essaya de déboutonner son pantalon. Elle hurlait et se tortillait dans tous les sens pour l'en empêcher.

— Je t'en supplie, arrête !

Comme il n'y arrivait pas, il se redressa et commença à lui donner des coups de pied partout, un peu au hasard : dans la tête, dans le ventre, dans la poitrine. En même temps, il hurlait, fou de rage, en appuyant sur chaque syllabe.

— Salope ! Sale pute ! Tu m'appartiens et tu dois m'obéir.

Emmanuelle pleurait en gémissant.

— Pourquoi ? Pourquoi ? Mais pourquoi ?

Jason s'agenouilla gentiment à côté d'elle. Il était redevenu le prince charmant des débuts. Il prit sa tête et la posa sur sa cuisse. Il lui caressait les cheveux. Sa voix était tendre.

— Pourquoi ? Mais parce que je t'aime mon amour ! Parce que je t'aime ! Je t'aime ! Je t'aime !

Il fut si gentil les jours suivants qu'Emmanuelle ne put s'empêcher d'être touchée. Elle finissait par croire que ce qui s'était passé ce soir-là n'avait pas eu lieu, que c'était une illusion. Alors qu'elle savait bien que ça s'était passé. Fais attention, se dit-elle, tu vas devenir une femme sous emprise.

Un matin, elle déjeunait avec Nicolas quand parut Jason, de fort joyeuse humeur. On était le matin de ce fameux jour où il devait signer ce fameux contrat.

— Ah ! C'est aujourd'hui que je signe !

Il avala son café brûlant et se mit à hurler des youyous comme une mama marocaine. Emmanuelle ne l'avait jamais entendu crier comme ça.

— Aujourd'hui, je nique les Espagnols ! Et, ce soir, ma femme !

Emmanuelle crut devoir rectifier.

— Je t'en prie, Jason. Ne hurle pas des choses comme ça !

— Quoi ? J'ai pas le droit, peut-être ?

— Ça me gêne que tu dises des choses comme ça devant Nicolas.

Celui-ci, en ado fatigué, releva la mèche de cheveux qui lui tombait dans les yeux.

— Vous dérangez pas pour moi, hein ?

Jason rectifia donc sur un ton, comment dire ? Un ton qui montrait bien que Jason était toujours Jason.

— Je nique les Espagnols et ce soir, tu as pas intérêt à avoir la migraine !

Et puis il sortit, joyeux, en claquant la porte. Emmanuelle regarda dans la direction de son fils, cherchant à capter son regard. Ce n'est pas qu'elle craignait qu'il soit perturbé mais elle avait pour principe que la sexualité des parents ne regarde pas les enfants.

Mais ce qu'elle vit lui retourna le cœur. Nicolas la fixait avec un air goguenard et il se mit à lui faire un geste obscène : il éleva son poing gauche jusqu'à la hauteur de son visage et, fixant bien sa mère dans les yeux, il fit aller et venir son index droit dans son poing fermé. Emmanuelle voulut le remettre à sa place, lui donner la réplique, une réplique bien sentie, bien cinglante mais sans qu'elle sache pourquoi, ses mots restèrent dans sa gorge. Nicolas sortit lui aussi, claquant la porte tout comme son père.

Emmanuelle se disait que c'était maintenant que tout allait se jouer. Si elle ne résistait pas, si elle n'élevait pas une muraille de protestation face aux agissements de son mari, c'en serait fini d'elle et ses pauvres revendications seraient toujours emportées, comme par une lame de fond. C'était ce soir qu'elle devait manifester son refus. Dire non et s'y cramponner. Ce qui se jouait, c'était pour autre chose que pour ce soir ; c'était pour tous les soirs et c'était lié à sa survie même, pensait-elle. Durant la journée, elle ne pensa qu'à ça : rassembler toute sa volonté autour du projet de ne rien faire.

Peut-être que si les Espagnols avaient signé, ça se serait passé autrement. Jason rentra tard, ce soir-là, défait et passablement ivre. Il n'avait pas niqué les Espagnols. Il voulait au moins se rattraper avec sa femme. Emmanuelle, qui l'attendait au lit en lisant un magazine, exprima son refus. La réponse ne se fit pas attendre : deux gifles. Après quoi, il arracha la couette, la chemise de nuit de sa femme et l'écrasa si fort sur le matelas avec son bas-ventre qu'elle crut qu'il lui avait déboîté la hanche. Au moins, cette fois-ci, elle n'avait pas à se poser de question comme après la fois où ils avaient fait l'amour dans une cabine d'essayage chez ce grand couturier. Non, cette fois-ci, c'était clair.

Mais ce qui acheva Emmanuelle, ce ne fut pas ça. C'est ce qui eut lieu après. Jason se leva lourdement du lit, sortit dans le couloir pour aller prendre une bière dans le frigo. Du couloir des chambres, elle entendit la porte de Nicolas s'ouvrir et puis la voix de son fils, sur le pas de la porte, avec une nuance de défi.

— Alors, papa ? Tu l'as bien fourrée, cette pute ?

Nicolas, leur fils, seize ans ! Et le coup de grâce : les entendre rire tous les deux. Pas de réaction sur le vocabulaire, sur le fait de traiter sa mère de pute. Même pas de « Occupe-toi de tes affaires ». Une complicité glauque. Pendant qu'elle avait une petite étoile de sang frais au coin de la bouche. Quand elle les entendit rire, elle se mit à pleurer. C'était la première fois qu'elle avait ce genre de réaction. La plus grande douleur, ce n'était pas dans son corps. C'était dans sa tête. Elle réalisait qu'elle était la mère d'un garçon de seize ans et qu'elle ne le connaissait pas. Elle ne savait plus qui il était. Elle ne savait pas bien où en était son fils sur le plan des petites amies, des filles. Ce soir-là, d'un coup, elle comprit que son père avait dû l'initier, être son mentor. Lui apprendre certaines choses, du moins. Sans cela, il n'aurait pas posé une question pareille. Elle était donc la mère d'un petit garçon de seize ans qu'elle ne connaissait plus parce que son père l'avait emmené dans le territoire des hommes.

Elle se leva. Elle avait la tête qui tournait. Péniblement, elle s'enveloppa du drap comme elle put. Puis, elle sortit de sa chambre et descendit. Dans la cuisine, ils étaient tous les deux en slip, debout, en train de trinquer, une bouteille de bière en main. Ils s'esclaffèrent quand elle parut dans la pièce. De quoi ? D'un reste de maquillage qui avait coulé avec ses pleurs ? De la voir le visage décomposé ?

— Oh, fais pas cette tête-là ! Qu'est-ce que tu veux ? Une bière ?

— Non. Divorcer.

DEUXIÈME PARTIE

Il faisait grand soleil. C'était ce genre de journée lumineuse où il semblait que tout était clair, que rien de moche ne pouvait exister, jamais. Dans les plaques en cuivre qui ornaient la façade de cet immeuble dédié aux professions libérales d'une petite rue de la capitale wallonne, non loin des quais de la Meuse, Emmanuelle observa le reflet de son visage. Elle avait une sale tête, trouvait-elle. Il fallait absolument qu'elle retrouve le sommeil. Elle finit par dénicher ce qu'elle cherchait : Maître Jean-François Vandevelde, avocat. Spécialisé en affaires familiales. Elle sonna et la porte se déverrouilla avec un petit bruit sec.

Emmanuelle n'était jamais entrée dans un cabinet d'avocat de sa vie, qu'il soit spécialisé en affaires familiales ou en autre chose. Elle imaginait pénétrer dans un univers feutré, fait d'un mobilier impersonnel et froid, de grandes salles de réunion avec des chaises alignées autour d'une table immense. Au contraire, chez Maître Vandevelde, tout était petit : l'ascenseur, les bureaux et, même, ses costumes. Jean-François Vandevelde était une sorte de doux géant sanglé dans des vêtements étriqués sempiternellement fermés par une cravate sale et mal nouée. Il était passionné d'art contemporain, des œuvres à la frontière de la peinture et de la sculpture modernes. L'une d'entre elles, faite d'interrupteurs fixés sur un tableau abstrait, trônait dans sa salle d'attente et Emmanuelle, quand il vint la chercher, eut tout d'abord du mal à se concentrer sur ce qu'il disait, fascinée qu'elle était par cette œuvre étrange. Il l'emmena vers son bureau. Les pièces étaient encombrées d'un bric-à-brac incroyable : des piles de dossiers, des objets d'art bizarres. Il s'assit derrière une table, chargée de bazar elle aussi. Emmanuelle se dit que pour s'asseoir face à lui et discuter de son affaire, le plus difficile serait de trouver la chaise. Elle finit par la dénicher sous une pile de codes, libéra la chaise, déposa les gros volumes sur un guéridon près d'elle et put enfin s'asseoir.

— J'ai reçu le courrier de l'avocat de votre mari, soupira Maître Vandevelde en cherchant sur son bureau où il avait bien pu fourrer ce document.

Ça, c'était bien Jason, songea Emmanuelle. Il avait été pris de court par sa demande de divorce, avait menacé de lui régler son compte quand elle avait déménagé dans un petit appartement mais, le temps qu'elle se choisisse un avocat, c'était pour apprendre qu'il avait été plus rapide et avait déjà entrepris des démarches.

— Et alors ?

— Votre fils demande une garde exclusive chez lui.

Emmanuelle se sentit anéantie. Il n'allait tout de même pas pouvoir la priver complètement de son fils.

— Qui le demande ? Lui ou Nicolas ?

— D'après la déclaration que j'ai sous les yeux, c'est Nicolas, lut Maître Vandevelde qui avait retrouvé l'enveloppe qu'il cherchait. Vous installeriez une atmosphère qui le mettrait mal à l'aise.

— Une atmosphère de quoi ? Parce que je le force à travailler sur ses matières scolaires ?

— Une sorte de tension sexuelle, plutôt. Avec vos nuisettes et vos propos déplacés, vous le mettriez mal à l'aise.

Emmanuelle ne put s'empêcher d'éclater de rire. Puis elle mesura pleinement ce qu'elle venait d'entendre et ça lui serra le cœur.

— Il n'a pas écrit ça !

— Noir sur blanc.

— Je peux voir le texte ?

— Je vous en prie, répondit aimablement Vandevelde en lui passant la déclaration écrite.

Effectivement, ça y était. Dans de jolies phrases bien formulées. Et dans une orthographe impeccable. Tout à fait le style d'un ado médiocre à l'école. Emmanuelle le fit remarquer à son avocat.

— Le témoignage a peut-être été corrigé, tempéra celui-ci.

— Ou suscité et corrigé, nuança Emmanuelle. Ou dicté sous la contrainte avant d'être corrigé.

Maître Vandevelde s'installa confortablement dans son fauteuil de bureau. Il sentait que la conversation allait être longue.

— Dicté sous la contrainte ? Rien que ça. Pourquoi dites-vous cela ?

— Je connais Nicolas : il ne peut pas l'avoir écrit !

— Pourquoi pas ?

Il était sérieux, l'avocat, avec ses questions ? Pourquoi Nicolas ne pouvait avoir écrit qu'elle se baladait en nuisette et qu'elle tenait des propos déplacés ? Qu'est-ce qu'il imaginait ? Ça, c'était bon pour Jason, c'était son genre de stratégie, son type de mensonges à gros sabots. Elle perdit son calme pour répondre à l'homme de loi.

— Mais parce que c'est faux ! s'emporta-t-elle.

Lui gardait toujours le même calme, imperturbable. À la limite, ça l'énervait encore plus qu'il soit toujours aussi raisonnable. Finalement, ce n'était pas raisonnable qu'il était. Elle le trouvait froid. Il expliqua patiemment.

— Madame, le Nicolas que vous connaissez, c'est le Nicolas qui vit avec vous, celui qu'il est quand il est en votre présence. Il est peut-être tout différent quand il est seul avec son père.

— Différent ou pas, il y a quand même des choses qu'il écrit qui sont fausses !

— Et donc ?

— Ce témoignage lui a été dicté sous la contrainte !

— Et donc ?

Qu'est-ce qu'il l'énervait avec ses « et donc » ! Il ne voulait pas comprendre ou quoi ? Elle lui fit remarquer qu'elle ne comprenait pas le sens de sa question. Il se mit à biaiser.

— Qu'attendez-vous de moi ?

C'était évident, non ?

— Que vous démontriez que ce témoignage a été extorqué à Nicolas ! Et, donc, qu'il n'est pas valable.

Maître Vandevelde sourit et se renversa encore plus dans son fauteuil. Elle le trouvait agaçant et, dans le même temps, elle ne savait pas pourquoi, quelque chose en lui inspirait confiance.

— Comme vous y allez ! Et vous pensez que je pourrais faire ça comment ? Demander à votre ex si c'est lui qui a dicté les phrases à Nicolas ? Ou vous croyez que poser la même question à votre fils donnera de meilleurs résultats ?

— Sans doute que non. S'il est bien sous la coupe de son père, il ne l'avouera pas.

Vandevelde souriait toujours. En tant qu'avocat spécialisé dans les affaires familiales, l'essentiel de son activité consistait à expliquer à ses clients que, contre les saloperies d'un ex, on ne pouvait pas faire grand-chose. Emmanuelle commençait à le réaliser doucement.

— Ça veut dire qu'on ne peut… rien faire ?

Maître Vandevelde lui expliqua patiemment. C'était sa plus grande qualité.

— Une fois qu'un témoignage est couché par écrit, comment pourrait-on l'attaquer ? Vous voulez démontrer qu'il est faux, vous n'en avez aucune preuve, vous allez vous faire laminer par la partie adverse. Vous voudriez faire déclarer à la partie adverse qu'il a été dicté sous la contrainte, vous réalisez bien que ça ne marchera jamais !

Emmanuelle n'avait pas envie d'abandonner la partie si facilement.

— Mais Nicolas est manipulé par son père !

— C'est possible.

Enfin une concession de Maître Vandevelde. Elle n'avait plus qu'une question qui lui brûlait les lèvres.

— Comment on amène ça devant un tribunal ?

Il semblait s'énerver. Non, pas vraiment s'énerver. Mais il devenait plus ferme, et en même temps plus précis. Sous ses dehors bohèmes, Emmanuelle se dit qu'il connaissait drôlement bien son affaire.

— Écoutez, madame, moi, je suis avocat familialiste depuis plus de vingt ans. Je fais des divorces à la chaîne, vous m'entendez ? À la chaîne ! À moi tout seul, j'ai sans doute démarié plus de la moitié des couples de la province de Namur. C'est vous dire si des cas, j'en ai vu ! Et des cas comme le vôtre, aussi ! À vous, votre histoire semble unique parce que c'est la vôtre. Mais pour moi qui vois ça de plus haut, je peux vous dire qu'elle ressemble à beaucoup d'autres. Oui, il y a des histoires qui sont moches parce que les gens sont moches ! Oui, il y a des gens qui sont prêts à tout pour obtenir la garde de leurs enfants : à tricher, à mentir, à faire mentir ! Et qu'est-ce que vous voulez faire ? Ce sera toujours la parole d'une personne contre celle d'une autre. Et dès lors qu'une des deux a mis les gosses dans sa poche…

Emmanuelle l'interrompit.

— Il y a un nom pour ça ! Instrumentaliser les enfants, ça porte un nom : c'est de l'aliénation parentale !

Maître Vandevelde sembla changer de stratégie : une sorte de fausse compassion, fausse concession du style « Vous avez raison mais qu'est-ce que ça change ? ».

— D'accord. Une fois que vous aurez mis une jolie étiquette sur votre problème, vous allez en faire quoi ? Elle vous apportera quoi, l'étiquette ?

C'était Emmanuelle maintenant qui perdait son calme, qui devenait véhémente.

— Moi, je ne manipule pas Nicolas ! Je n'essaie pas de l'avoir de mon côté, je n'essaie pas de l'empêcher de voir son père !

— Et c'est tout à votre honneur !

Elle se dit : « Ce n'est pas possible, je n'ai tout de même pas compris ce qu'il veut dire ».

— En somme, je dois accepter ces déclarations comme un fait. Un simple fait contre lequel on ne peut pas se battre.

Vandevelde se pencha par-dessus la table et s'adressa à elle comme s'il était en humeur de confidence.

— L'essentiel de mon travail, c'est d'expliquer ça à mes clients : contre ce que votre ex et votre enfant racontent, il n'y a pas grand-chose à faire.

— Donc rien à faire ? Nicolas sort de ma vie, j'accepte de ne plus le voir, purement et simplement ?

— Je n'ai pas dit cela. Renoncer à prouver le faux témoignage, ça ne veut pas dire qu'il n'y a rien à plaider. Un jeune a besoin de voir ses deux parents, c'est un discours auquel beaucoup de juges sont sensibles, vous savez.

— Alors ? Vous pensez pouvoir m'obtenir une garde partagée ?

Tout de suite les grands espoirs ! Maître Vandevelde allait devoir doucher son enthousiasme à froid.

— Sincèrement, non. D'autant qu'il a fait une demande de garde exclusive chez son père, il a presque dix-sept ans, le juge va forcément écouter sa demande. Mais je devrais pouvoir vous décrocher un week-end sur deux et la moitié des vacances scolaires.

Tout ça pour ça ? Emmanuelle sentit les larmes lui monter aux yeux.

— D'ailleurs, où est-il, en ce moment, Nicolas ?

Nicolas était chez son père, c'est-à-dire dans la maison où il avait grandi et avait toujours vécu. Comme un jeune chat transbahuté, Nicolas avait d'abord choisi la maison. Donc son père. Le parent avait suivi la maison. C'était là qu'il passait tout son temps. Même quand il était officiellement chez sa mère, il venait à la maison, à sa maison, s'occupait dans sa chambre et puis rentrait dans l'appart minuscule de sa mère, le long de la nationale, en partant vers Andenne. Et à quoi s'occupait-il ? Ne va pas t'imaginer qu'il passait son temps à réviser ses cours, mon vieux. Il faisait chauffer la connexion internet de son père.

Après les sites pornos, il apprenait les réseaux sociaux et les messageries privées. Il apprivoisait aussi très bien les saisies d'écran et les captures d'images, il transférait de son ordinateur portable vers son téléphone. Et vice versa. C'était bien le seul vice qui lui manquait encore.

Il avait mis au point une stratégie destinée à fonctionner le plus souvent possible. D'abord, il abordait les filles dans la cour de l'école, bavardait cinq minutes, plaisantait, faisait le mec cool, toujours enjoué et pas prise de tête. Puis il les sollicitait sur des réseaux sociaux, elles répondaient presque toujours oui, ils surfaient un instant côte à côte. Puis il demandait à passer aux messages privés. La conversation reprenait sur un mode plus personnel, détendu. Les barrières qu'on élève tous pour se protéger dans une vie sociale où il faut se frotter à tout le monde avaient tendance à s'abaisser. Nicolas complimentait ces demoiselles : elles n'étaient pas comme toutes ces pétasses qu'on pouvait croiser tous les jours, elles avaient quelque chose de spécial, elles étaient directes, elles n'avaient pas peur de dire les choses. Les autres étaient des cons. D'ailleurs, on pouvait se l'avouer, on vivait dans un monde de bouffons, un monde où tout était faux, où tout le monde faisait semblant de pas savoir que tout était faux mais, franchement, il n'y avait pas de quoi être dupe. Mais pas les filles qu'il abordait, non. Elles, elles étaient vraies. D'ailleurs Nicolas n'était pas toujours à l'aise IRL, il préférait la sécurité d'une communication à distance, chacun chez soi, à l'abri, dans sa chambre. Quel risque on pouvait prendre si on était dans sa chambre ? Les filles qui discutaient avec Nico le savaient (tu peux m'appeler Nico, s'te plaît ?), elles étaient pas bêtes, elles étaient intelligentes. Elles étaient belles.

Tu peux m'envoyer une photo de toi ? Je pourrais la prendre moi-même mais ça se fait pas, je préfère te demander. Ou alors, si t'es d'accord, je peux te prendre en photo ? Pourquoi je veux te prendre en photo ? Parce que t'es une fille chouette. Et tu es belle, tu es super belle. Attends, je veux bien te prendre en photo mais, s'il te plaît, enlève cet affreux gilet ! Non, il est moche, tu as l'air d'un sac avec ! Pourquoi pas un T-shirt Mickey aussi ? C'est pas vrai, en dessous tu portes un T-shirt Mickey ? Ça, c'est drôle ! Excuse-moi, je voulais pas te vexer. D'ailleurs je vais t'avouer quelque chose : j'en ai un moi aussi, c'est mon préféré. Mon souvenir de Disneyland Paris. Je demandais tout le temps à ma mère de le laver en premier. Tu me crois pas ? Tu vas voir… (Une pause savamment calculée pour se lever, placer sa tête hors du cadre, ôter le T-shirt qu'il portait ce jour-là, parader une seconde, juste une seconde torse nu, juste assez pour se faire voir et pas trop pour que ça ne fasse pas délibéré, il savait qu'il était bien foutu, puis renfiler le T-shirt Mickey, se rasseoir…) Après tout, c'est tout ce qui nous restera quand on sera grand, la plus belle chose, ce seront les souvenirs de l'enfance, pas vrai ?

À partir de là, le chemin se divisait en deux. L'orgueil ou la flatterie. Il fallait deviner. L'un n'était qu'une variante de l'autre. Le chemin de l'orgueil, c'étaient des phrases toutes préparées : Va surtout pas croire que j'ai des intentions déplacées, c'est pas comme si tu portais des tenues sexy toute la journée, je dis pas que tu peux pas être sexy, je dis juste que toi tu as pas besoin d'être dans la provocation, OK vas-y, joue-la moi sexy… La flatterie aussi, c'étaient des phrases toutes préparées. D'autres phrases : Il y a un truc sur la photo qui gêne, c'est ton soutif, quand on a des seins si beaux que les tiens, je vois pas le problème de les montrer, si t'es pas cap de le faire n'en parlons plus…

À partir de là, ça allait très vite. Ou bien le poisson était suffisamment bien ferré et ça venait assez rapidement, la jeune fille acceptait de se laisser photographier seins nus. Ou plus encore si le courant passait bien. Dans la confiance, bien sûr, il n'arrêtait pas de le répéter. Ou bien ça durait plus de trente secondes et il savait d'expérience que c'était fichu. Alors il faisait marche arrière, faisait semblant de s'excuser, ses mots avaient dépassé sa pensée, il n'aurait pas dû. Il notait le nom de cette mal baisée quelque part et il la rappelait plus jamais.

Puis il rangeait ses photos en deux fichiers : les nichons d'un côté ; celles qui avaient baissé leur culotte et se touchaient la chatte de l'autre. Alors il basculait sur un autre type de réseau. Sa concurrence avec Bob-le-Flasheur69 pour savoir celui qui récolterait le plus de photos. Nicolas gagnait souvent haut la main. Il ne savait pas pourquoi mais il soupçonnait Bob-le-Flasheur69 d'être bien plus âgé que lui et ça le rendait fier. Le meilleur, c'était bien lui !

Au point que, de temps en temps, il s'offrait le luxe de niquer ses chances. Avec une petite pétasse, le genre de bêcheuse qui est belle et qui le sait un peu trop. Il s'offrait le plaisir de la renvoyer dans les cordes. Tout habillée. Un échange qui commençait par :

— On t'a déjà dit que tu étais belle ?

Si la fille se mettait à minauder et qu'elle attendait les compliments ou, au contraire, si elle faisait la blasée en disant qu'on le lui disait tout le temps et que, franchement, ça commençait à devenir un peu soûlant, il tenait sa réplique toute prête.

— Les crois pas, meuf. T'es grosse et moche !

Et avant que la donzelle ait pu réaliser ce qui lui arrivait, il coupait la communication. Il avait quand même le temps, juste avant, juste une seconde, de voir sa tronche. Trop drôle !

Mais bon, c'était rare. Le plus souvent la fille envoyait promener ses vêtements avec une petite phrase destinée à se donner du courage, une petite phrase du genre « Vas-y, fais-toi plaisir ».

Chez maman, la connexion internet était mesurée. Parfois, pour y avoir accès, il fallait même d'abord voir les points de ses interros à l'école remonter. Un truc de dingues. Alors que chez papa, c'était même pas du haut débit. C'était la coulée continue. D'ailleurs, au début, Nicolas fermait soigneusement la porte de sa chambre quand il se livrait à certaines activités. Et puis un soir il avait oublié de fermer. Jason était entré dans sa chambre quand il examinait son tableau de chasse : le dossier Nichons. Papa avait posé une main complice sur son épaule, son fils s'occupait un peu après avoir fait son travail scolaire, il avait bien droit à un peu de détente, surtout avec ce divorce qui devait le troubler pas mal, il pouvait bien se distraire d'une façon innocente.

— Ça va, Nicolas ?

— Ça va, papa.

L'arrière-saison était magnifique. Un beau soleil, généreux. Il faisait donc splendide quand on plaida le divorce, les tours de garde pour Nicolas, la question de la pension alimentaire, tout ça. La présence du fils d'Emmanuelle et Jason n'était pas indispensable mais son père avait tenu à ce qu'il soit là et, en conséquence, l'avait autorisé à sécher les cours. Il n'avait rien dit, bien sûr, mais chaque fois que son père ou son avocat parlait, il hochait sentencieusement la tête. Chacun avait pris la parole à son tour ; comme on pouvait s'y attendre, le juge avait été sensible à la fois à la demande de Nicolas qui voulait vivre chez son père, dans sa maison, et à celle de sa mère qui voulait garder un contact avec son fils et lui avait donc accordé, selon la formule consacrée, un week-end sur deux et la moitié des vacances scolaires. Finalement, ça avait été vite expédié et tout le monde avait été prié d'aller discuter dehors pour laisser la place à l'affaire suivante. Ça divorçait sec sous le soleil.

Emmanuelle sortit donc en compagnie de son avocat, Maître Jean-François Vandevelde. Elle l'appréciait de plus en plus ; elle lui savait gré de son franc-parler, de son côté cash : il disait les choses, sans se payer de mots. Il avait prétendu qu'il serait possible d'obtenir maximum deux week-ends par mois, avait parlé posément, de manière efficace et il les avait eus pour sa cliente, les deux week-ends par mois. Elle ne savait pas comment le remercier ; lui répondait que payer les honoraires lui suffirait amplement.

— Ah oui, les honoraires, souffla Emmanuelle qui réalisait tout ce que coûtait un divorce et à quel point c'était Jason qui payait beaucoup de choses dans sa vie d'avant.

Elle commençait à négocier des facilités de paiement que Vandevelde lui accordait bien volontiers quand Jason passa derrière elle en sifflotant un petit air entêtant, le genre de petit air qu'on siffle rien que pour exaspérer les gens. L'avocat la vit se raidir en une seconde et rester tendue même après que l'autre se soit éloigné. Il était évident pour lui que cet homme-là gardait un sacré pouvoir sur elle, qu'il le savait et qu'il n'entendait pas y renoncer. Puis il comprit la raison de cette tension : Nicolas passa lui aussi derrière sa mère, en suivant exactement la même ligne que son père une minute plus tôt et en sifflotant exactement le même air, le genre de petite ritournelle conçue pour vous mettre les nerfs en pelote. Difficile d'imaginer qu'il ne s'agissait pas là d'un scénario élaboré à l'avance. Maître Vandevelde se dit qu'avec ces deux-là, sa cliente n'était pas sortie de l'auberge. Emmanuelle essaya d'arrêter son fils en lui prenant le bras.

— Ah, Nicolas !

Mais celui-ci se dégagea brutalement, rejoignit son père un peu plus loin et commença à discuter avec lui. De temps en temps, on les entendait rire. Un rire forcé, outrancier.

— Nicolas est venu avec vous ?

— Non, ce n'est pas moi qui ai insisté pour qu'il vienne. Il était au collège ce matin, il est venu par ses propres moyens.

— Et il repart avec son père ?

— Non, avec moi.

— Je vois.

— Vous trouvez que ça s'est passé comment ?

— Comme je m'y attendais. Y compris cet épisode sur les marches. Très instructif pour comprendre la dynamique qu'il y a entre vous.

— Qu'est-ce que vous voulez dire ?

— Il est clair qu'ils tiennent à vous tourner en bourrique. Vous faire enrager. Tous les deux. Si jamais il cherchait à vous repousser encore davantage…

— Oui ?

— N'essayez pas de le retenir de force. Vous ne feriez que le braquer encore plus. S'il est impossible de le raisonner, n'essayez pas. Vous allez vous épuiser. Là, il est en plein âge bête. Dans quelques années, quand il aura pris du recul sur tout ça, il vous reviendra.

— Ce que vous suggérez là est impossible pour moi, Maître.

Vandevelde le craignait bien. Pour presque toutes les mères, abandonner son fils, ce n'est pas possible. Il détourna le regard de sa cliente pour regarder la partie adverse qui riait toujours, à quelques mètres. Il vit clairement Jason élever son briquet jusqu'à la hauteur du visage de son fils.

— Dites-moi, Nicolas fume ?

— Pas à ma connaissance, pourquoi ?

Sans répondre, Maître Vandevelde leva le menton en direction du père et du rejeton qui crachaient la fumée de leur cigarette dans leur direction avec un air gourmand. Emmanuelle se tourna vers eux. Elle était révoltée.

— Là non plus, on ne peut rien faire, je suppose.

— Relisez avec lui ce qui est écrit sur les paquets de cigarettes. Au-delà de ça…

— Quoi, c'est tout ?

— Vous pouvez lui interdire de fumer quand il est chez vous. Mais vous vous doutez bien qu'il fera ce qu'il voudra dès que vous aurez le dos tourné ! A fortiori si c'est son père qui les lui offre…

— Je vais leur dire deux mots, moi !

Et elle partit en trombe vers Jason et Nicolas. Comme une furie. Trop vite en tout cas pour entendre Maître Vandevelde qui avait déjà compris que ça ne servirait strictement à rien.

— Où allez-vous ? Restez ici !

Mais Emmanuelle était déjà devant son ex et son fils.

— Tu laisses Nicolas fumer, maintenant ? C'est nouveau.

— Tu le stresses tellement avec tes comportements procéduriers, il a bien le droit de se détendre.

— Moi ? Moi, je le stresse avec des comportements procéduriers ?

Jason prit, pour répondre, un petit air qu'elle lui connaissait bien. Un petit air nouveau, qu'elle ne lui voyait jamais avant, un petit air faussement innocent.

— Ce n'est pas moi qui ai demandé le divorce.

— Ce n'est pas une raison pour le laisser fumer ! Tu as lu ce qui est écrit sur les paquets de cigarettes ?

Jason afficha un air surpris, genre « Tiens ? Il y a quelque chose d'écrit dessus ? »… et leva vers ses yeux son paquet de Marlboro.

— Fumer tue, lut-il avec un étonnement surjoué.

Ça, ce n'était plus le petit air innocent, c'était l'air je-me-fous-carrément-de-ta-gueule. Il pivota vers Nicolas.

— Tu le savais, toi ? On ne me dit jamais rien, à moi.

Nicolas se marrait franchement. Sa mère se tourna vers lui.

— Et alors, Nicolas ? Je te mets mal à l'aise ? Tu me trouves provocante ? J'installe un climat malsain dans la maison ?

Mais Maître Vandevelde l'avait suivie et se tenait derrière elle.

— Je vous en prie, venez. Cela ne mène à rien, ce que vous faites !

Ça n'impressionnait pas du tout Nicolas, en tout cas, qui s'adressa tout tranquillement à sa mère.

— Dis maman ! Le tribunal, c'est à l'intérieur, hein ? Pas sur le trottoir.

Emmanuelle hésitait à répondre. Ce fut la présence silencieuse mais ferme de Maître Vandevelde qu'elle sentait derrière elle qui l'en dissuada. Elle se contenta de soupirer.

— Bon. Tu viens, Nicolas ?

Celui-ci afficha un air moitié révolté, moitié ahuri.

— Je viens… Je viens où ?

— Chez moi ! Tu as entendu le système de garde : tu es chez moi un week-end sur deux, à commencer par le premier week-end du mois. Là, tu es chez moi.

— Non, ma petite maman. Ce système commence au mois d'octobre. Là, nous sommes le 30 septembre. J'arriverai demain. Pour l'instant, papa m'invite au resto. On va manger à deux.

— Au resto ?

Ce fut Jason qui répondit, à la fois calme et cinglant.

— Oui, on va fêter ça.

— Fêter quoi ?

Et Nicolas conclut, comme un joueur de foot servi par une très belle passe et qui se retrouve seul devant le gardien.

— D'être débarrassés de toi.

Emmanuelle chercha une réplique, ne la trouva pas et finit par s'éloigner, les épaules basses, vaincue. Jason s'adressa à son avocat.

— Vous devriez essayer dc calmer votre cliente, Maître.

Vandevelde ne répondit pas et, dans un silence qu'il voulut digne et le plus désapprobateur possible, alla rejoindre Emmanuelle.

Nicolas alla donc passer quatre jours par mois chez sa mère. En définitive, ça ne changea pas grand-chose pour elle puisque Nicolas passait l'essentiel de son temps dans sa chambre, occupé sur son téléphone ou sur le vieil ordinateur qu'elle lui avait trouvé.

À peine s'il sortait de sa chambre pour venir prendre les repas avec elle. Quand ses résultats scolaires étaient moins bons (et vers cette période-là, ils étaient parfois moins, moins bons), elle coupait sa connexion internet dont elle ne lui avait jamais donné le mot de passe. Ça avait le don de mettre Nicolas dans des rages folles, qui le faisaient pousser des hauts cris mais elle tenait bon. Un jour donc, alors qu'elle ramassait du linge sale avant d'aller au pressing (elle disait volontiers qu'elle avait eu beaucoup plus de mal à se passer de sa machine à laver que d'un mari), elle entendit des bribes d'une conversation téléphonique en provenance de la chambre de son fils.

— Salut, petite bite !... Tu as vu les photos ?... Non, la dernière !... OK mais regarde la dernière !... Elle est bonne, hein ?... Tu as vu ces nibards ?... On va la cueillir à deux ?... Attends, je regarde... Elle va où à l'école ?... Merde, une intello... Remarque, avec un cul comme ça, elle peut être intello autant qu'elle veut, je m'en fous... Rendez-vous à trois heures pour y aller ?... Eh bien, on n'a qu'à sécher physique !... Ouais, salut, petite bite...

Curieusement, alors que voir Nicolas dans ses œuvres avait attendri Jason qui lui avait gentiment posé une main sur l'épaule, ça n'avait pas touché sa maman. Elle se dit une chose étrange : elle se dit qu'elle n'aurait pas aimé être une de ces filles abordées par son fils.

Mais Nicolas continuait à venir un week-end sur deux et, aux yeux de sa mère, c'était cela l'essentiel. Maintenir le lien. Garder le contact. Elle ne voulait pas cesser d'être sa mère pour autant et, quand il fallait le confronter à des choses désagréables, elle ne se dérobait pas : elle insistait pour que ses notes à l'école restent passables (elle avait renoncé à l'excellence depuis longtemps), lui demandait d'aller dormir à des heures correctes et de rassembler son linge sale dans un panier prévu à cet effet.

Emmanuelle s'était promis de parler de ses difficultés avec Nicolas avec son amie Alessia, sa grande amie, sa seule amie Alessia. Alessia Olivetti était une très jolie jeune femme, italienne comme on pouvait s'en douter, arrivée en Belgique quand elle était enfant parce qu'elle suivait son père que sa carrière amenait de l'autre côté de l'Europe. Elles s'étaient rencontrées à la fac ; elles suivaient les mêmes études que la jeune Italienne n'avait jamais terminées. Elle gagnait sa vie en posant comme mannequin pour des photos. Non pas un de ces top models qu'on voit partout dans la presse, qui pose pour les grands couturiers et qui devient une star médiatique. Non, elle était mannequin pour une société qui vendait du prêt-à-porter par correspondance ; elle passait d'interminables séances de pose à présenter un pantalon, un gilet, une jupe, un chemisier, et cetera. Ces journées étaient assez fatigantes et les photographes aimaient beaucoup travailler avec elle parce qu'elle ne se plaignait jamais. C'est d'ailleurs un de ces photographes qu'elle avait fini par épouser, un Italien comme elle, Gianni. Et voilà qu'Alessia, qui s'était toujours dit qu'une fois ses études terminées elle retournerait en Italie, s'était installée définitivement en Belgique à la grande joie de son amie Emmanuelle. Les deux femmes se correspondaient parfaitement : elles étaient aussi secrètes, discrètes l'une que l'autre, se liaient peu mais, à cette amie privilégiée, elles avaient l'une et l'autre le sentiment qu'elles pouvaient tout dire. Aussi Emmanuelle s'était-elle promis de demander conseil à Alessia au sujet de ses difficultés relationnelles avec son fils, même si l'Italienne n'avait pas d'enfant et ne lui serait probablement pas d'un grand secours.

Au début de leurs relations, elles allaient volontiers dîner l'une chez l'autre mais Gianni n'aimait apparemment pas Emmanuelle, Jason aurait volontiers aimé Alessia d'un peu trop près et les deux hommes ne s'appréciaient pas du tout. Aussi prirent-elles l'habitude de ne se voir que dans un salon de thé, dans le centre de Namur, qui devint leur quartier général, habitude qu'elles conservèrent même après le divorce d'avec Jason. Mais cette après-midi-là, elles ne parlèrent pas du tout de Nicolas, comme Emmanuelle l'avait d'abord envisagé parce qu'elle voulait lui parler d'une grande nouvelle. Elle publiait un livre ! Comme travail de fin d'études, elle avait soumis un texte sur les prunes, leurs différentes variétés, leur effet sur l'organisme et les principales manières de les préparer. Une petite maison d'éditions, spécialisée dans tout ce qui était bio, développement durable, recettes de cuisine à l'ancienne avait eu vent de ce texte, Emmanuelle ne savait comment, sans doute en fouillant dans les archives de l'université. Ils avaient enlevé la partie la plus scientifique du travail, avaient demandé à son auteur de développer la partie « recettes de cuisine », engagé un photographe pour réaliser de superbes images et sorti le tout en librairie sous le titre *La prune dans tous ses états.* Emmanuelle venait de recevoir ses exemplaires que l'éditeur lui offrait et elle s'était évidemment promis d'en donner un à sa grande amie à qui elle avait touché un mot du projet quand il n'était encore qu'une idée vague. Quand elle entra dans le salon de thé, avec ses exemplaires dans un sac, Alessia était déjà installée à leur table habituelle.

— Un cappuccino et un thé à la menthe, comme d'habitude ?

— Non ! Aujourd'hui, c'est champagne !

— Tu les as ? Fais voir !

Emmanuelle s'était assise et avait sorti les livres de leur sachet en papier tandis qu'Alessia commandait deux coupes de champagne. Puis elle avait examiné attentivement l'objet. En tant que mannequin ayant épousé un photographe, elle avait l'habitude d'examiner toutes sortes de clichés et de livres d'art ; elle trouva celui-ci particulièrement réussi, la couverture notamment était superbe. Le serveur apporta le champagne et elles trinquèrent toutes les deux au futur succès de *La prune dans tous ses états.*

— Bientôt tu partiras en vacances avec tes droits d'auteur !

— Je ne me prends pas pour Albert Camus, tu sais. C'est juste un petit bouquin sur des recettes à base de prune.

— Les livres de recette de cuisine, ça marche parfois super fort !

— Si ça pouvait me faire un petit complément de salaire, ce serait déjà très bien.

— Il doit être fier de toi, Nicolas !

Emmanuelle sentit, malgré elle, son visage se transformer à cette évocation. Alessia le remarqua, elle aussi. Pour la première fois, elle se dit qu'elle avait douze jours de répit. On était lundi, il venait de repartir chez son père, il ne serait donc pas de retour avant la fin de la semaine prochaine. Elle ne sut pas pour qui elle mentait. Peut-être pour elle…

— Oui, c'est sûr, très fier…

Le vendredi de cette même semaine, soit encore une semaine avant le retour de son fils, Emmanuelle fut retenue au travail par une réunion assez longue. Le genre de réunion qui tourne en rond et où tout le monde se dit que c'est du blablabla. Elle était donc particulièrement contente de rentrer chez elle, de pouvoir ne serait-ce qu'ôter ses souliers et enfiler quelque chose de plus confortable. Mais, à peine la porte de son appartement ouverte, elle fut prise à la gorge par une odeur désagréable. Il devait y avoir un problème d'égout, de refoulement de canalisation ce qui était plutôt rare au quatrième étage. Ou alors, ça devait sentir dans tout l'immeuble mais là, ce n'était pas le cas. Elle vérifia dans le couloir : rien. Chez elle, c'était pestilentiel. Qu'est-ce qui pouvait provoquer une puanteur pareille ? Et puis, il y avait autre chose, une chose qu'elle n'aurait pu définir. Elle sentait comme une présence chez elle. Pourvu que ce ne soit pas un cambrioleur. À moins que Nicolas soit passé ? Elle l'appela.

— Nicolas ?… Nicolas ?…

Aucune réponse. Emmanuelle s'avança jusqu'au séjour ; elle y trouva Nicolas, assis en tailleur à même le sol, le nez levé vers le plus long mur de la pièce, apparemment en grande contemplation de quelque chose.

— Ah, tu es là ? C'est quoi, cette odeur ?

Elle suivit son regard. Il ne lui fallut que quelques secondes pour comprendre. Après, il lui fallut encore de longues secondes pour admettre : non, elle n'avait pas compris, ce n'était pas, ce ne pouvait pas être ça.

Nicolas avait décroché du mur tous les cadres et pêle-mêle de photos qui s'y trouvaient. À la place, il avait agrafé toutes les pages du livre publié par sa mère. Il avait trouvé la pile des *Prune dans tous ses états,* cadeau de l'éditeur à son auteur. Tous les bouquins étaient désossés, page par page et, en lambeaux, déchirés, accrochés au mur. Puis, consciencieusement, il avait tout recouvert d'une sorte de boue brunâtre et dégueulasse. C'était cette boue qui puait si fort. Emmanuelle posa la question même si elle en connaissait parfaitement la réponse.

— C'est de la merde ?

— Attention ! Que du naturel ! Je n'ai bouffé que des prunes et puis tout ce que j'ai recueilli après est sur ton mur. La prune dans tous ses états, avoue que tu n'avais pas pensé à ça, hein, maman ?

À côté de lui, restait un sachet avec deux reines-claudes qu'il avait laissées. Et un grand saladier, son plus grand saladier dans lequel il avait chié avant de tout barbouiller sur le mur.

— Tu n'es qu'un petit con ! Pourquoi tu as fait ça ? Juste pour m'emmerder ?

— Bravo ! Joli jeu de mots !

— Tu vas tout nettoyer, espèce de salaud !

Nicolas repoussa brutalement sa mère qui s'effondra dans un canapé.

— Ah, non ! Moi, je peux pas. C'est le week-end où je vais chez papa, il faut que je respecte les tours de garde.

Et fier de son effet, il sortit, laissant une Emmanuelle sanglotant à chaudes larmes.

Elle mit des heures à tout nettoyer et tout remettre en ordre. Même en ouvrant toutes les fenêtres, la puanteur restait insoutenable. Elle qui comptait se changer et se reposer en sortant de cette réunion éprouvante, elle se changea, ça oui, pour nettoyer. Mais pas question de se reposer. Elle était épuisée quand elle acheva son travail au milieu de la nuit.

Tout ce temps lui donna l'occasion de réfléchir. Comment accueillerait-elle son fils dans une semaine ? Comment peut-on ouvrir sa porte à quelqu'un qui vous a fait ça et est parti en riant ? Ne devrait-elle pas envisager de carrément le foutre à la porte ? Ou, à tout le moins, exiger des travaux d'intérêt général ? Ce n'était pas le mot mais, en tout cas, des travaux d'intérêt maternel.

Emmanuelle repensait à ce déjeuner, ce barbecue d'il y a quelques mois chez Stéphane et Magali. Était-ce possible que ce n'était qu'il y a un an ? Il lui semblait qu'il s'était passé une éternité. Et depuis lors, aucune nouvelle d'eux, aucun signe de vie. Lui, Jason avait dû continuer à le voir au boulot. Mais elle, Magali, alors qu'elle l'appréciait tant, Emmanuelle ne l'avait entendue qu'une seule fois : un coup de fil qu'elle lui avait passé pour lui dire qu'elle voulait mettre fin à leurs relations. Elle pensait bien que ce devait être à cause de ce qu'elle avait dit ce jour-là. Une discussion toute théorique. Emmanuelle avait soutenu l'idée que l'amour entre un enfant et sa mère n'était pas quelque chose de naturel, d'inné, de spontané, disons. Sans doute était-elle influencée par quelques lectures qu'elle avait faites, des propos trouvés sur des sites féministes. Mais c'était ce qu'elle pensait vraiment : il n'y a pas de télécommande pour forcer les gens à vous aimer. Les hasards de la biologie, qui vous font naître dans telle famille plutôt que dans telle autre, ne constituent pas un adjuvant à l'amour de vos proches. Pourquoi, dans la plupart des cas, on aime ses enfants et ses parents ? Elle pensait que la génétique ne suffisait pas ; si on aime les gens, c'est parce qu'on y a intérêt. On aime ses enfants parce qu'ils comblent en vous quelque chose, une faille, une brisure, une blessure narcissique, n'importe quoi. On aime ses parents parce qu'ils vous nourrissent et vous protègent, parce qu'ils vous font vivre dans des conditions qui vous conviennent. Si les conditions changent, l'amour s'en va. Elle le voyait bien avec Nicolas : les conditions avaient changé, il lui en voulait terriblement d'avoir brisé un environnement qui devait apparemment lui plaire… eh bien, il se vengeait. Et elle ? Pouvait-elle continuer à l'aimer dans des conditions pareilles ? Qu'est-ce qui vous pousse à aimer un type qui vient tartiner vos murs de merde ? En toute logique, elle devrait aussi cesser de l'aimer. D'où la conclusion logique qu'elle avait énoncée l'an dernier chez leurs amis : parfois, il vaut mieux cesser de voir ses enfants, le temps que tout ça se calme. Pas de quoi pousser des hauts cris comme Magali, elle n'avait rien dit de monstrueux. Bon… mais, dans son cas, comment faire ? Devait-elle reprendre contact avec Maître Vandevelde, redemander un rendez-vous, relancer une procédure pour modifier à nouveau l'hébergement de son fils ? Dire que, pour le moment, elle refusait de le voir ? D'habitude, les gens se battent plutôt pour avoir leurs enfants avec eux, pas pour dire qu'ils n'en voulaient plus. Comment ce serait pris tout ça ? Par Nicolas, bien, assurément. Ne plus voir sa mère ne le gênerait pas puisque c'était ça qu'il avait réclamé devant la justice. À ce stade de son raisonnement, c'était autre chose qui arrivait dans son esprit, une chose qui surgissait en elle comme un voleur, comme une idée qui s'implante dans votre tête et que vous ne pouvez pas chasser : elle en crèverait si elle ne voyait plus son fils. Elle était incapable de le repousser. Toutes ses belles idées, c'était de la théorie et uniquement de la théorie. Elle aimait ce gamin et elle ne pouvait pas ne pas le voir, si dégueulasse que soit son comportement avec elle. On pouvait penser comme ça à ne plus voir son fils, comme à une idée abstraite. Mais, mise au pied du mur, elle réalisait bien que ça ne marchait pas. Elle se surprit même à formuler l'idée suivante : pourvu qu'il vienne bien vendredi !

Le vendredi suivant, Nicolas était là. Son retour fut même facilité par le fait qu'il se montra tout gentil, chercha à accomplir quelques tâches ménagères, mit la table pour eux deux. Enfin, en fin de soirée, se tortillant comme si c'était quelque chose de vraiment difficile, il lui présenta ses excuses. Maladroitement mais ses excuses tout de même. Il avait voulu lui jouer un tour mais il était allé un peu trop loin, il l'avait bien réalisé. Un peu trop loin ? se dit Emmanuelle. Que faisait-il quand il allait beaucoup trop loin ? Un instant, elle se demanda s'il avait raconté ses exploits biblio-merdeux à son père et si c'était lui qui l'avait engueulé en lui disant que ça ne se faisait pas de barbouiller le logement de sa mère de ses propres excréments. Elle n'aurait pas parié là-dessus.

Tout se passa donc bien ce week-end-là mais le dimanche soir, Nicolas semblait nerveux. Il tournait en rond, s'asseyait et se relevait deux fois par minute et se mettait à parler avec une agressivité mal dissimulée. Alors qu'il était passé onze heures du soir et qu'il aurait dû aller se fourrer au lit, tout simplement. Et pas continuer à zapper devant la télévision. Emmanuelle décida de prêcher d'exemple.

— Bon, moi, je vais dormir.

— Déjà ?

Emmanuelle avait envie de bondir mais elle s'efforça de rester calme.

— Déjà ? Il est vingt-trois heures trente ! Je bosse demain. Et toi aussi, tu vas au collège, je te rappelle.

— Ouais mais j'ai pas sommeil.

Qu'est-ce qu'on peut dire quand il y a école le lendemain, que les aiguilles de la montre marchent bravement vers minuit et qu'un ado vous dit qu'il n'a pas sommeil ? Emmanuelle hésita une seconde avant de répondre.

— Ne tarde pas trop à aller dormir, quand même. Bonsoir.

Elle allait regagner sa propre chambre mais la voix de son fils l'arrêta alors qu'elle n'avait pas encore quitté le séjour.

— Je crois que je vais sortir faire un tour.

— Il n'en est pas question. Pas un dimanche soir, à près de minuit, quand tu as cours le lendemain. Et tu irais faire quoi, d'abord ?

— Boire un verre…

— Bois un verre ici et va au lit.

Qu'est-ce que ça pouvait être con, ce qu'elle disait sa mère, parfois, pensa Nicolas.

— Maman !… J'ai pas soif, j'ai envie de sortir !

Emmanuelle conclut sur un ton qu'elle pensait définitif, un ton qui devait mettre fin à la discussion, c'était réglé.

— On en a déjà trop parlé, bonne nuit !

Et elle repartit à nouveau vers sa propre chambre. Mais la question de Nicolas l'arrêta en chemin, une question qui montrait que rien n'était réglé.

— Tu me passes tes clés de voiture ?

— Tu n'as pas le permis.

— Papa me laisse parfois prendre sa voiture.

— Pour aller prendre un verre le soir ?

— Oui, bien sûr !

Il bluffait. Elle en était sûre, il bluffait ! Quoique… Jason voulait tellement passer pour le parent cool, tellement capter son fils pour l'avoir toujours de son côté qu'elle ne savait plus. Il en était peut-être capable…

— Chez papa, vous faites ce que vous voulez. Ici, c'est moi qui fixe les règles.

— Tu préfères me déposer et venir me rechercher ?

— Va dormir !

— Elles sont où ?

— Qui ?

— Tes clés ?

Un long temps de flottement sembla assoupir la pièce. Putain, où je les ai mises ? pensait-elle. Elle sait plus où elle les a laissées, songea-t-il. Au même moment, ils se ruèrent tous les deux hors de la pièce, tout à la recherche du sac à main d'Emmanuelle qui était resté dans le hall et où les clés devaient être. Nicolas atteignit le sac à main en premier, le retourna pour en vider le contenu au sol. Du pied, il éparpilla ce qui en tombait pour mettre la main sur ces foutues clés. Mais le trousseau était sur la porte d'entrée et les clés de la voiture étaient sur ce même trousseau. Emmanuelle ôta la clé de la serrure et les serra toutes dans son poing fermé. Nicolas changea instantanément de stratégie et se mit à parler sur un ton tout doux.

— Allez, petite mère. S'te plaît, quoi… Je rentrerai pas tard. Donne-moi tes clés, s'te plaît. Juste un verre et je rentre !

— Il n'en est pas question ! Va dormir !

Cela ne prit qu'une seconde à Nicolas pour décider de changer de stratégie.

— File-moi tes clés, putain ! hurla-t-il tellement fort que, pour la première fois, elle eut vraiment peur de son fils.

— Non, Nicolas, répondit-elle bravement, en essayant d'avoir la voix qui ne tremble pas.

On aurait dit la chèvre de Monsieur Seguin, dans une version où Blanchette aurait été la mère du loup. Le jeune loup fit mine d'obtempérer, s'éloigna d'un pas en direction de sa chambre puis se détendit d'un coup en direction de sa mère. Son poing vers son menton. Un geste qu'il retint à temps, juste à temps. Il ne voulait pas la frapper mais seulement lui faire peur. Emmanuelle était effectivement très impressionnée, elle se disait que ce grand gaillard pouvait lui briser les cervicales comme rien, mais elle faisait face, bravement. Elle trouva même encore le courage de répliquer.

— Nicolas, aucun parent ne céderait à une telle demande. Bonne nuit.

— Je suis adulte.

Bel adulte, en vérité ! Un petit con, incapable d'assumer correctement sa scolarité, qui repeignait les murs de l'appartement de sa mère à la merde et faisait mine de la frapper pour obtenir ce qu'il voulait.

— Tu es chez moi. Chez moi, c'est moi qui décide.

— Donne-les moi, je te promets, je rentre pas tard. Une heure du matin, maxi.

Retour de la gentillesse et de la négociation. Ben voyons… Puis, sans transition, de l'agressivité et de la menace.

— Allez, petite mère, donne-les moi ! Me force pas à…

Me force pas à quoi ? Pourquoi il n'allait pas au bout de sa phrase ? Il avait peur, ce petit con ?

— Précise ta pensée.

— Me force pas à employer des moyens que tu aimerais pas.

— Qu'est-ce que tu veux me faire ? Me décoiffer ?

— Je pourrais effectivement te faire deux ou trois trucs qui décoiffent.

Là, ça y était. La menace se précisait. Emmanuelle se demandait comment elle allait se sortir de cette situation. Et puis, quelque chose dans la retenue de son fils céda : il se mit à tabasser sa mère. Elle se recroquevilla au sol, en position fœtale, pour protéger son ventre et sa poitrine des coups qui pleuvaient. Évidemment, elle lâcha son trousseau de clés. Il le ramassa prestement, ouvrit la porte de l'appartement et lui jeta les clés sur le visage.

— Tiens ! Garde-la, ta bagnole pourrie !

Et il partit précipitamment, sans un regard pour sa mère qui pleurait au sol.

Tout était calme et silencieux dans la maison familiale. Jason s'apprêtait à aller dormir après avoir passé la soirée à zapper sans conviction entre les différents programmes télé. Soudain, il lui sembla que la porte d'entrée venait de s'ouvrir. Des cambrioleurs ? Il chercha autour de lui un objet contondant, un marteau, une matraque, quelque chose pour les assommer, ces cambrioleurs… quand la lumière du hall sembla s'allumer toute seule. Qui étaient ces cambrioleurs qui allumaient comme en plein jour à peine entrés dans le domicile de leurs victimes ? Il passa prudemment la tête par la porte pour découvrir Nicolas qui accrochait tout tranquillement son blouson au portemanteau.

— Je me suis tiré.

— Quoi ?

— De chez maman. Tu te souviens pas ? On avait parié, tu disais que j'étais pas cap mais je l'ai fait. Je me suis tiré.

— Mais c'est complètement con, Nicolas !

Le jeune homme crut que son monde s'effondrait. Son père n'était plus dans la même humeur ? Il n'était pas sérieux quand ils avaient parié, cap ou pas cap ? Lui avait pris ça archi sérieusement !

— Pourquoi tu me dis ça ?

— On est dimanche soir ! Ça vaut presque plus la peine, demain, de toute façon, tu revenais ici. Te tirer le samedi matin ou le samedi après-midi, ça, ça aurait eu du sens !

Nicolas soupira. Il avait eu peur. Il avait craint que son père ne soit plus dans le jeu, qu'il lui reproche de ne pas respecter les règles. Mais ce qu'il lui reprochait, ce n'était pas d'avoir enfreint les règles ; c'était de ne pas avoir assez enfreint les règles. C'est vrai, ç'aurait été plus ludique de se casser le samedi. Il y penserait pour une prochaine fois.

— N'empêche… Dimanche soir ou pas, j'avais dit que je me tirerais, je l'ai fait !

— Tu as raison ! Bravo ! Attends…

Jason ouvrit la porte de la cuisine, disparut un bref instant et revint avec un objet qu'il déposa sur la commode du hall.

— Tiens, c'est pour toi ! Tu l'as bien méritée, dit-il en désignant la bouteille de vodka qu'il venait de prendre dans sa réserve personnelle.

— Je pensais que c'était une blague et que tu le ferais pas.

— Dis ! On n'a qu'une parole et un pari est un pari !

Nicolas sourit. Qu'est-ce qu'il l'aimait, ce père qui comprenait que les jeunes préféraient le sexe et la vodka à l'école ! Il lui restait une chose à dire, la plus embarrassante.

— Maman voulait pas me laisser partir. J'ai dû lui donner… disons une bourrade un peu vive.

Ça faisait rire Jason, la façon qu'il avait de dire ça ! « Une bourrade un peu vive » ! Sacré Nicolas ! Le voilà qui employait un vocabulaire châtié avec sa bourrade !

— Mais tu l'as pas cognée, au moins ? Vous vous êtes pas battus ? Je veux bien que tu cognes mais je veux pas que tu te battes.

Nicolas se marrait. Qu'est-ce qu'il était drôle, son père !

Emmanuelle s'était relevée assez vite après le départ de son fils. Pas comme la fois où elle était restée prostrée parce qu'il avait souillé son mur. Non, cette fois-ci, et elle en était la première étonnée, elle s'était redressée en se disant qu'il fallait faire quelque chose. Pour elle, bien sûr ! Mais aussi pour lui ! On ne pouvait pas laisser Nicolas devenir ce genre de personne, celle qui frappe quand elle n'obtient pas ce qu'elle veut. Quelqu'un pour qui frapper une femme était un acte anodin. Quelqu'un pour qui frapper sa mère était un acte anodin ! Non seulement elle avait besoin d'aide mais ils avaient besoin d'aide. Tous les deux. Elle, pour ne plus être frappée ; lui, pour cesser d'être un agresseur. Et cette aide, de façon logique, évidente, il n'y avait qu'une personne vers qui elle pouvait se tourner pour l'obtenir : Jason.

Évidemment, elle savait bien que Jason lui-même avait pu se montrer violent. Qu'il résistait particulièrement mal à la frustration. Le passé l'avait montré, quand il n'avait pas ce qu'il voulait, surtout dans le domaine sexuel, il cognait ! Et elle savait que bon nombre de parents divorcés n'avaient de cesse de se tirer dans les pattes, son avocat le lui avait bien rappelé. Mais il y avait aussi des parents qui se souvenaient que, même séparés, ils restaient les parents des mêmes enfants et que, pour ces enfants, il fallait mettre leurs différends sous cloche. Si elle contactait Jason en lui expliquant ce que Nicolas lui avait fait, il ne pourrait que se montrer compréhensif, à l'écoute. Après tout, ils l'aimaient à deux, ce gamin… Bon, en fait, elle ne croyait pas du tout que ça puisse fonctionner comme ça avec Jason mais elle voulait pouvoir se dire qu'elle avait tout essayé.

Le lendemain soir donc, elle téléphona à son ex, le cœur un peu battant quand même, priant pour qu'au moins, il accepte de l'écouter. Jason crut d'abord qu'elle voulait parler à Nicolas après son exploit de la veille. Il était sorti, lui dit-il. Effectivement, Nicolas était allé essayer de recoller les morceaux avec Jessica, c'est-à-dire profiter de l'absence des parents qui passaient la soirée au cinéma pour une belle partie de jambes en l'air. Tant mieux, répondit Emmanuelle, ils seraient plus tranquilles pour causer. Juste une remarque en passant, que Jason ne le laisse quand même pas rentrer trop tard ! D'après ce qu'il lui avait dit, il sortait fréquemment vers onze heures en semaine et ce n'était vraiment pas à conseiller, surtout avec sa scolarité chaotique et ses points en physique qui avaient encore chuté !

Le coup de fil partait mal. Ils n'avaient pas échangé dix phrases et elle avait déjà réussi à l'énerver avec ses conseils à la mords-moi-le-nœud ! Qu'est-ce qu'elle croyait ? Qu'il n'était pas capable de s'en occuper ? Elle n'allait pas recommencer le coup, comme sur les marches du tribunal après leur divorce ! Bref, quand Emmanuelle attaqua le vif du sujet, Jason avait déjà envie de lui reclaquer le téléphone à la gueule à chaque fin de phrase ! Et puis, elle parla. Jason tombait des nues. Franchement, il était choqué. Comment pouvait-elle accuser un gamin aussi charmant de choses aussi graves ? Elle n'avait quand même pas cru qu'il allait marcher dans sa combine ! Et tout ça pourquoi ? Parce qu'il avait foiré deux interros en physique ? Si elle voulait aller le faire dormir à vingt et une heures trente avec une infusion de verveine, qu'elle ne compte pas sur lui ! Au cas où elle ne l'avait pas remarqué, il lui rappelait que leur fils était un jeune, pas un petit vieux. C'était normal qu'il ait envie de faire la fête, de sortir, de s'amuser ! Des coups ? Il lui avait donné des coups ? Jason lui fit consciencieusement la leçon : ce qu'elle appelait des coups, c'était juste… comment dire ? une bourrade un peu vive ! Si elle appelait coups leurs échanges chaque fois qu'ils n'étaient pas d'accord, elle n'était pas sortie de l'auberge, il aimait autant la prévenir ! Et au lieu de revenir sans cesse avec les mêmes reproches qui n'étaient pas du tout crédibles, il allait lui donner à son tour un bon conseil : qu'elle essaie de percevoir la richesse de leur fils, qu'elle essaie de renouer avec ce super chouette gamin qui vivait une année difficile au lieu de le fliquer sans cesse à propos de ses résultats scolaires. Et qu'elle comprenne enfin qu'un jeune avait besoin de s'amuser ! Qu'elle soit un peu complice avec lui au lieu de l'accabler de reproches ! Et sans lui laisser le temps de répliquer, il raccrocha son téléphone.

Ce qu'il n'avait pas compris, c'était que, de son côté, elle avait déjà coupé la communication. Quel intérêt y avait-il à discuter avec quelqu'un qui vous disait d'être complice avec celui qui vous avait donné des coups de pied dans le ventre ? Non seulement Emmanuelle n'avait pas été crue mais encore elle craignait autre chose : si Jason lui pardonnait à l'avance tout ce qu'il pouvait faire, Nicolas se retrouverait avec une fameuse carte d'immunité en poche : une impunité absolue, totale, une indulgence plénière avec bénédiction du saint père !

Ce fut tout à fait ce qu'elle craignait qui arriva : à partir de cette première fois, il ne se passa plus un week-end, un de ces fameux deux week-ends par mois, sans que Nicolas allonge le bras vers sa mère. Comme ça, pour rien. Pour entretenir l'habitude. Par réflexe. Comme un sportif qui ne veut pas laisser perdre sa condition physique.

Aussi Emmanuelle prit-elle l'habitude de sortir avec de grosses lunettes noires. Elle avait cherché les lunettes solaires les plus larges qu'elle puisse trouver, avec les verres les plus foncés. Quelque chose qui puisse cacher à la fois les pommettes tuméfiées et les arcades sourcilières ouvertes. Cacher, oui, elle ne s'était même pas posé la question, il fallait cacher. Parce que, bien entendu, elle avait honte. Qui n'aurait pas eu honte dans des circonstances similaires ? Qui se serait présenté de gaîté de cœur, disant : Bonjour, je m'appelle Emmanuelle et mon fils me bat ? Personne.

Elle commença donc à construire la fable de conjonctivites persistantes qui l'obligeaient à garder ses lunettes, même à l'intérieur. Pour ses bras et ses jambes, c'était plus facile : il suffisait de porter des pantalons et des chemisiers à manches longues.

Au début, elle n'y avait même pas fait attention. Il est quelle heure, au fait ? J'avance, non ?… Puis, Alessia avait souri, indulgente : Emmanuelle était sûrement en train de se garer, c'était si difficile dans le coin, parfois. Après une demi-heure, son indulgence s'était transformée en agacement. Quand on est autant retardée, on prévient. Elle vérifia à nouveau sur son téléphone portable : aucun message, aucun appel. Pour être si fort en retard, il fallait vraiment s'être mal organisée et être partie bien après l'heure. En plus, le serveur venait pour la troisième fois de demander ce qu'elle voulait commander et ça la mettait mal à l'aise. À trois quarts d'heure de retard cependant, Alessia commença vraiment à s'inquiéter : et si Emmanuelle avait eu un accident ? Si elle était inconsciente, quelque part ? Si elle ne pouvait pas appeler ? Elle se demanda pour la dixième fois ce qu'il convenait de faire quand Emmanuelle parut dans le salon de thé. Impériale, élégante, fardée sûrement, maquillée sans doute, impossible de savoir avec ces lunettes solaires de mouche qui lui mangeaient la moitié du visage.

En fait, Emmanuelle avait eu plus de mal que d'habitude à fabriquer Madame Propre-sur-Elle, le personnage qu'elle enfilait pour sortir et qui était destiné à cacher les marques que les coups de Nicolas laissaient sur son visage.

Mais Alessia ne vit d'abord qu'une femme qui cherche à se faire remarquer et a pris tout son temps pour cela. Aussi sa première remarque, malgré son soulagement de la voir arriver, manqua d'empathie.

— On n'avait pas dit quinze heures ?

— Excuse-moi, j'ai eu du mal à me garer.

— Pendant trois quarts d'heure ? s'étonna Alessia, qui trouvait l'excuse un peu grosse.

— Je suis sans doute partie un peu trop tard de chez moi.

— Tu te prends pour une star ?

— Pourquoi ? Les stars sont toujours en retard ? rétorqua Emmanuelle avec un brin d'agressivité.

— Non, je veux dire, avec ces grosses lunettes noires, là… Tu ne veux pas les retirer ? J'ai l'impression de parler à Greta Garbo.

— Excuse-moi, je vais les garder. Conjonctivite. Une sévère.

— Ma pauvre ! fit Alessia, se levant enfin pour embrasser son amie.

Dans ce mouvement, elle nota que la lèvre supérieure d'Emmanuelle était gonflée même si elle avait pris grand soin de le cacher. Et, sous ses lunettes noires, son maquillage semblait rougeâtre. Alors elle se rassit, commanda leurs boissons habituelles, insistant bien pour avoir un thé à la menthe fraîche, qu'adorait Emmanuelle. Elle avait bien compris qu'elle devait gâter son amie. Puis, quand le serveur eut apporté leurs consommations, elle se pencha vers elle et, avec beaucoup de douceur lui demanda :

— C'est ton ex ou ton fils qui te frappe, comme ça ?

La question fit pleurer Emmanuelle instantanément. S'être donné tout ce mal pour se cacher et être démasquée si vite, c'était vraiment désespérant. Alors qu'elle sanglotait, Alessia lui posa gentiment une main sur le poignet.

— Raconte-moi.

Emmanuelle était incapable de répondre. Elle ôta ses lunettes et Alessia poussa un petit cri de surprise : elle avait l'arcade sourcilière ouverte et, de l'autre côté, un énorme bleu sur la pommette, sous l'œil.

— C'est Nicolas.

Elle ne put en dire plus. Elle remit ses lunettes.

— Qu'est-ce qui s'est passé ?

— Je ne voulais pas qu'il sorte après minuit, la veille d'aller en cours.

— Et alors ?

— Ben, il est sorti quand même…

— Mais tu dois aller porter plainte ! s'indigna Alessia.

— Contre mon propre fils ? Tu imagines ça ? se désespérait Emmanuelle.

— Vous ne pouvez pas trouver une autre façon de communiquer ?

— Apparemment non.

Un lourd silence s'installa entre les deux femmes. Emmanuelle pleurait son secret révélé, la facilité avec laquelle Alessia l'avait percé à jour. En même temps, elle se réjouissait de pouvoir partager sa douleur mais elle voyait bien que son amie ne pourrait rien faire pour elle. La jeune Italienne se taisait parce qu'elle ne voyait pas ce qu'elle pouvait dire de sensé et de constructif pour aider cette femme touchante qui ne s'efforçait même plus de retenir ses larmes. Tout à coup, elle eut une idée.

— Écoute ! Je sais ce que je vais faire : je vais te donner les coordonnées de ma psy. Elle est formidable ! Elle a sauvé mon couple ! À l'époque où Gianni me trompait…

— Il t'a trompée, Gianni ?

— Gianni ? Comme photographe toujours entouré de modèles, il n'avait qu'à se baisser pour ramasser. Il sautait sur tout ce qui bouge ! Je ne serais même pas surprise qu'il ait essayé avec toi.

Elle rigolait ou quoi, Alessia ? Elle la prenait pour qui ?

— Il aurait été bien reçu, tiens !

Mais Alessia continuait, archi sérieuse.

— Tu sais, entre deux personnes, il y a toujours des non-dits, des incompréhensions, des ratés de la communication. Eh bien, elle, elle met le doigt dessus tout de suite, elle est formidable pour ça.

— Il y a intérêt qu'elle trouve vite parce qu'il rate sa communication mais pas ses mandales !

Emmanuelle se retrouva donc devant un autre immeuble dédié aux professions libérales, semblable à celui de Maître Vandevelde, à la façade recouverte de plaques en cuivre. Cette fois-ci, il pleuvait à verse. Elle sonna le plus vite possible et patienta seulement une ou deux minutes dans une salle d'attente glaciale avant de se retrouver assise devant Léa Gilson, psychologue diplômée, une jolie femme rousse aux cheveux consciencieusement tirés en queue-de-cheval.

— Que puis-je pour vous ?

La question avait été posée sans bienveillance, sans empathie. Emmanuelle se dit qu'elle ne la sentait pas, cette psy. Enfin, si elle était compétente, on se fichait pas mal qu'elle manque de chaleur humaine. Pour toute réponse, elle ôta ses lunettes noires, vraiment incongrues par ce temps d'orage, et remonta la manche de son gilet pour montrer son bras tuméfié. La psy y jeta à peine un regard.

— Je vois, dit-elle froidement. Votre mari ?

— Nicolas. Mon fils.

Puis un long silence. Qu'est-ce qu'elle attendait pour continuer la consultation ? Ça ne lui suffisait pas comme entrée en matière ? Emmanuelle se souvint de ce qu'on disait de certains psys, qu'il appartenait à la personne qui consulte de relancer la conversation, qu'eux étaient capables de rester des séances entières en silence. Elle allait reprendre la parole quand Madame Gilson reposa sa première question.

— Et que puis-je pour vous ?

Emmanuelle tombait des nues.

— Comment ce que vous pouvez pour moi ? Ça ne vous suffit pas ?

Emmanuelle trouvait que la psy disait tout avec le même ton froid et pète-sec.

— Si, je pense aussi que c'est amplement suffisant ! Mais c'est vous qui êtes là, devant moi ; ce n'est pas lui. Quel âge a-t-il ?

— Dix-sept ans, bientôt dix-huit.

— Il y a longtemps qu'il vous traite comme cela ?

— Quelques mois.

— Quelqu'un est au courant ?

— Non, je me maquille, je m'habille en long. Et puis avec ça, personne ne voit rien, fit Emmanuelle, montrant les lunettes qu'elle avait ôtées et posées sur la table.

Elle trouvait en effet ridicule de continuer à les porter alors qu'elle venait justement pour parler des coups qu'elle recevait. Du coup, ça lui faisait du bien de ne plus voir le monde en gris mais avec ses vraies couleurs.

— Vous avez déjà consulté ? Sur un strict plan médical, je veux dire. Pour des contusions, des fractures ?

— Non, non. Je me suis toujours débrouillée seule. Je me soigne, je mets de la pommade, des crèmes…

— La situation est donc déjà bien installée. Vous pouvez essayer de m'expliquer pourquoi il vous traite comme ça ?

— Parce qu'il n'a pas ce qu'il veut. Parce qu'il est incapable de résister à la frustration. Parce que je limite sa consommation d'internet. Parce que je refuse de lui acheter de l'alcool. Parce que je n'admets pas qu'il prenne le volant sans permis !

— Il a toujours montré ce genre de comportement ? Toujours été d'un tempérament basculant facilement dans la violence ?

— Non, c'est depuis quelques mois, il avait seize ans. Après le divorce d'avec son père.

— Ah…

Et de nouveau un temps interminable. Qu'est-ce qu'elle attendait pour continuer à l'interroger ? Elle ne le voyait donc pas, qu'Emmanuelle attendait ce qu'elle allait pouvoir lui dire de toutes les fibres de son corps ? Alors ce fut elle qui précisa.

— Il faut dire que, chez son père, il peut avoir tout ce qu'il veut. Internet, c'est comme l'alcool, ça coule à flots ! On n'a pas encore trouvé comment fermer le robinet.

Et elle ajouta après une pause.

— Ça aussi, c'est une situation que je voudrais bien régler.

Mais la pète-sec prit l'air encore plus pète-sec pour répliquer.

— Chez votre ex-mari, c'est chez lui ; chez vous, c'est chez vous. Les règles peuvent y être différentes, il est en âge de comprendre cela.

Emmanuelle était interloquée.

— Donc, il peut continuer à s'enivrer sans qu'on ne fasse rien ?

Tout de suite, la rouquine semblait vouloir monter dans les tours.

— Et comment voulez-vous qu'on fasse ? Je n'ai pas autorité pour le sermonner, votre ex ! Vous n'allez pas me l'amener entre deux gendarmes, je suppose ?

Évidemment que non ! Qu'est-ce qu'elle était conne avec ses questions ! Emmanuelle se sentait de plus en plus désemparée.

— On ne peut rien faire ?

— Vous pouvez essayer de porter plainte. Une plainte pour non-assistance à personne en danger, par exemple.

— Non-assistance à personne en danger ?

— Si votre ex le laisse conduire ivre, il est bien en danger. Mais je suis convaincue que ça n'aboutira à rien !

— Pourquoi ?

— Les tribunaux sont engorgés. Ils n'auront pas de temps à perdre pour des bêtises pareilles.

Décidément, elle lui plaisait de plus en plus, cette pète-sec à cheveux rouges ! La désapprobation dut se lire sur le visage d'Emmanuelle parce que la psy précisa.

— Pour des détails pareils, je veux dire. Eux considéreront que c'est un détail.

Emmanuelle toucha son bras tuméfié qu'une douleur envahissait de nouveau.

— Je n'en peux plus. Cela dure depuis trop longtemps !

Pour une fois, l'autre parut d'accord.

— Vous avez entièrement raison, ça ne peut plus durer !

Mais elle crut bon d'ajouter.

— Mettez-y un terme immédiatement : vous vous êtes laissé frapper trop longtemps !

Emmanuelle était estomaquée.

— Je... Je me suis laissé frapper ?

— Dites-lui que, de cela, vous ne voulez plus ! Posez le cadre ! Vous êtes l'adulte, c'est à vous de fixer les règles. C'est à vous de dicter la loi ; et cette loi est : chez moi, pas de violence !

Elle était sérieuse ? Elle disait ça, vraiment ? C'était tout ce qu'elle avait à proposer ? Mais si c'était si simple, personne n'irait consulter chez un psy ! Emmanuelle avait juste envie de ricaner.

— Vous me faites rire ! Et s'il ne m'écoute pas ?

— Nous verrons cela dans un deuxième temps. À déterminer si vous pouvez faire intervenir votre ex-mari ou si vous portez plainte auprès de la police pour violences.

— Mon ex, ce n'est pas la peine, j'ai déjà essayé !

— On peut le convoquer pour une médiation. Évidemment, cela n'aurait rien de contraignant pour lui.

— Sinon, vous me conseillez de porter plainte contre mon propre fils ?

— Moi, je n'ai rien à vous conseiller ou à vous déconseiller. Je vous dis simplement qu'il faudra vous poser la question. Il est vrai que, comme Nicolas est mineur, il est possible que ça n'aille pas très loin.

— Alors, qui va lui dire que c'est pas bien de frapper sa mère ?

La pétasse à cheveux roux leva les yeux au ciel, genre Réfléchis-espèce-de-conne !

— Si ce n'est pas la justice dans le cadre d'une plainte, vous ! Personne d'autre que vous !

Et après une pause, la pète-sec ajouta.

— Qu'est-ce que vous imaginiez d'autre comme réponse ? Vous me l'auriez amené ici, de force ? Je lui aurais dit « C'est pas bien ce que tu fais, mon grand » ? Et tout serait rentré dans l'ordre ?

— Pourquoi pas ?

— Mais parce que ça ne marche pas comme cela, Madame ! Vous pensez qu'il va m'écouter benoîtement, moi qui ne suis rien dans sa vie ? Et puis qu'il va changer de comportement aussitôt ? Ce serait pratique, n'est-ce pas, si nous avions le pouvoir de changer le comportement des gens ? Mais c'est un rêve un peu infantile ; je ne suis pas une professionnelle qui fonctionne de cette façon.

Emmanuelle se sentait perdue, anéantie.

— Mais… Vous ne croyez pas que Nicolas est manipulé par son père ?

Pour une fois, la réponse fusa tout de suite.

— Je ne le crois pas, j'en suis totalement persuadée !

— Mais alors… Qui va le lui dire ?

Retour de la pète-sec. Sur ses grands chevaux. Au grand galop.

— Encore une fois, vous auriez pensé que ça aurait pu être moi ?

— Oui ! Une personne neutre, extérieure à la famille ! Qui d'autre, sinon ?

— Et vous croyez cela de quelque efficacité ? Vous croyez qu'il va s'asseoir, m'écouter et dire « Ah oui ! Je suis manipulé ! C'est bizarre, je ne m'en étais pas rendu compte ! ».

Emmanuelle avait l'impression de tomber dans un gouffre, comme pour s'y noyer.

— Mais alors qui ? Moi ? Il ne m'écoutera pas plus !

Pour la première fois, la pète-sec sembla montrer un peu de chaleur. Elle se pencha en avant et lui parla avec ce qui ressemblait à une oncette de compassion. De près, on voyait que son visage avait plein de petites rides autour des yeux qu'Emmanuelle n'avait pas remarquées dans la pénombre de son cabinet.

— La réponse que je vais vous donner va sûrement vous décevoir. Personne ! Personne ne peut expliquer à quelqu'un qu'il est manipulé, surtout pas à un adolescent ! D'abord, le risque serait grand d'ajouter de la manipulation à la manipulation. Et puis… et surtout, ce serait totalement inefficace ! Non, la seule personne qui peut lui en faire prendre conscience, c'est lui-même ! On ne donne pas de la lucidité à quelqu'un !

Emmanuelle demanda d'une petite voix, avec des larmes coincées dans la gorge.

— Et s'il ne réalise jamais ?

Retour de la pète-sec contre le dossier de son fauteuil de bureau, loin, très loin.

— Eh bien, vos relations en seront sans doute à jamais transformées. Il vous appartiendra d'y reconstruire quelque chose qui vous paraisse viable et profitable pour vous. Si vous le souhaitez.

Qu'est-ce qu'il y a de pire que perdu ? Égaré ? Hagard ?

— Vous savez, les psys ne sont pas des sorciers ! J'ai l'impression que vous attendez de cette science en général, et de moi en particulier, plus que nous ne pouvons donner. Ce que vous devriez faire, c'est commencer par identifier vos propres erreurs.

Quelque chose de chaud vint brouiller la vue d'Emmanuelle ; c'était de la colère.

— Mes erreurs ? Mon fils me tabasse mais je dois identifier mes erreurs ?

— Vous avez laissé cette situation s'installer. Il n'y a que vous qui puissiez en sortir. Je peux vous y aider mais il vous appartient d'agir pour que ça change.

— Mais… Pourquoi Nicolas est-il comme ça ?

— Difficile à dire… L'adolescence, la recherche de l'identité, la découverte de la sexualité… Que sais-je ?

— Mais… Mais ce gamin me bat !

— Je vous en prie, Madame, ne vous accrochez pas à votre statut de victime !

Emmanuelle sortit de cette première séance désemparée, complètement perdue. Alessia lui avait dit le plus grand bien de cette psy et elle n'avait trouvé qu'une femme glaciale qui semblait continuellement lui dire que tout était de sa faute. En outre, elle ne semblait pas pouvoir faire grand-chose pour elle. À la fin de la séance, elle avait demandé s'il ne serait pas opportun de revenir avec Nicolas, pour tenter quelque chose auprès de lui, une sorte de médiation, Madame Gilson lui avait rétorqué que ça n'aurait de sens que si ça venait d'une demande de sa part, à lui. Comme Emmanuelle supposait bien qu'il n'aurait jamais ce genre de demande, elle se sentait coincée. Donc, dit-elle, j'imagine que ce n'est pas la peine de fixer une seconde séance ; à sa grande surprise, la psy avait répondu que si, qu'elles avaient encore pas mal de travail. Elle avait donc pris un second rendez-vous.

Ce jour-là, Emmanuelle était un peu en avance. Madame Gilson était gentiment venue lui dire qu'elle était, elle, un peu en retard et qu'elle aurait donc à patienter vingt bonnes minutes avant que ce ne soit son tour. Elle voulait savoir si ça ne la dérangeait pas et, dans le cas contraire, proposait de remettre la séance. Emmanuelle protesta que non, ça ne la dérangeait pas, la psy repartit vers son cabinet et elle se plongea dans de la lecture de magazines qui traînaient là, dans un porte-journaux. Il y en avait de toutes sortes, pour tous les goûts et elle choisit un magazine féminin dont elle commença à parcourir les articles. L'un d'entre eux retint son attention ; il s'intitulait : « Éducation, le retour de l'autorité ». Elle le lut d'abord en diagonale, puis très attentivement. En gros, résumait la journaliste, on réalisait qu'on faisait fausse route depuis une quarantaine d'années. On avait voulu libérer les adolescents de la soumission à leurs parents qui pesait autrefois sur eux. Sans vouloir revenir au dix-neuvième siècle, il fallait bien reconnaître qu'on était souvent allé trop loin : les jeunes ont besoin d'avoir des guides, des balises, des contraintes. Vouloir les libérer avait produit des individus désaffectés, sans rôle véritable dans le monde, plus des ados traditionnels mais pas encore des adultes, des êtres perdus dans un univers trop compliqué et qu'eux-mêmes étaient en quête de repères et d'autorité. Emmanuelle savait bien que les articles d'un magazine féminin n'étaient pas écrits par un scientifique mais découvrir ce discours dans le cabinet de la psy qui lui avait expliqué qu'on ne peut pas dire à un ado qu'il est manipulé lui fit un drôle d'effet. Elle avait l'impression qu'avec un ton d'autorité assumée, on pouvait dire tout et son contraire. Elle se mit à éprouver un étrange malaise et, quand Madame Gilson vint enfin la chercher pour sa consultation, elle était partie.

Elle ne téléphona pas pour s'excuser, ne prit pas plus les communications de la pète-sec quand elle appela pour refixer un rendez-vous et ne retourna jamais en consultation chez elle. Sans le réaliser clairement, Emmanuelle était entrée dans un processus d'isolement progressif qui allait encore s'accélérer.

À quelque temps de là, Nicolas s'apprêtait à quitter le domicile de son père pour aller passer le week-end chez sa mère et il était visible qu'il y partait avec des pieds de plomb.

— Bon, ben… salut, fit-il tristement. À lundi.

— Tu t'en vas ? s'étonna Jason qui avait oublié que le week-end qui commençait n'était pas le sien.

— Tu sais bien, c'est son week-end.

— Courage, mon vieux ! Tout se passera bien, tu verras.

La réponse de Nicolas permit à son père de mieux comprendre ce qui était en train de se jouer.

— Oh, c'est pas que j'aie peur que ça se passe mal. C'est juste que je vais épouvantablement me faire chier ! Elle m'avait dit la fois dernière qu'elle prévoirait des exercices de physique pour m'aider à remonter ma moyenne. Je vais passer le week-end avec maman et Max Planck. Le pied, quoi ! Et, en attendant, je peux pas jouer, je peux pas discuter avec un ami, je peux rien faire.

Jason comprit en un quart de seconde et il ne lui fallut qu'un autre quart de seconde pour prendre sa décision : il ouvrit un placard, fouilla au fond et en sortit un paquet-cadeau emballé dans un papier aux couleurs voyantes. Il comptait le lui offrir pour Noël mais, bon, vu les circonstances…

— Tiens ! lui dit-il en lui tendant le paquet. Pour distraire un peu ton ennui.

— C'est pour moi ? Qu'est-ce que c'est ? fit Nicolas avec surprise.

— Ben, ouvre-le, couillon !

Nicolas déchira le papier rapidement : c'était une tablette Apple dernier modèle. Justement le cadeau dont Nicolas rêvait.

— Ouah ! Génial ! s'enthousiasma-t-il. Merci papa ! C'est super gentil, vraiment, merci papa !

Il embrassa son père chaleureusement et, avec le regard d'une jeune fille pour son fiancé qui part à la guerre, déposa la tablette sur la commode du hall.

— Tu ne la prends pas pour aller chez maman ? s'étonna Jason.

— Chez maman, sa connexion internet est sécurisée et elle refuse de me donner le mot de passe tant que mes points n'ont pas remonté en physique, justement !

Jason prit un bout de papier dans le carnet pense-bête qui traînait toujours sur la commode et griffonna quelques mots rapidement.

— Qu'est-ce que tu fais ?

— Je connais bien maman. C'est normal, on a été marié vingt ans. Elle n'a aucune imagination. Chaque fois qu'un système informatique lui demandait de changer un mot de passe, elle était perdue et elle avait peur de l'oublier après. Alors elle mettait toujours les trois mêmes. Comme ça, si un ne fonctionnait pas, c'était forcément un des deux autres. Je te les ai écrits ici. Essaie-les ! Ça m'étonnerait qu'il n'y en ait pas un qui fonctionne.

Nicolas embrassa son père encore plus chaleureusement, mit précautionneusement la tablette dans son sac à dos et s'en fut vers son week-end maternel et studieux.

Jason avait à peine hésité à faire ce qu'il venait de faire. Il se disait bien que, quand un môme de divorcés était chez l'autre parent, il fallait ne rien dire, même si on n'approuvait pas ses décisions. Respecter ce qui se passait chez l'autre. Oui, c'était le discours dominant. Mais il y avait l'intérêt du gamin, aussi. Aujourd'hui, laisser un grand ado sans connexion internet, ce n'était pas possible. C'était un coup à le désocialiser !

Le premier mot de passe était le bon. Nicolas put donc continuer toutes ses activités habituelles, y compris quand il était chez sa mère. De toute façon, comme il passait tout son temps dans sa chambre, elle mit bien longtemps à réaliser qu'il amenait désormais sa propre tablette quand il venait chez elle et qu'il avait accès à son internet. Et sa chambre, elle n'y entrait jamais quand Nicolas était là, c'était son espace privé, son espace personnel. Si, pourtant, une fois, elle y était entrée. Si Emmanuelle ne voulait pas devoir racheter des slips et des T-shirts tous les quinze jours, elle devait bien parfois y entrer. Parce que Nicolas paraissait absolument incapable d'amener son linge sale devant la machine à laver. Trop compliqué, apparemment. Trop lourd pour lui. Trop loin, la machine à laver. Ou, plus vraisemblablement, un truc de bonne femme, la lessive. Elle entra donc un jour dans sa chambre, un de ses week-ends, à un moment où Nicolas était allé faire un tour dehors. Elle regarda cette chambre d'ado en transit : pas un poster au mur, pas un livre scolaire sur les étagères (bon, ça, pas vraiment surprenant). Une pièce qu'on n'a pas pris la peine de décorer parce que, littéralement, on ne l'habite pas ; on se contente d'y dormir, quand il faut. Il était là de passage, pas la peine de s'installer. La seule chose bien en vue sur son bureau, c'était la fameuse tablette que son père lui avait offerte. Emmanuelle la découvrait, elle ne savait pas. Elle toucha l'écran. Un message s'afficha : cliquez pour le diaporama. Elle savait qu'elle ne devait pas, c'était son espace privé ; et puis, elle se doutait bien qu'il pouvait se mettre dans une de ses colères assez facilement, une colère majuscule. Elle cliqua. Le diaporama fit défiler son tableau de chasse. Ses victimes. Il fallut à Emmanuelle quelques secondes pour comprendre. Les photos étaient de qualité médiocre. Elles représentaient toutes une chambre d'adolescente. La photo était chaque fois prise depuis un ordinateur portable comme celui de son fils. Prise par une webcam. Et c'était cinq, dix, quinze, cinquante fois la même photo : c'était cinq, dix, quinze, cinquante fois une jeune fille qui regardait crânement vers l'appareil, avec la jupe relevée ou le pantalon baissé. En train de se toucher, comme disent les jeunes. Une de ces jeunes filles avait, punaisé sur son mur, son propre tableau de chasse : une collection de sexes de garçon en érection accrochés derrière elle, sur le mur de sa chambre, au-dessus de son lit. Au-dessus de son lit sur lequel il y avait encore des peluches, la pauvre choute, Emmanuelle trouvait ça incroyable. Elle se disait qu'elle avait jamais vu autant de bites en même temps. Cette fille, là, se demandait-elle, elle n'a pas une mère qui rentre de temps en temps dans sa chambre, ne serait-ce que pour prendre son linge sale ? Cette fille, elle porte elle-même son linge sale devant la machine à laver ?

Emmanuelle était tombée plus qu'elle ne s'était assise sur la chaise de bureau quand Nicolas, qu'elle n'avait pas entendu rentrer, s'était dressé soudain devant elle et la trouva là, prostrée devant ce défilé encore plus sinistre qu'érotique.

— Qu'est-ce que tu fais dans ma chambre ? Devant l'écran de mon ordinateur privé, à consulter un fichier qui ne t'appartient pas ?

Une sirène se mit à retentir instantanément dans l'esprit d'Emmanuelle : mentir ! Il fallait mentir si elle ne voulait pas risquer gros !

— Je suis entrée pour prendre ton linge sale et ça défilait tout seul sur ton écran.

Il se calma tout de suite. Elle fut très surprise de la facilité avec laquelle il la crut. Rétrospectivement, elle se dit que c'était normal qu'il ne soit pas fâché. Que si son écran était resté en veille, ce n'était pas par hasard. C'était délibéré, c'était bien pour qu'elle le trouve, son sordide tableau de chasse. Il voulait qu'elle l'ouvre, son diaporama, que sa mère contemple ça de tous ses yeux, histoire qu'elle sache bien à qui elle avait affaire et dans quelle histoire elle était embarquée, à être la mère d'un jeune homme aussi exceptionnel !

— D'où ça te vient, tout ça ?

— Internet.

Voilà sans doute ce qu'on crée, se dit-elle. Ou ce qu'on laisse créer, en gâtant ses enfants, en leur offrant des ordinateurs portables pour leur chambre et des connexions internet « parce que ça ouvre sur le monde ! ».

Nicolas attrapa sa mère par l'épaule et la jeta si brutalement dans le couloir qu'elle tomba étourdie au pied du mur tandis qu'il refermait tout tranquillement la porte de sa chambre.

Après son départ, Emmanuelle se demanda longuement quel genre de personne son fils était. Et quel genre d'adulte il allait devenir. Elle ne pariait plus sur un type bien depuis bien longtemps. Il est devenu un petit crétin arrogant, méprisant, sûr de lui. Suffisant à en crever avec les filles. Le genre de petit mâle qui est une menace. Car le petit mâle gonflé de testostérone comme un sportif est dopé aux anabolisants est une menace ! Une menace pour les femmes. Une menace pour les jeunes filles. Le genre de petit mâle, merdeux, qui doit foutre la trouille. Le genre de petit con qui siffle entre ses dents à la sortie du métro et qui fait qu'une fille accélère le pas parce que, brusquement, elle a un peu peur. Ce genre de petit mec à qui les couilles tiennent lieu de neurones et qui jouit à voir une fille changer de trottoir rien que parce qu'il s'est mis à claquer des doigts. Le genre de blaireau qui se croit irrésistible. Le genre d'abruti incapable de s'imaginer que la jolie blonde bien roulée qu'il vient de rencontrer n'a pas eu instantanément envie de lui ! Oui, c'était ça que son fils était devenu, en quelques semaines, depuis… « Alors, papa, tu l'as bien fourrée, cette pute ? ».

Et puis, elle se disait bien qu'une fille qui tentait de lui résister devait le payer cher : elle devait retrouver ses photos intimes exposées partout, envoyées à tous ses contacts, les images de ses seins ou de ses fesses circulant à n'en plus finir. Elle avait entendu parler du « revenge porn » et elle était sûre que son fils devait pratiquer ça activement. C'était du côté de ces filles qu'elle aurait voulu être ; c'étaient elles qu'Emmanuelle aurait voulu consoler.

Elle se disait qu'il y aurait eu une sérieuse réflexion à mener sur la façon dont le monde que nous avons construit fait entrer les jeunes dans la sexualité. Une réflexion à mener sur ce que ça représente pour eux. Sur ce que les parents doivent ou peuvent dire ou ne pas dire. Bien sûr, elle savait bien que ce n'était logiquement pas par le biais de ses parents qu'on entre dans le monde de la sexualité, mais tout de même… En désertant complètement ce territoire, se disait-elle, est-ce que nous n'en avons pas fait un repaire de brigands ? Est-ce que nous n'avons pas laissé s'y installer les marchands du temple ? Les vendeurs de saloperies en tout genre ?

Elle se disait aussi qu'avec sa violence physique, son fils était en train de remplacer parfaitement son ex. Il la rossait tout aussi bien, impossible de voir la différence !

Pendant qu'Emmanuelle tâchait de réfléchir à l'éducation à donner à son fils, Jason n'avait de cesse de se l'attacher par des cadeaux sans cesse renouvelés. La manœuvre était un peu grosse mais on le sait bien : avec beaucoup d'adolescents, c'est un truc qui marche !

Les points des interros en physique étaient enfin remontés. Un peu. Un glorieux 11/20. Alors pour célébrer ça, son père avait mis les petits plats dans les grands. Seau à champagne et coupes remplies à ras bord. Plus question comme à son anniversaire d'il y a deux ans, avec ses deux parents, de se contenter d'un demi-verre. C'était fini ce temps-là, le temps des rabat-joie ! Et puis Jason tendit à Nicolas un paquet emballé d'un papier cadeau. Il ouvrit prestement : c'était le dernier modèle d'iPhone.

— Ouais ! À l'aise ! Merci, papa !

— Tu vas voir, c'est ludique ! J'ai déjà programmé tous tes contacts dedans mais sous des noms de code !

— C'est-à-dire ?

— Ben, regarde, fit Jason avec un clin d'œil.

Nicolas ouvrit le répertoire du téléphone où étaient encodés les contacts.

— GrosseSalope ? s'esclaffa Nicolas. GrosseSalope, c'est Jessica, c'est son numéro, je le reconnais ! Tu as mis maman, aussi ?

— Cherche !

Le jeune homme fit défiler ses contacts à la recherche d'un nom qui pouvait correspondre à un surnom pour sa mère et qui correspondrait à son numéro de portable. Il ne mit pas longtemps à trouver.

— Oh non ! Tu n'as pas osé. Tu es dégueulasse, papa !

Et le père et le fils éclatèrent de rire ensemble, tombant dans les bras l'un de l'autre.

C'est ce téléphone portable là que Nicolas avait dans les mains le week-end suivant quand il sortit de sa chambre et interpella sa mère.

— Tiens, c'est papa. Il veut te parler. C'est urgent !

Tiens ? Un téléphone que je ne connais pas, pensa-t-elle. Sûrement encore un cadeau de Jason.

— Alors? Tu prends? s'impatientait Nicolas, en brandissant l'appareil devant le visage de sa mère.

Emmanuelle hésitait. Nicolas s'impatientait encore plus mais, de toute façon, Nicolas s'impatientait à tout propos. Normalement, Emmanuelle ne prenait plus les communications téléphoniques de son ex. C'était le seul moyen qu'elle avait trouvé pour mettre fin aux insultes. Et puis, refuser de le prendre au téléphone et affirmer devant Nicolas que c'était comme ça et pas autrement, ça ôtait à Jason la possibilité de prétendre pis-que-pendre sur ce qu'elle avait soi-disant raconté. Dans le genre : « Ta mère m'a encore appelé et tu sais pas de quoi elle m'a encore menacé ? Elle a dit qu'elle viendrait me tuer pour te récupérer à temps plein ! ». Plus de ça !

Mais là, Nicolas était chez elle, il entendrait bien ce qu'elle dirait, il saurait bien qu'il n'y avait aucun propos déplacé de sa part à elle. Et puis il prétendait que c'était urgent. Elle prit son téléphone des mains de Nicolas.

— Oui, allô ?

— Emmanuelle ? C'est Jason !

Ça faisait des années qu'il ne l'avait plus appelée par son prénom en entier. Il avait une drôle de voix, comme oppressée.

— Qu'est-ce que tu veux ?

— Écoute… Nicolas n'est pas un objet.

Puis un long silence. Quoi, c'était tout? C'était pour lui dire ça qu'il appelait ?

— Oui, je sais bien. Et après ?

— C'est un être vivant, avec des émotions, des sentiments.

Et encore un silence. Où voulait-il en venir? Elle l'entendait respirer avec le souffle court et elle se demanda s'il n'était pas ivre.

— Qu'est-ce que tu veux, exactement ?

— Tu crois que c'est une sorte de valise que tu peux déplacer comme ça, que ça ne lui fera rien, mais ce n'est pas vrai. Quand on le trimballe comme un paquet de linge, sans considération pour lui, il souffre. Il souffre terriblement !

Quoi ? Il allait remettre la question de l'hébergement sur le tapis ? Elle n'avait déjà que deux pauvres week-ends par mois.

— Je le sais très bien : Nicolas n'est ni une valise ni un paquet de linge. C'est notre fils, je le sais. Mais le juge a dit que notre fils devait venir chez sa mère deux fois par mois, c'est tout.

Au bout du fil, Jason s'emporta directement.

— Ah, mais voilà, je le savais ! Je le savais que tu allais dire ça ! C'est incroyable comme tu es prévisible, ma pauvre ! Tu ne peux pas une fois te dégager du légalisme ? Tu es obligée d'être procédurière à ce point ?

— Ce que je dis n'a rien de procédurier.

— Mais si, tu es là, tu chicanes, tu coupes les cheveux en quatre ! Ça t'apporte quoi d'être aussi chiante ?

— Je ne vois pas en quoi vouloir voir mon fils quatre jours par mois, c'est être chiante. Jason, cette conversation est stérile, ça ne mène nulle part, je vais raccrocher, je crois.

— Ah, évidemment, tu fuis ! Dès que la conversation tourne au vinaigre, tu te casses. Comme un rat ! Tu fais ton coup en douce et tu te tires !

Il avait l'air de plus en plus exalté et, franchement, de plus en plus ivre. Emmanuelle se demanda s'il buvait quelque chose en même temps qu'il lui parlait. Elle ne voyait pas ce qu'était ce coup qu'elle avait fait en douce, avant de se tirer. Lui continuait sur sa lancée.

— Ce n'était pourtant pas sorcier, comme demande !

« Demande » ? Elle eut l'impression que son cerveau faisait tilt, tout d'un coup, comme la machine à sous qui aligne soudain les trois oranges. Il avait téléphoné pour lui demander quelque chose mais il était tellement persuadé qu'elle allait dire non qu'il avait contre argumenté d'entrée, en oubliant qu'elle n'avait pas dit non à une demande qu'il ne lui avait de toute façon pas adressée.

— Quelle demande ?

— Mais pour l'enterrement, cette après-midi !

— Ton père est mort ?

— Comme si tu ne le savais pas !

En une nouvelle fraction de seconde, Emmanuelle avait compris. Son beau-père était décédé, l'enterrement avait été fixé à ce samedi après-midi où Nicolas était chez elle. Et Jason, qui avait dû compter sur son fils pour la mettre au courant, téléphonait pour savoir si elle accepterait de le libérer pour lui permettre d'assister à l'enterrement. Seulement, fidèle à lui-même, il l'avait engueulée, d'entrée de jeu.

Elle se demanda fugitivement si les choses auraient tourné autrement entre Jason et elle si son beau-père était mort plus tôt. Il pesait de toute son autorité sur ses fils et Jason n'était pas lui-même quand il était face à lui. Peut-être que s'il avait été libéré plus tôt de cette emprise, il ne serait pas devenu violent. De toute façon, c'était trop tard.

— Oh, Jason, je suis désolée, je ne savais pas, Nicolas ne m'avait rien dit. Il ira à l'enterrement, bien sûr, je le conduirai. Tu peux le garder tout le week-end, si tu veux.

— Non.

Autant il avait commencé par une logorrhée incontrôlable, autant maintenant, il était sec. Cassant, même. Mais pas plus clair pour autant.

— Quoi, « non » ?

— Tu ne le conduiras pas. Il viendra nous rejoindre à la Cathédrale Saint-Aubain mais toi, tu n'iras nulle part.

— Je ne me montrerai pas, je resterai dans le fond de l'église.

— J'ai dit Non !

— Jason, ce n'est pas parce que nous sommes séparés que je ne peux pas soutenir ton deuil. Ou celui de mes ex-beaux-frères.

— Ils ne veulent pas te voir.

— Je te demande pardon ?

— Mes frères. Ils ne veulent pas te voir à l'enterrement.

— Tu leur as posé la question ?

— Pas besoin de la poser. Je le sais. Pour eux, tu as trahi, ta place n'est pas à cet enterrement.

— Écoute, je vais les appeler. Et si, effectivement, ils me disent de ne pas venir, je ne viendrai pas.

— Appelle-les si tu veux mais ne viens pas !

Et il raccrocha sans ajouter un mot. Sans un merci pour Nicolas qu'elle acceptait de libérer pour les funérailles. En rendant son téléphone à Nicolas, elle l'interrogea.

— Ton grand-père est mort ?

— Comme si tu ne le savais pas !

Décidément, le père et le fils communiquaient de la même manière. Chacun avait compté sur l'autre pour mettre Emmanuelle au courant. Et cette même phrase chez tous les deux, à cinq minutes d'intervalle.

— Non, je ne le savais pas. Tu aurais pu me le dire.

— Si, tu le savais !

— Je ne le savais pas, c'est ton père qui vient de me le dire !

— Si papa te l'a dit, pourquoi veux-tu que je te le dise ?

Et, reprenant son téléphone, Nicolas rentra dans sa chambre, prépara ses affaires et repartit pour assister aux funérailles de l'ancien colonel.

Décidément, pensa Emmanuelle, la communication était bien compliquée avec ces deux-là. Le plus compliqué à gérer, à affronter, à dominer, c'étaient bien leurs émotions.

Mais une chose l'avait interpellée dans le discours de Jason : il avait prétendu que ses trois frères ne voudraient pas la voir, qu'elle avait trahi et que chacun d'eux estimait que sa place n'était plus auprès d'eux. Ça, elle ne pouvait pas le croire. Elle se demandait pourquoi elle tenait avec tant d'obstination à vouloir se rendre à l'enterrement d'un type qu'elle n'appréciait pourtant pas. En fait, elle ne le savait pas bien elle-même mais elle savait déjà (c'était vraiment son genre de caractère) qu'elle essaierait tout pour pouvoir y aller. Aussi décida-t-elle d'appeler ses trois anciens beaux-frères, Jean-Marc, Franck et William. Elle se disait qu'ils seraient sûrement très touchés, tous les trois, à quelques heures de l'enterrement de leur père, de savoir que l'ex-femme de leur frère veuille passer par-dessus le conflit personnel et propose de manifester son soutien et son empathie en assistant aux funérailles.

Elle fut envoyée sur les roses. Trois fois. Quasiment dans les mêmes termes. Nettement. Fermement. Aucune place pour le doute, c'était trois fois : Ne viens pas ! Jason leur avait-il fait la leçon ? se demandait Emmanuelle. N'avaient-ils donc aucun esprit d'indépendance ? Étaient-ils soumis à ce point à ce que l'un d'entre eux pouvait vouloir ? Ne pouvaient-ils donc plus penser séparément ?

Ce qui est sûr, c'est qu'Emmanuelle continuait son travail d'isolement. Petit à petit, comme une souris qui grignote du fromage, elle bouffait de la solitude et se trouvait de plus en plus abandonnée de tous, chez elle. La seule personne avec qui elle gardait un contact, c'était Alessia. Heureusement qu'elle l'avait, cette grande amie ! Justement, elle devait la voir quelques jours plus tard, au salon de thé habituel.

Cette fois-ci, elle était à l'heure. C'était Alessia qui était en retard. En l'attendant, elle repensait à cette discussion qu'elle avait eue avec son supérieur : il était question de réorganiser les services et de supprimer son poste. Ça l'effrayait. Comment elle allait faire sans salaire ? Elle tirait déjà le diable par la queue pour payer sa voiture et son appartement, alors sans revenus ou avec un revenu de remplacement… Décidément, c'était à croire qu'il y avait des vies sur lesquelles le destin s'acharnait. Elle devait prendre les devants, ne pas attendre d'être licenciée et chercher tout de suite un travail. Mais elle ne s'en sentait pas le courage.

C'est dans cet état-là qu'Alessia la trouva en arrivant quelques minutes plus tard. Soucieuse. Préoccupée. Au-delà de toute mesure, elle paniquait se disant que Jason connaissait tout le monde dans la province et même dans toute la Wallonie, qu'il allait lui faire une réputation telle qu'elle ne retrouverait jamais un autre emploi.

— Tu comprends ? expliquait Emmanuelle. Les gens se diront : « Tiens ? Mais c'est pas la femme de… ? ». Ils lui passeront un coup de fil, juste comme ça, pour se renseigner, et il leur fera passer à tout jamais l'envie de m'engager.

— Tu sais, les gens qui s'acharnent après leur ex, c'est surtout eux qui passent pour des blaireaux.

— On voit bien que tu ne le connais pas.

— Alors, tire-toi ! Carrément ! Change de région ! Va dans une grande ville ! Va t'installer à Bruxelles ! Ou à Paris ! Refais ta vie !

— Tu sais ce que ça coûterait ? Et je n'ai pas un centime devant moi !

— Personne ne peut t'aider ?

— Personne ! Je n'ai qu'une cousine que je vois une fois tous les quatre ans quand elle revient d'Argentine où son mari s'est installé. Et mes quelques amies, Jason les a fait fuir ! La seule amie qui me reste, c'est toi !

Emmanuelle couvait son amie du regard quand elle réalisa qu'elle avait un air embarrassé qu'elle s'efforçait de dissimuler depuis qu'elle était arrivée. Son détecteur de panique personnel hurla dans sa tête.

— Justement, je devais t'en parler…

— Quoi ?

— Je retourne en Italie. C'est Gianni, pour son travail. Il a obtenu un engagement là-bas. On… On va s'installer à Rome. Pour un an.

Emmanuelle luttait de toutes ses forces pour retenir ses larmes mais les larmes étaient en train de gagner la bagarre.

— En Italie ? Je suis bien contente pour toi !

— Oui, je suis très heureuse.

Emmanuelle pleurait maintenant à chaudes larmes ; par-dessus la table, Alessia tendait la main vers elle et s'efforçait de trouver des paroles de consolation, ce genre de promesse qui a généralement pour effet de ne consoler personne.

— Je reviendrai te voir. Et puis, ce n'est que pour un an, ce n'est pas très long.

— Il peut s'en passer des choses en un an ! Il va finir par me tuer.

Alessia lui caressait gentiment le poignet. Elle était si contente qu'elle ne parvenait pas à se sentir coupable.

Emmanuelle se demandait bien pourquoi on lui avait téléphoné pour libérer Nicolas le jour de l'enterrement de son grand-père ; de toute façon, Jason et lui ne faisaient que ce qu'ils voulaient ! Ça faisait plusieurs semaines que les funérailles de l'ancien colon avaient eu lieu et Nicolas n'était toujours pas revenu passer un week-end chez sa mère. Et, évidemment, elle n'avait pas été prévenue, pas un message, même pas un « Papa ne se sent pas bien, je reste avec lui cette fois-ci », rien. Elle se demandait si ce serait pareil cette fin de semaine. Et, le vendredi soir venu, elle dut bien constater que oui.

Aussi décida-t-elle le samedi matin que ça avait assez duré : si Nicolas ne venait pas à elle, elle irait le rechercher chez son père. Elle monta dans sa voiture et se dirigea vers la maison familiale sur le haut de la ville, sur la route vers Malonne, où elle avait partagé la vie de Jason durant près de vingt ans. Ça lui fit bizarre de revoir cette maison où elle n'avait pas remis les pieds depuis son divorce. Rien n'avait changé. Les parterres de fleurs n'étaient plus entretenus, c'était la seule différence. Elle gara sa voiture dans la rue, se disant bien que la faire entrer dans l'allée qui menait au garage serait vu comme une provocation. Elle parcourut le sentier dallé qui menait à l'entrée mais n'eut pas besoin de sonner. Sur le pas de la porte, en haut des quatre marches, se tenait un Jason à l'air fâché et un Nicolas qui semblait effrayé de voir sa mère venir le rechercher.

— Maman ? s'étonna Nicolas.

Jason, lui, fut plus direct.

— Qu'est-ce que tu viens faire ici ? Va-t'en !

— Je suis venue chercher Nicolas, expliqua Emmanuelle posément. D'après les clauses du divorce, tu dois venir chez moi un week-end sur deux. Cela fait deux week-ends que tu ne viens pas alors je suis venue te chercher.

Jason essaya de couper court à la discussion, brutalement, comme toujours.

— Nicolas ne veut plus venir chez toi. Tire-toi !

— C'était notre accord…

— À l'âge qu'il a, il n'est plus tenu de suivre un accord.

Nicolas se plaça entre ses parents, comme pour protéger son père et prêt à bondir sur sa mère.

— Exactement, je peux faire ce que je veux !

Emmanuelle se demanda si c'était bien ça que visaient les juges quand ils accordaient tant d'importance à ce que souhaitaient les ados dans les questions d'hébergement : leur accorder la possibilité de ne faire que ce qu'ils voulaient. Comme si seuls ces désirs étaient légitimes.

— Ce que tu veux ou ce que ton père te dit de faire ?

Emmanuelle s'était approchée un peu trop près. Nicolas la repoussa d'un coup sec et elle manqua s'étaler dans un parterre de rosiers.

— Arrête de me harceler ! Je viendrai pas ! Et si, pour pas venir, il faut te casser la gueule, je suis prêt à le faire.

Emmanuelle s'adressa à Jason.

— Charmant ! Tu es d'accord avec ça, toi ? Tu soutiens ce qui vient d'être dit ?

Mais Jason n'eut pas le temps de répondre que Nicolas repartait de plus belle.

— De toute façon, tu t'en fiches de moi ! Tu t'en tapes ! T'en as rien à foutre et t'en as jamais rien eu à foutre ! Pour toi, je peux crever, tu bougerais pas le petit doigt ! Mais arrête de me harceler. Tu ferais mieux de partir avant qu'on appelle les flics !

Emmanuelle recula devant la violence verbale de son fils. Elle se demandait si Jason légitimerait tout ça. Elle eut sa réponse quand elle le vit poser sa main sur l'épaule de Nicolas.

— Exactement ! Casse-toi, ma vieille ! Ou la police te foutra au trou pour violation de propriété privée et on viendra pas t'apporter des oranges !

— Je suis pas rentrée, je suis dehors !

Emmanuelle s'en voulut immédiatement de cette réponse. On la menaçait alors qu'elle ne faisait rien d'autre que réclamer ce qui était juste et elle se défendait comme si c'était elle qui était en tort.

— Ou alors… Si vraiment tu veux avoir Nicolas chez toi… Le mois prochain, je dois partir. Pour la boîte. Presque deux semaines en Amérique du Sud. Nicolas pourrait venir chez toi à ce moment-là.

La demande parut indécente à Emmanuelle. Son sang ne fit qu'un tour mais elle répondit très calmement.

— Non Jason ! Ce serait trop facile ! Nicolas ne vient plus deux week-ends par mois parce que je suis un monstre, une mauvaise mère, je le harcèle, j'en ai rien à foutre de lui. Mais, quand ça t'arrange, il peut bien venir deux semaines. Pourquoi il viendrait si je suis si horrible que ça ? Alors, ou il vient le week-end quand c'est mon tour de garde et je le prendrai avec plaisir quand tu pars en voyage. Ou il ne vient plus du tout et tu te débrouilles !

Elle s'attendait à une réaction de Jason mais c'est Nicolas qui s'avança, véhément.

— Ça veut dire que tu ne serais même pas foutue d'accueillir ton fils chez toi quand il en a besoin ? Mais tu es dégueulasse ! Vraiment dégueulasse ! Salope !

En haut des quatre marches, il y avait une plante ornementale dans un grand cache-pot en terre cuite et, au pied de celle-ci, des galets blancs, des pierres toutes lisses et polies. Nicolas en prit à pleines poignées et Emmanuelle battit prudemment en retraite. Mais il ne les jeta pas sur elle ; c'était sa voiture qu'il visait. Elle craignit d'ailleurs qu'il ait atteint sa cible quand elle entendit un bruit métallique ; mais c'était la boîte aux lettres à front de rue qu'il avait touchée. La pluie de galets redoubla.

— Tiens ! Voilà ce que j'en fais de ta voiture pourrie ! Salope ! Connasse !

Emmanuelle espérait une réaction de Jason ; mais, comme le soir de la non-signature avec les Espagnols, il ne disait rien, il laissait faire. Quand elle atteignit sa voiture, une pierre défonça son aile. La suivante fut pour elle, au front. Elle entra précipitamment dans sa voiture et démarra. Sur le perron, Jason avait quand même l'air interloqué devant l'accès de fureur de son fils.

— C'est bon, c'est fini, Nicolas. Calme-toi !

Jason pensait qu'il allait s'apaiser. Mais il comprit qu'il ne se tranquilliserait pas facilement.

— T'inquiète… Un jour, je lui ferai la peau.

Emmanuelle n'avait conduit que jusqu'au bout de la rue, juste assez pour être hors de leur vue. Elle avait craint un moment que Nicolas ne la poursuive pour lui lancer les derniers galets mais non, il ne la suivait pas. Elle gara comme elle put, de travers, à cheval sur l'accotement. Elle n'y voyait plus. Le sang coulait dans ses yeux et elle l'épongea comme elle put avec le dernier mouchoir en papier qui lui restait. Puis elle s'effondra en sanglotant sur son volant. Elle ne parvenait pas à reprendre sa respiration. Ça ne pouvait pas durer. Il allait falloir réagir autrement. Oui, il fallait faire quelque chose.

TROISIÈME PARTIE

Il eut d'abord l'impression que c'était le bruit qui le réveillait. Le bruit d'une respiration courte, haletante. Puis il réalisa que c'était sa propre respiration qu'il entendait, et qu'il refaisait une crise d'angoisse, comme quand il était enfant. Il se croyait pourtant débarrassé, ça faisait si longtemps. Il alluma sa lampe pour regarder l'heure sur sa montre-bracelet qu'il plaçait tous les soirs sur sa table de chevet : trois heures trente-deux ! Il n'était vraiment plus coutumier de ces insomnies. Vite, il éteignit pour ne pas réveiller Agnès qui dormait paisiblement à côté de lui. À tâtons, il trouva ses mules, enfila son peignoir et passa dans la salle de bains.

Le miroir au-dessus du lavabo lui renvoyait une image sans concession : le Président Jacques Métivier approchait de la soixantaine et si, en grand apparat et avec ses lunettes, il gardait une certaine prestance, tiré du lit au milieu de la nuit, on lui aurait donné presque dix ans de plus. Il s'examina longuement les poches sous les yeux en trouvant qu'il avait une sale tête. Il chercha quelque temps dans l'armoire à pharmacie des cachets pour faire diminuer l'angoisse avant de se souvenir qu'il n'en avait plus. Il y avait trop longtemps qu'il ne prenait plus ce genre de molécule et il referma la porte vitrée avec dépit. Au moment où il se demandait ce qu'il allait faire, il connaissait déjà la réponse.

Après un passage par la cuisine pour se faire un café, il se retrouva évidemment assis à sa table de travail, dans son bureau. Il alluma la petite lampe de verre mais, même dans le noir il aurait trouvé le dossier tant il l'avait souvent consulté. La chemise en carton vert délavé était déformée à cause du nombre de documents qu'elle renfermait. Il fit glisser le gros élastique qui la maintenait fermée avec l'assurance que l'habitude donne aux gestes refaits cent fois. Et il en sortit les photos, les trois mêmes photos qu'il regardait sans cesse.

La première était une photo de vacances ; au bord de la mer, tout sourires, le père, la mère et le fils regardaient vers l'objectif du photographe. La deuxième était une photo scolaire du fils : ce genre de photographies, toujours identiques, souvent ratées, devant un fond blanc. Ici, le jeune homme relevait imperceptiblement le coin de la bouche en un petit rictus ironique. Sur la troisième, la mère, environ quarante-cinq ans, regardait devant elle, sans expression, avec un visage étonnamment atone. Elle avait une joue gonflée.

Il contemplait les trois photos en buvant une gorgée de café quand il entendit des pas derrière lui. Il ne pouvait rien cacher à Agnès ; elle devinait le moindre de ses états d'âme. Sans dire un mot, elle vint s'asseoir sur la chaise à côté de son bureau. Elle avait senti son absence du lit conjugal et compris que, s'il se levait, c'est qu'il était remué par quelque chose. Ils se regardèrent longuement. Quand on se connaît si bien et qu'on vit ensemble depuis si longtemps, les mots sont presque superflus. Elle demanda quand même confirmation de ce qu'elle avait saisi, ne serait-ce que pour que Jacques puisse en parler.

— Elle te ronge, cette affaire, hein ?…

Mais le Président Métivier garda le silence. Pas besoin de parler, Agnès savait toujours tout ce qui le concernait.

— C'est quoi, l'histoire de ces gens ?

— Un meurtre.

— Une culpabilité certaine ?

— Si tout était aussi simple…

Jason avait garé sa voiture devant le bar où il avait ses habitudes.

Quelques fois par mois, pas souvent puisque Nicolas n'allait chez sa mère qu'un week-end sur deux, il avait pris l'habitude de venir dans cet établissement chic pour essayer de baratiner une femme qui serait venue dans la même intention et qui n'attendrait que ça. Ces derniers temps, il l'avait moins fait : Nicolas était tout le temps fourré chez lui. Il avait même dû se fâcher pour qu'il accepte de retourner chez sa mère, ce qui lui avait permis de se remettre en chasse. Bien sûr, son fils était grand ; il aurait pu le laisser à la maison et sortir boire un verre. Mais si ça se passait bien, s'il parvenait à ses fins et ramenait une femme chez lui, il n'avait pas envie que son coup d'un soir tombe sur Nicolas en cherchant la salle de bains. Ce n'était pas tant qu'il craignait de choquer son fils, pas du tout. Mais il n'y a rien de tel que les gosses pour faire fuir les plans cul !

Et Jason avait vraiment besoin d'une femme, il l'avait bien réalisé. Pas pour avoir une partenaire sexuelle, encore que ça lui faisait vraiment plaisir. Non, il avait besoin d'avoir quelqu'un qui l'écoutait, qui croyait en ce qu'il disait. Qui l'admirait, même. En fait, Jason s'était rendu compte qu'il avait un besoin maladif de reconnaissance auprès de quelqu'un qui l'aurait suivi aveuglément au bout du monde. C'était ça, ce qui lui manquait le plus et c'était ça que son ex lui avait enlevé.

À peine entré dans le bar, il avait jaugé du cheptel disponible ce soir-là. Trois femmes seules, toutes assez jolies. Il avait assez vite abandonné ce critère-là : une fois nues entre les draps, elles se valaient toutes, pensait-il. Il s'était approché de celle qui semblait la plus désespérée, celle qui avait l'air de vraiment s'emmerder. Il s'était dit qu'avec des proies comme celles-là, l'ennui avait déjà fait les trois quarts du travail.

— Je peux vous offrir un verre ?

Pas original. Jamais trop d'originalité dans les débuts. Simple. Classique. Efficace.

— Vous semblez très désireux de le faire.

Jolie réponse, intelligente. La réponse d'une femme qui savait très bien ce qu'elle était venue chercher ici, lucide, mais que ça n'aurait pas empêché de craquer si une opportunité se dessinait.

— Qu'est-ce que vous prenez ?

— Bourbon. Jack Daniel's.

— Deux Jack Daniel's, s'il vous plaît, avait fait Jason en se tournant vers le barman.

Ça aussi, l'expérience lui avait montré : pour le premier verre, on commandait la même chose que la femme. Jason trouvait ça idiot mais, apparemment, ça devait mettre en confiance, montrer qu'on était sur la même longueur d'onde. Puis, il s'était retourné vers elle avec un sourire.

— Il y a peu de femmes qui apprécient le Jack Daniel's.

Voilà, comme ça, impeccable : un compliment mais pas trop appuyé. Discret. Les mêmes ficelles qui marchaient toujours. D'ailleurs, elle avait bien compris.

— Bon début, alors. Vous trouvez déjà que je suis quelqu'un de rare.

Tout semblait marcher comme sur des roulettes, elle avait l'air chaude comme la braise. Limite, ça irait trop vite et il n'aurait pas le temps de siroter son whisky. Le barman avait amené les verres et ils avaient trinqué.

— Vous venez souvent ici ?

— Je n'y venais plus guère depuis que les femmes qu'on y croisait étaient tout à fait quelconques. Je crois que je vais revenir.

Ça allait marcher bon train. Un deuxième compliment, un peu plus précis. Jason était déjà en train de se demander s'ils iraient chez lui ou chez elle quand son téléphone portable avait sonné dans sa poche. Merde ! Le con, avait-il pensé. Il avait oublié de couper la sonnerie ! Comment perdre dix points d'un coup ? D'autant qu'elle avait commenté avec une certaine amertume.

— Vous savez, le paradis, ça doit ressembler à un endroit comme celui-ci mais les ondes des téléphones portables ne passent pas.

Jason allait éteindre son téléphone quand une idée lui avait traversé l'esprit : et si ç'avait été Nicolas qui appelait ? S'il avait été en difficulté et s'il avait besoin de lui, là, tout de suite ? Une pétasse, ça se serait toujours retrouvé mais, un fils, il n'en avait qu'un ! Il avait décidé de jouer la franchise.

— Vous permettez ? C'est peut-être mon fils.

À voir la tête de la nana en face, Jason s'était dit que sa cote était descendue à toute allure.

— Marié ? avait-elle demandé avec une nuance d'inquiétude dans la voix.

Se faire sauter par un homme marié, en soi, pas de problème, mais il fallait éviter de se faire poursuivre par une hystérique avec un couteau de cuisine après. Jason n'avait pas décroché, il l'avait rassurée plutôt.

— Divorcé.

— Comme quoi, il y a bien des femmes qui sont idiotes.

Mais le portable de Jason avait continué de sonner et il devait toujours se demander quoi faire. Elle lui plaisait de plus en plus et il avait bien compris qu'il n'aurait qu'à souffler dessus pour qu'elle tombe sur le dos et écarte les jambes. D'un autre côté, si c'était Nicolas qui avait besoin d'aide…

— Vous ne le prenez pas ? avait demandé la femme qui devait visiblement vouloir savoir quelle attitude prendre.

Jason avait enfin pris une décision.

— Si c'est vraiment important, il rappellera bien.

Et effectivement, à cet instant, la sonnerie s'était arrêtée.

— Enfin tranquille ! On en était où ?

— Voyons… Vous veniez de m'offrir un verre, vous veniez de vous apercevoir que j'étais quelqu'un d'exceptionnel… Après, je ne sais pas, avait fait la femme en approchant doucement ses lèvres de celles de Jason.

Mais le portable s'était remis à sonner. Peut-être que le mieux était de se renseigner quand même, avait-il pensé. Là, elle était ferrée comme un poisson, elle n'allait plus lui échapper.

— Écoutez… Je le mets au lit et j'arrive, d'accord ?

— Faites comme vous voulez, avait-elle répondu avec une nuance de dépit dans la voix.

Jason s'était éloigné d'un pas pour décrocher.

— Oui, allô ? avait-il fait d'un ton agacé. Oui, c'est moi. Quoi ?… C'est une plaisanterie ?… Oui, j'arrive tout de suite !

La femme du bar avait eu la grande surprise de voir sa conquête d'un soir s'éloigner précipitamment. Elle avait été encore plus stupéfaite quand elle avait entendu Jason lui jeter en sortant de la pièce.

— Continuez sans moi !

Jason avait roulé comme un fou, il n'avait jamais roulé si vite et il s'était garé, dans un grand crissement de pneus, dans l'entrée des urgences de Sainte-Élisabeth, l'hôpital d'où on l'avait appelé. Il était entré dans le bâtiment en courant. Deux policiers se tenaient là, près du comptoir d'accueil. Jason avait hurlé, en se jetant sur eux, le seul mot qui lui était venu à l'esprit.

— Alors ?

Pour toute réponse, les deux policiers s'étaient tournés vers un chirurgien en blouse verte que Jason n'avait pas encore aperçu et c'était à lui qu'il avait adressé sa question suivante.

— Qu'est-ce qui s'est passé ?

— Nous n'avons rien pu faire. La balle a sectionné la moelle épinière et troué le cervelet.

Jason avait cru qu'il avait mal entendu, que c'était une erreur, une plaisanterie de mauvais goût, une caméra cachée, n'importe quoi sauf ce qui venait d'être dit.

— La balle ?

— Tirée à bout portant, ça ne laisse aucune chance. Je suis désolé.

— Où est-il ? Je veux le voir !

En un mouvement symétrique du précédent, c'était maintenant le chirurgien qui s'était tourné vers les policiers et les avait regardés, comme pour appeler à l'aide. Le plus âgé des deux s'était avancé vers Jason.

— Je ne crois pas que ce soit une bonne idée.

Et ils avaient échangé à voix basse, se confiant que la victime n'était vraiment pas belle à voir.

Sans savoir comment, Jason s'était retrouvé au commissariat, défait, effondré, sanglotant. Il était assis, toujours face aux deux mêmes policiers, qui prenaient sa déposition.

— Il n'était pas chez vous ?

— Non, c'était le week-end où il était chez sa mère.

— Vous saviez qu'elle possédait une arme à feu ?

Jason s'était récrié : bien sûr qu'il n'en savait rien ! Il ne l'aurait pas laissé y aller s'il avait su qu'elle avait une arme à feu ! D'abord, qu'est-ce qu'elle foutait avec une arme à feu ? On savait bien comment c'était : les gamins sont curieux, ils ne respectent pas les règles, ils aiment bien chipoter à tout… C'est comme ça que les accidents arrivent !

Patiemment, petite question par petite question, les policiers avaient continué leur interrogatoire.

— Vous vous entendiez bien ?

— Avec mon fils ? On s'entendait à merveille !

Quand Jason avait réalisé qu'il avait prononcé cette phrase au passé, ses pleurs avaient redoublé. Le policier avait rectifié prudemment.

— Je veux dire : avec la mère de votre fils.

— Non… Non mais c'est fréquent avec son ex.

Il avait encore laissé passer un temps avant de poser la question suivante.

— Et lui avec sa mère ?

— Des hauts et des bas.

— C'est-à-dire ?

— Ils s'accrochaient un peu mais comme un ado avec ses parents, rien de plus.

— À propos de quoi ?

— Des conneries ! Comme tous les parents ! Elle voulait qu'il étudie plus, qu'il rentre pas trop tard quand il sortait.

Les policiers s'étaient encore regardés. Ce père n'avait pas dû mesurer ce qui s'était joué entre son ex et son fils. Bien autre chose qu'une engueulade sur l'heure à laquelle on doit rentrer.

— Quand il était chez vous, ce n'était pas comme ça ?

— Non, je lui laissais plus de libertés, je lui faisais confiance.

— C'est pour cette raison qu'il avait demandé à avoir sa garde principale chez vous ?

Jason avait acquiescé. Puis il avait posé la question qui lui brûlait les lèvres depuis le début : comment c'était possible, un accident comme ça ? Dans quelles circonstances il pouvait arriver qu'un coup parte comme ça, avec cet angle-là ? En jouant avec l'arme ? En la nettoyant ? Les policiers se regardèrent encore ; décidément, il n'avait pas compris. À nouveau, le plus âgé des deux s'était dit allait bien falloir le mettre au courant.

— Un accident ? Au milieu de la nuque, un coup aussi précis ?

Et Jason avait enfin saisi. Pour la première fois, il se formula cette chose hallucinante, impossible, folle ! Son fils était mort. C'était un crime. C'était sa mère qui l'avait tué.

Il ne put que hurler de chagrin.

— Mais pourquoi ?… Pourquoi ?

Les policiers avaient laissé passer un long temps avant de répondre. Encore une fois, ç'avait été le plus âgé des deux qui avait pris la parole.

— On ne sait pas, on est en train de l'interroger.

Jason avait relevé lentement la tête, il venait de réaliser.

— Quoi, elle est ici ? Montrez-la moi !

Il s'était levé lourdement. Le policier le plus âgé venait de se dire qu'il serait bientôt tout à fait incontrôlable.

— Montrez-la moi, cette salope, je vais la faire parler, moi !

— Calmez-vous, monsieur ! avait essayé le plus jeune en se levant à son tour pour tenter de le faire rasseoir.

— Comment vous pouvez me dire de me calmer ? Vous réalisez ce qu'elle a fait ? Conduisez-moi auprès d'elle, je vais la faire avouer, moi !

Le plus vieux s'était levé aussi et les deux s'étaient rejoints dans l'ouverture de la porte pour l'empêcher de passer si jamais il s'était mis en tête de se ruer dehors. Et c'était le vieux, encore, qui avait essayé de le raisonner.

— Vous savez très bien que je ne peux pas vous conduire auprès d'elle, rasseyez-vous s'il vous plaît.

Mais Jason s'était mis en tête de faire du barouf.

— Je vais lui faire la peau, moi, à cette salope ! Dites-moi où elle est !

Ses cris avaient attiré d'autres inspecteurs dans un bureau à côté qui étaient venus, eux aussi, s'encadrer sur le pas de la porte. Et Jason n'avait eu d'autre choix que de se rasseoir.

Emmanuelle avait commis un meurtre, il lui fallait donc un avocat. Les policiers le lui avaient dit et répété, plusieurs fois. Ils avaient même ajouté le laïus habituel : si vous n'avez pas d'avocat, on en commettra un d'office. Le seul avocat qu'Emmanuelle connaissait, c'était le familialiste qui avait plaidé son divorce et lui avait permis de maintenir un contact avec son fils deux week-ends par mois. Elle donna donc le nom aux policiers qui téléphonèrent à Maître Vandevelde.

Celui-ci arriva précipitamment, échevelé. Il n'avait pas bien compris ce que les policiers lui avaient dit au téléphone mais ça lui avait semblé grave. Emmanuelle ne put s'empêcher de remarquer que sa cravate était toujours aussi mal nouée. Il s'assit auprès d'elle et lui parla à voix basse.

— Je suis venu, le plus vite possible, dès que j'ai reçu l'appel. Qu'est-ce qui s'est passé ?

Emmanuelle répondit simplement. Elle s'étonna elle-même qu'on puisse dire ces mots si simplement.

— J'ai tué Nicolas.

— P… Pardon ?

— J'ai tué Nicolas.

Si Maître Vandevelde avait bien entendu, il n'avait pas encore compris tout ce que ces mots recouvraient.

— Un accident ? Comment ça s'est passé ?

— Un meurtre.

Il y a des idées qu'on ne peut pas comprendre, simplement parce qu'on ne peut pas les croire. Parce qu'on ne peut pas croire ça, c'est impossible, ça ne peut pas arriver.

— Un meurtre ? Il est tombé dans un escalier ou il a été renversé par une voiture et vous pensez que vous l'avez poussé ?

Mais Emmanuelle précisa, avec le même calme effrayant.

— Je lui ai tiré une balle dans la nuque.

L'univers de Vandevelde s'effondrait. Dans son monde, on divorçait, on faisait des saloperies à son ex, on allait chercher les enfants à l'école avant lui alors que c'était son tour, ça oui. Mais on ne tirait pas une balle dans la nuque de son fils. Ce n'était même pas concevable. Tout ça, c'était une autre conception du droit, qui lui faisait assez peur.

— Écoutez, je ne suis pas pénaliste, je ne suis pas expert de ces questions-là, moi je fais du divorce. Mais vous devez nier la préméditation, absolument ! Nier la préméditation coûte que coûte ! Avec quoi vous avez tiré cette balle ?

— Avec une arme à feu.

— Oui, j'entends bien. Mais vous n'avez pas une arme à feu chez vous, tout de même ?

— Une arme que j'ai achetée.

Maître Vandevelde raisonnait en avocat. Il cherchait des failles, des trous où verser la substance même d'une défense.

— Vous faites des exercices de tir ? Vous êtes inscrite dans un club ? Il y a une arme qui traîne chez vous et c'est ça qui…

— Non. Une arme que j'ai achetée pour tuer Nicolas. Parce que je n'en pouvais plus.

Là, on avait franchi toutes les frontières d'un monde connu et maîtrisé et Vandevelde commençait à paniquer.

— Écoutez ! Je ne sais pas bien ce que vous êtes en train de me dire. Mais ça, il faut le nier. Cette arme, vous l'avez depuis longtemps ! Hein ? Ou elle est dans votre famille depuis des lustres.

— C'est une arme neuve, achetée récemment. En plus, j'ai payé avec ma carte de banque, on retrouvera facilement la transaction.

Non seulement elle brouillait les lignes mais on aurait dit qu'elle voulait tout faire pour paraître coupable ! Pourquoi appeler un avocat, dans ce cas ?

— On ne vous a pas volé votre sac ? Personne n'a pu se servir de votre carte de banque ?

— Non.

Maître Vandevelde venait de prendre une décision. En fait, il s'en rendait compte, elle était prise depuis un bon moment déjà.

— Je ne vais pas pouvoir vous défendre.

Mais elle protestait, l'autre. Elle suppliait.

— Oh, je vous en supplie, Maître ! J'ai absolument besoin d'un avocat !

Vandevelde se levait en bafouillant.
— Je ne suis pas pénaliste ! C'est trop gros pour moi.
— Vous êtes le seul avocat que je connaisse.
Il se dirigeait vers la porte. Il avait l'impression de fuir mais c'était la seule chose qu'il pouvait faire.
— Je vais transmettre votre dossier à un de mes confrères.
Emmanuelle voulut le retenir mais il était déjà dehors.

Quand Jean-François Vandevelde fut assis dans sa voiture, derrière le volant, il eut enfin l'impression qu'il pouvait respirer. Ses mains tremblaient. Il se demandait encore comment c'était possible : sa cliente lui avait raconté le meurtre qu'elle avait commis avec une sorte de détachement qui avait rendu la chose plus insoutenable encore. Était-elle à ce point insensible ? Monstrueuse ? Il se doutait bien, après le divorce qu'il avait plaidé, que l'ex et le fils d'Emmanuelle allaient lui rendre la vie impossible mais de là à… Puis, il se dit qu'il n'en savait rien, dans le fond. Elle avait une joue tuméfiée. Se pouvait-il qu'un des deux l'eût frappée ? C'était en tout cas une affaire qu'il ne pouvait pas plaider, il n'avait pas les compétences mais que faire ? La solution lui apparut avec la clarté de l'évidence : Charles Miramar. Il fallait qu'il contacte son confrère. Ça, c'était une affaire pour Maître Miramar.

Une nouvelle fois, le Président Métivier s'était retrouvé seul, dans son bureau au milieu de la nuit, les yeux perdus dans une tasse de café. Cette fois-là, Agnès ne s'était pas réveillée et il avait eu tout le loisir de replonger dans ses souvenirs d'enfance.
Il avait dix ans. Son père, Henri Métivier, était d'une jalousie systématique. Absurde et incontrôlable. Partout, tout le temps, il

était persuadé que sa femme Solange, la mère du futur Président de Cour d'Assises, regardait d'autres hommes que lui avec un regard enjoué. Qu'elle leur lançait des œillades, qu'elle les invitait à la rejoindre. Que ces hommes fussent un dentiste, le gamin qui livrait le lait et le beurre ou le policier qui réglait la circulation au carrefour. Et ça avait le don de mettre Henri Métivier hors de lui.

Ça durait depuis toujours, depuis que Jacques était tout petit. Mais ce n'était que tout récemment qu'il s'était rendu compte de ce qui était en train de se jouer entre ses parents. Parce que, quand il sentait une certaine pression devenir trop forte en lui, que ça montait trop et trop vite, Henri empoignait Solange par les revers de sa robe, l'entraînait jusque dans la salle de bains dont il refermait la porte en verre dépoli derrière eux. La grande vitre opaque dessinait un rectangle de lumière dans la pénombre du couloir. Et le petit Jacques se sentait d'autant plus invinciblement attiré par cette lumière qu'il était incapable de deviner ce qui se passait derrière. Parfois, il entendait des bruits. D'autres fois, il entendait des cris.

— Tu le regardais, hein ? Ne dis pas non, j'ai bien vu que tu le regardais ! Tu lui souriais.

— Non, je t'en prie, Henri, arrête !

Le petit Jacques s'approchait de la porte vitrée, attiré irrésistiblement, comme par un aimant. Il était bien décidé à ouvrir la porte, à surgir au milieu du couple de ses parents et à voir, voir, voir ce que son père (ça, il l'avait bien compris) était en train de faire à sa mère. Mais il n'avait jamais atteint la porte à temps. Elle s'était toujours ouverte alors qu'il était en train de s'avancer dans le couloir. Sa mère en sortait, vite, bouleversée, son maquillage avait coulé, elle passait la main dans les cheveux de Jacques en murmurant un « Ça va aller, ça va aller… » et courait s'allonger sur son lit alors que son père refermait la porte de la salle de bains.

À force de voir ces scènes se répéter, le gamin avait fini par comprendre de quoi il retournait. Il courait alors retrouver sa mère dans sa chambre et, dans les bras l'un de l'autre, ils pleuraient ensemble, allongés sur le lit. Solange Métivier caressait les cheveux du petit en tâchant de l'apaiser.

— Il ne faut pas en vouloir à papa, mon chéri. Tu m'entends ? Il fait ça parce qu'il ne parvient pas à…

Elle ne trouvait pas les mots alors elle laissait sa phrase en suspens. Même si elle tenait quand même à préciser.

— Ce n'est pas vraiment sa faute, tu comprends ?

Mais le petit Jacques faisait une colère d'enfant, boudeur et têtu.

— Mais je ne veux pas, moi, maman ! Je vais en parler à grand-père : il saura bien lui dire, lui. À grand-père ou à oncle Jean !

Les Métivier appartenaient à la bonne société namuroise. Tout plutôt que prendre le risque que ça se sache, même dans la famille proche. Aussi Solange répliquait-elle avec la plus grande fermeté.

— Non ! Ça, jamais ! Je te le défends, tu m'entends ?

— Ou alors, je le tuerai !

— Ne dis donc pas de bêtises, souriait Solange devant ce propos d'enfant.

Le petit Jacques voyait bien qu'on ne le prenait pas au sérieux et ça l'énervait.

— Je le ferai, tu sais ? Je le ferai !

Henri Métivier n'avait pas été tué par son fils, évidemment.

Mais, un jour, les choses s'étaient passées différemment. Ce jour-là, au lieu de la laisser aller pleurer dans sa chambre, Henri avait emmené Solange en haut du grand escalier de la maison.

On lui avait dit d'attendre là, que la porte allait s'ouvrir. Mais ça faisait de longues minutes maintenant, Emmanuelle trouvait ça interminable. Elle savait bien pourquoi : il devait y en avoir une qui refusait de rentrer, qui devait l'attendre pour lui faire la peau. C'était une chose bien connue : dans les prisons, on ne pouvait pas laisser les assassins d'enfants au contact des autres détenus qui les auraient trucidés. Le code d'honneur des prisons, pour hommes comme pour femmes. La conséquence de cela, c'était qu'Emmanuelle était plus seule qu'elle ne l'avait été de toute sa vie : seule en cellule, seule pour manger, seule à la promenade. On aurait dit que même les gardiennes tenaient à éviter le contact avec elle. Une fois, même, on lui avait déposé son plateau-repas pendant qu'elle dormait, sans la réveiller. Quand elle avait émergé d'un sommeil lourd, le repas était là, froid. Elle se croyait revenue à ce cauchemar qu'elle faisait, enfant : l'univers avait disparu et elle était seule, dans le noir et dans le froid.

Enfin, la porte s'ouvrit et Emmanuelle sentit un courant d'air frais circuler sur ses joues. La seule chose qui lui faisait du bien. Elle avança de quelques pas. La cour de la prison tenait plus du terrain vague que d'autre chose. De la terre battue, quelques brins d'herbe qui achevaient de crever, partout de la poussière, c'était tout.

Comme dans les films qu'elle avait vus sur ce sujet, elle avançait en tournant dans la cour. Pour elle, la promenade, ça devait se faire en rond. Au-delà d'un muret en mauvais état, il y avait un potager mais elle n'avait pas le droit d'y aller. De toute façon, les quelques légumes avaient l'air de crever autant que les brins d'herbe dans la cour. En marchant, elle posa le pied sur une petite boulette de papier froissé. Elle la ramassa et la déplia : dessus, il était noté au crayon, d'une écriture maladroite « On te fera la peau ». Un peu plus loin, c'était un feutre rouge qui avait tracé en grosses lettres majuscules « Salope ». Emmanuelle calcula : avec ces deux-là, ça en faisait vingt. Elle les fourra dans la poche de son jogging. Ils iraient rejoindre les Sale pute, Dégueulasse, Connasse, Pauvre merde, Pauvre garce, Assassine. Dans sa cellule, elle s'en servait pour caler le pied de sa table qui était bancale. Elle se disait surtout que les laisser sur place serait pire que tout : ce serait retomber dessus à chaque nouvelle sortie dans la cour. Elle se sentait sale, incomprise, en colère. Elle avait envie de haïr le monde entier.

Claudine et Chantal étaient arrivées la même semaine, ça ferait dix ans le mois prochain. Un moment, elles s'étaient dit qu'elles feraient une fête ou, au moins, qu'elles offriraient un pot aux collègues. Mais qui a envie de célébrer ses dix ans à travailler en prison ? Pour l'instant, à cause de ce petit vent frais, elles attendaient à l'intérieur. Elle était seule, il ne pouvait rien lui arriver. Et puis, elles ne la quittaient pas des yeux. Claudine ouvrit la porte et gueula à l'intention d'Emmanuelle.

— Eh ! Toi ! C'est fini ! Tu rentres !

— Déjà maintenant ? Il lui reste dix minutes, s'étonna Chantal.

— Oh, c'est bon, c'est pas pour dix minutes, râla l'autre. Déjà qu'on doit assurer deux fois la promenade.

— Bien obligé, Claudine ! Les autres en feraient de la charpie, sinon. Elles la lyncheraient !

Docilement, Emmanuelle marcha vers la porte.

De son côté, Jason aussi s'occupait de trouver un avocat. Pour se constituer partie civile contre cette salope, se disait-il, il fallait lui faire payer le maximum. Il se retrouva chez Maître Philippe Ducat que les pontes de la boîte où il travaillait lui avaient recommandé. Maître Ducat avait un côté classique qui devait beaucoup plaire à Monsieur BigBoss. Toujours tiré à quatre épingles, toujours en nœud papillon, il était ce genre de personne qui déplore la déliquescence culturelle de la société en général et des jeunes en particulier. Il se targuait de parler un français plus que correct, ne commettait jamais la moindre faute d'orthographe et ne manquait pas une occasion de placer un subjonctif imparfait dans une phrase quand il le pouvait. Son assistante, Maître Nathalie Chamfort, avait en bonne partie été choisie pour cela : son expression verbale, orale et écrite, était irréprochable. Accessoirement, elle avait aussi remporté un concours provincial de reines de beauté quand elle était à la fac.

Cette circonstance n'était d'aucune importance pour Philippe Ducat que les femmes intéressaient assez peu mais Jason, quand il fut reçu par les deux avocats, ne vit que cela : Maître Chamfort était à tomber. On l'avait prié de s'asseoir mais lui, trop nerveux, avait préféré rester debout.

— Je veux qu'elle paie un maximum, je veux qu'elle crache, qu'on la tonde, qu'on lui prenne tout ce qu'elle a !

Les deux avocats se regardèrent, surpris. Leur client mélangeait tout mais ce n'était pas surprenant qu'il en soit ainsi après le drame qu'il avait vécu. Philippe Ducat rectifia avec bienveillance.

— Il y a une confusion, Monsieur. Nous ne sommes pas dans une procédure civile. Il est clair qu'il faudra ensuite un règlement financier des avoirs de votre ex-épouse. Mais, pour l'heure, mon travail en tant qu'avocat de la partie civile ne consiste pas à plaider pour vous obtenir de l'argent au titre de dommages et intérêts. Je plaide dans cette affaire pénale en soutien du Procureur pour obtenir à l'encontre de votre ex la condamnation la plus lourde possible.

— D'ailleurs, votre ex est sûrement en train d'organiser son insolvabilité et vous n'obtiendriez pas grand-chose. Sans doute rien, avait complété Maître Chamfort.

Jason adorait l'entendre parler. Sa voix était aussi sexy que son corps. Mais il ne put la contempler tout à loisir parce que l'autre pingouin continuait.

— Oui, et puis chercher à tirer un profit de la situation risquerait de passer très mal aux yeux des jurés car essayer de faire de l'argent sur la mort de votre fils, cela risque de faire le plus mauvais effet sur la Cour.

Jason rentra dans le rang, voulut se montrer bon élève. Et finit par s'asseoir.

— Bien sûr, c'est ce que je voulais dire. Qu'elle paie ! Qu'elle paie et qu'elle se prenne le maximum !

— Nous sommes d'accord ! Je vais donc vous demander de passer dans le bureau de ma collaboratrice ; elle vous fera signer les documents préparatoires et nous pourrons fixer un autre rendez-vous.

Tout en restant dévasté par ce qu'il avait vécu, Jason exultait : il allait rejoindre la bombe dans son bureau. Seulement, cela ne se passa pas vraiment comme il l'avait imaginé : elle le laissa pendant qu'elle allait reproduire toute une série de documents à la photocopieuse. Assis tout seul, il entendait le bruit répétitif de la machine qui lui paraissait particulièrement lent. S'ennuyant ferme, il commença à détailler les objets devant lui sur le bureau, dont un cadre, le genre de cadre où l'on met une photo de l'être aimé et que l'on dispose sur sa table de travail. Jason mourait d'envie de voir avec quel genre de type une nana pareille pouvait être. Selon lui, il y avait deux possibilités : un bellâtre bodybuildé avec un cerveau comme un petit pois ; ou bien un type distingué aux tempes grisonnantes, le genre d'humaniste un peu chiant qui connaît tout de la philo et de la musique classique. Jason aurait parié sur le bellâtre mais il n'osait pas retourner le cadre. Seulement, Chamfort ne revenait toujours pas, la photocopieuse continuait son ronron poussif de vieille machine alors il se décida soudain et là, la photo le cueillit d'un coup : deux garçons, de sept et neuf ans, encadraient un petit mot dû à une main incontestablement enfantine, un petit mot qui proclamait « L'abri le plus sûr est le cœur d'une mère. Bonne fête, maman ! ».

Jason, qui venait de perdre son garçon à lui dans des circonstances atroces, fut retourné par la candeur de ce message et il en fut bouleversé. Il se souvint que Nicolas, lui aussi, en avait écrit des petits compliments de ce genre, il n'y a pas si longtemps. Et qu'il n'écrirait plus rien, maintenant. Jason éclata en sanglots. À côté, le bruit de la photocopieuse avait cessé mais il n'y prit pas garde.

— Ce sont mes garçons. Mais ils sont plus grands maintenant.

Jason qui avait oublié Maître Chamfort se retourna : elle se tenait dans l'encadrement de la porte avec ses photocopies en main. Il remit le cadre à sa place. Il pleurait toujours mais se sentait gêné de se montrer ainsi devant une femme si séduisante.

— Ils sont très beaux. Vous avez beaucoup de chance.

Il plaçait une main devant ses yeux pour tenter de cacher ses larmes même s'il se doutait qu'elle saurait à quoi s'en tenir. Nathalie Chamfort ne savait pas quoi faire. Elle déposa les papiers sur son bureau. Elle hésita une seconde puis s'accroupit devant Jason. Elle hésita encore. Il se frottait toujours les yeux avec les doigts de la main droite. Elle finit par lui prendre la main gauche entre les siennes.

— Je comprends votre émotion.

Jason ne dit rien mais, avançant la tête, il posa son front sur l'épaule de la jeune femme. Ils restèrent encore ainsi un long moment. Elle cherchait ses mots.

— Un jour, vous irez mieux, je vous le promets.

Il se contentait d'opiner.

— Je peux faire quelque chose pour vous ?

Jason fut étonné lui-même de la réponse qu'il formula. C'était comme si son cerveau avait raisonné sans lui : pas de photo d'homme sur le bureau, rien que ses gosses, ça, c'était une femme divorcée ou séparée. Seule en tout cas. Il était surpris que son instinct de chasseur soit toujours si vif, toujours à la recherche d'une femme à plier à sa volonté, d'une femme qui pourrait l'admirer.

— Je peux vous offrir un verre ?

Elle se releva précipitamment. Cet homme lui plaisait beaucoup mais ce n'était pas déontologique. Et Maître Ducat ne plaisantait pas avec la déontologie.

— A... Après.

Emmanuelle était seule. Elle observait sa plus grande, sa seule richesse dans ce nouvel univers : une petite radio sur piles. Elle tourna le bouton, juste le temps d'apprendre que le temps resterait nuageux au sud du sillon Sambre et Meuse mais que les températures étaient en hausse. Puis plus rien. La radio s'était brusquement éteinte. Elle ne fonctionnait pas sur secteur, seulement sur piles. Elle tâchait de les économiser ; en général, elle avait droit à cinq ou six minutes avant que ça tombe en rade. Elle avait renoncé à la musique. Elle essayait d'écouter les informations. De viser l'heure et de profiter de ces quelques instants pour tenter de savoir ce qui se passait dans le pays et dans le monde. Mais les cinq ou six minutes de contact radiophonique avec le monde (parce que oui, il y avait, quelque part, un monde qui continuait à tourner) se réduisaient à dix secondes.

Le bruit de la clé dans la serrure se fit entendre. Emmanuelle se livra au seul jeu qu'elle était parvenue à imaginer. Laquelle ? Chantal ou Claudine ? Le plateau sembla lui sauter au visage.

— Tiens. Ta bouffe.

Claudine. Pas la plus aimable des deux. Tant pis, Emmanuelle tenta sa chance.

— Merci mais je voudrais aussi des piles pour ma radio.

Mais la porte s'était déjà refermée tout aussi bruyamment.

Et le temps coulait, interminable. On aurait dit qu'il fallait tirer sur la substance même des journées pour parvenir à les faire passer. Impossible de savoir quel jour on pouvait être, ils se ressemblaient tous. Il lui semblait qu'il s'était passé un temps infini depuis qu'elle était là quand elle reçut la première visite d'un petit homme dont le regard pétillait d'intelligence derrière ses lunettes poussiéreuses : Maître Charles Miramar. C'était la première fois qu'elle avait à parler de ce qu'elle avait fait depuis bien longtemps. Et même si cet homme allait peut-être la défendre, peut-être devenir son avocat, elle se sentait incapable de soutenir son regard, elle se sentait se liquéfier.

— Ce que j'ai fait est horrible, Maître… Maître Miramar, c'est ça ? Vous êtes le pénaliste dont maître Vandevelde m'a parlé ? Je suis indéfendable.

Elle avait dit deux phrases et son désarroi avait déjà suffi à convaincre Charles : si son existence avait du sens, c'était bien pour défendre des gens comme ça.

— Cela, si vous le permettez, c'est à moi d'en juger ! Et c'est pour ça que je suis là, Madame.

Elle était pâle, trouva-t-il. Elle allait tourner de l'œil. Heureusement qu'elle était assise, sinon elle serait tombée.

— Tout le monde va me juger. Tout le monde va trouver que ce que j'ai fait est monstrueux. Même vous, vous allez me juger !

Charles Miramar mit le plus de chaleur et de bienveillance possible dans sa réponse.

— Non, madame, pas moi. Même si la terre entière vous juge et trouve abominable ce que vous avez fait, moi je ne vous jugerai pas. Et vous savez pourquoi ?

— Non.

— Parce que je suis votre avocat. Parce que c'est mon métier. Parce qu'il faut bien qu'une personne au moins vous écoute et essaie de comprendre ce qui vous a poussée jusque-là.

Il avait l'air si gentil. Emmanuelle commençait à se rassurer. Un peu. Non pas sur l'issue du procès, elle savait bien qu'elle serait condamnée. Mais sur le fait que son avocat serait correct avec elle. Elle craignait de tomber sur un type qui l'aurait engueulée de s'être mise dans une situation aussi indéfendable. Et elle sentait bien qu'elle ne l'aurait pas supporté.

— Les jurés ne vont voir que ça : une mère qui a tué son fils. Et personne ne verra l'histoire qui a précédé.

— Je suis là pour leur donner de nouvelles lunettes, aux jurés. Pour leur faire voir les choses différemment.

Elle sourit malgré elle. Il avait des métaphores amusantes.

— Ils n'accepteront pas de les mettre, vos lunettes !

— Vous savez quel est l'endroit d'une maison où il y a le moins de bactéries ? C'est le battant des w.-c. Parce que c'est un endroit dont on craint tant la saleté qu'on le nettoie très souvent.

D'abord les lunettes, maintenant les w.-c. Il était drôle. Emmanuelle se dit que, dans la vraie vie, elle aurait eu plaisir à devenir amie avec un type pareil.

— Et vous savez quel est l'endroit où il y a le plus de bactéries ? C'est l'éponge de la cuisine. Parce que, comme ça sert à nettoyer autre chose, on se dit que c'est propre. Résultat, toutes les crasses s'y accumulent. Autrement dit, les choses ne sont pas toujours ce qu'elles semblent être. Eh bien, c'est ça que nous allons essayer de leur faire aux jurés. C'est le coup de l'éponge de la cuisine et du battant des w.-c.

Le travail de Maître Miramar, ce n'était pas seulement d'écouter sa cliente ; la sélection du jury, c'était aussi terriblement important. Il avait déjà éliminé les petits jeunes idéalistes, ceux qui sont bardés de certitudes, ce trop-plein d'assurance que donne le fait de n'avoir pas encore vécu beaucoup de choses. Mais il arrivait au bout de ses récusations. Alors, avec Maître Corda, ils observèrent la partie adverse : l'équipe des avocats de la partie civile, Ducat et Chamfort. Lui était tiré à quatre épingles et elle était bien jolie. À première vue, ils auraient semblé plus à leur place dans un magazine de mode mais l'expérience leur avait appris à ne jamais sous-estimer un adversaire. Ils avaient en tout cas l'air de s'entendre à merveille, il arrivait souvent que l'un termine les phrases de l'autre. Charles et Luigi observèrent avec intérêt leur échange avec un nouveau candidat juré.

— Vous avez bien lu la brochure sur les droits et devoirs des jurés ? Dans quoi travaillez-vous, monsieur Janssens ?

— Je suis employé de banque, Maître.

Pierre Janssens avait un air sérieux, le genre de type qui inspirait confiance. Chauve, assez grand, une petite soixantaine. A priori, ça ne dérangerait pas Maître Miramar, qui ne voulait pas de jurés trop jeunes, que ses confrères le gardent.

— Depuis longtemps chez le même employeur ?

— Trente-cinq ans. Presque toute ma carrière.

— Cette fidélité est admirable, s'enthousiasma Maître Ducat. C'est le cas aussi dans votre vie privée ?

— Vous êtes marié, monsieur Janssens ? compléta Maître Chamfort.

— Depuis presque vingt-huit ans.

— Vous définiriez-vous comme un homme au comportement moral ?

Bonne question. À leur place, Charles aurait sans doute demandé la même chose. Il était curieux d'entendre la réponse de Pierre Janssens.

— Qu'est-ce que la morale ? Et qui peut dire de lui-même qu'il a vraiment un comportement moral ?

Belle réponse, pensa Charles. Au bout d'un moment, le candidat juré compléta.

— Oui, je pense être quelqu'un d'assez moral.

— Merci monsieur Janssens, je vous garde, déclara Ducat.

Encore une fois, à leur place, il aurait fait la même chose. Manifestement, ces deux-là connaissaient leur affaire. Mais les jurés qu'ils avaient retenus leur semblaient des gens ouverts et raisonnables, à Corda et à lui. Ça ne se présentait pas trop mal.

Et puis, malgré tout, l'essentiel de son travail, c'était avec Emmanuelle. L'interroger. Comprendre, tout comprendre de l'affaire, la ressentir comme s'il l'avait vécue lui-même. Et ça, il le faisait sans Luigi, seul avec elle. Charles avait dit à Maître Corda qu'il ne fallait pas prendre le risque d'effaroucher l'accusée, qu'Emmanuelle était très fragile et qu'elle pourrait se refermer comme une huître s'ils débarquaient à deux pour l'interroger. En réalité, il y avait chez cette femme, dans ce qu'elle avait vécu et dans ce qu'elle en racontait, quelque chose qui le fascinait. Ce jour-là, Maître Miramar voulait comprendre tout ce qui concernait la manière dont elle s'était procuré l'arme du crime.

— L'achat de l'arme, c'est longtemps avant ?

— Un mois environ.

Cette réponse n'arrangeait évidemment pas l'avocat. Tout ce qui représentait du temps, de la réflexion, la possibilité de revenir en arrière aggravait évidemment l'impression de préméditation et donc, aussi, celle de la culpabilité de sa cliente. Mais il lui avait bien sûr demandé de tout dire comme cela s'était passé. Et il s'interdisait de manifester la moindre désapprobation pour ne pas voir Emmanuelle se réfugier dans le silence.

— Pourquoi si longtemps à l'avance ? Vous aviez encore besoin de temps pour planifier autre chose ?

— Non. À part l'achat de l'arme, je n'avais rien planifié.

Ça, c'était bien ! Tout ce qui ressemblait à une improvisation, à un crime qui surgit soudain comme le lait qui déborde, c'était à mettre en évidence.

— Bon. J'aimerais comprendre comment ça se passe. Vous achetez une arme, vous rentrez chez vous. Vous en faites quoi, de l'arme ?

— Au début, je l'ai enfermée à la cave.

— Pourquoi ?

— Ça m'effrayait un peu de l'avoir achetée, je la tenais loin de moi.

Bon, ça ! C'était des éléments comme ça qu'il lui fallait !

— Vous la remontez quand de la cave ? Le jour du meurtre ?

— Non. Deux semaines plus tôt.

— Pourquoi ?

— Nicolas s'était montré particulièrement violent.

Voilà : c'était le point central. Parce que si tuer son fils, c'est horrible et ça marque forcément l'esprit des jurés, un fils qui bat sa mère régulièrement ça doit aussi être pris en compte par l'esprit de ces mêmes jurés. Ça vous fait peur, forcément, de savoir que vous risquez de vous faire tabasser. Ça modifie votre façon de penser, votre façon d'agir, vous n'êtes plus vous-même et ça, les jurés doivent pouvoir en tenir compte.

— Vous vouliez pouvoir vous défendre ?

Un long silence, elle ne répondait pas. Où était sa mémoire, à cet instant précis ?

— Madame ?

— Non. J'aimerais pouvoir vous répondre que c'était ça, je voulais me défendre, mais non. Je voulais le tuer.

— Parce que vous n'en pouviez plus ?

— Parce que je n'en pouvais plus.

Le point à jouer. C'était ténu mais ce serait la carte à abattre.

— On est encore deux semaines avant le meurtre ?

— Oui.

— Il se passe quoi durant ces deux semaines ? Dans votre tête, je veux dire.

Ce n'était pas facile à dire pour Emmanuelle. Mais elle se jeta à l'eau bravement.

— J'observe la cloison qui me sépare de ce que je vais commettre s'amincir jusqu'à n'être plus qu'un papier à cigarettes.

Elle semblait hésiter à en dire plus. C'est Maître Miramar qui acheva pour elle.

— Et le jour où la cloison est trop fine, vous allez chercher l'arme.

— Voilà.

— Il y a donc, malgré tout, une part impulsive dans votre geste ?

Toujours le même raisonnement chez son avocat. Emmanuelle voyait bien où il voulait en venir. Mais il lui semblait toujours que c'était gauchir la vérité. Elle lui répondit avec découragement, appuyant son visage dans ses mains.

— Je ne suis pas sûre qu'on puisse le présenter comme ça.

Ils se turent tous les deux. Un oiseau chantait dehors et on aurait dit qu'Emmanuelle avait plus envie d'écouter cet oiseau que le discours de son avocat. Celui-ci approcha son visage de celui de sa cliente.

— Vous remontez l'arme dans votre appartement. Bon. Vous la mettez où ?

Emmanuelle resta le visage caché pour répondre.

— Dans ma chambre.

— Où ça, dans votre chambre ?

— Sur mon lit.

Cette circonstance étonnait Charles.

— Au risque que Nicolas la trouve s'il entrait dans votre chambre ?

— Nicolas n'entrait jamais dans ma chambre.

— Au pied de votre lit ?

— Au début, oui.

— Et ensuite ?

Elle était fatiguée, il l'ennuyait avec ses questions, elle avait envie que ça cesse, qu'il s'en aille. Mais il continuait toujours, il ne partirait pas tant qu'il n'aurait pas eu toutes ses réponses, elle le savait bien.

— Sur l'oreiller.

— Pour pouvoir la trouver plus facilement ?

— Pour être plus près d'elle.

Étaient-ils prêts ? Ce n'est pas sûr. Est-on jamais prêt ? Toujours est-il qu'il y a bien un moment où il faut se jeter à l'eau… ou se jeter au feu, et où il faut commencer. Toujours est-il qu'elle avait l'impression que Maître Miramar lui avait posé des milliers de questions et qu'elle avait fourni des milliers de réponses. Celui-ci avait en tout cas travaillé d'arrache-pied, pris des tonnes de notes et, en compagnie de Maître Corda (qu'Emmanuelle avait rencontré en tout et pour tout une seule fois), ils se sentaient prêts. Le procès commençait.

Le tribunal et ses fastes et son dispositif de sécurité (c'était pour une petite bonne femme menottée comme elle, tous ces policiers ?) impressionnèrent Emmanuelle. Elle pensait que son avocat allait la rassurer mais, curieusement, celui qui la rassura le plus, ce fut le Président Métivier. Décidément, tout le monde avait à cœur d'être gentil avec elle. On lui avait expliqué que ce Président avait été surnommé le Président Madame Monsieur et elle avait trouvé ça drôle. Elle était donc aussi détendue que possible (c'est-à-dire un peu moins que tout à fait tendue) quand il commença son premier interrogatoire sur un ton extrêmement aimable.

— Ce premier interrogatoire a pour but de cerner votre personnalité et de déterminer votre profil avant le drame. Tout va bien, madame ? Je veux dire, tout est clair pour vous ?

C'était parfaitement clair et Emmanuelle lui répondit d'une voix posée qui l'étonna elle-même.

— Vous êtes née dans notre ville ?

— Oui.

— Et vous y avez toujours vécu ?

— Oui.

— Dans quel quartier ? Vous avez beaucoup déménagé ?

— Quand j'étais jeune, en périphérie. Puis, au moment de mon mariage, avenue de la Vecquée. Enfin, à Jambes d'abord et ensuite, avenue de la Vecquée. Puis, après mon divorce, à nouveau plus loin, sur la route d'Andenne. Classique. Banal.

Le Président Métivier avait écouté les premières réponses avec les yeux dans ses notes ; mais, à l'évocation du quartier où elle avait vécu, il releva la tête et regarda l'accusée avec un intérêt renouvelé.

— Avenue de la Vecquée, dites-vous ? s'étonna-t-il, songeant à cette longue rue bordée de jolies villas qui serpentait sur les hauts de la capitale wallonne.

Le Président se pencha vers un de ses deux assesseurs et lui murmura à l'oreille « Comme mes parents ». C'était très étrange comme attitude. On avait même l'impression que quelque chose dans le formalisme de la justice n'était pas respecté. Bien sûr, l'essentiel, c'était que personne, ni juré, ni greffier, ni Procureur, ni Président ne soit parent ni allié ni ami avec l'accusée. Et, bien sûr, que les parents du Président ou le Président lui-même et l'accusée aient habité la même rue, peut-être à des années de distance, ce n'était pas une collusion propre à entraver la justice. Mais c'était quand même tout à fait inhabituel. D'ordinaire, quand on s'exclame « Tiens ! C'est incroyable, j'ai habité la même rue quand j'étais jeune ! », c'est dans les réunions entre amis, les retrouvailles entre potes, entre anciens de l'école. C'est rarement entre le Président du Tribunal et l'accusée. Cette familiarité, cette bonhomie, c'était du Madame Monsieur tout pur. Il continua avec la même connivence.

— Vous avez participé à la vie du quartier ?

— J'ai fait le catéchisme dix ans.

— Avec le père Michel ? sourit Madame Monsieur.

Ça continuait sur le même ton, genre « C'est incroyable comme coïncidence ». Pour un peu, on n'était plus au tribunal, c'était le souper de la promo dix ans après la sortie de la fac. S'il n'y avait pas eu quinze ans d'écart entre eux, on se serait attendu à les voir s'échanger des anecdotes sur leurs anciens profs.

— Oui.

— Vous étiez appréciée des autres parents ?

— Je pense.

— Personne ne s'est jamais plaint, en tout cas !

Ça, c'était plus fort que tout ! Il l'avait vraiment dit sur le ton « Si personne ne se plaint, c'est que c'est bon ! Pas vu, pas pris ! » Il n'y avait pas d'entrave à la justice mais certaines personnes commençaient à s'étonner du ton de ce début de séance.

— Où avez-vous travaillé ?

— Je suis diététicienne. J'élaborais les menus pour les restaurants universitaires de la ville.

— Vous avez toujours donné satisfaction ?

— Pour autant que je sache, oui.

— À part cela et votre rôle de catéchiste, à quoi occupiez-vous vos loisirs ?

— Un peu de lecture, de théâtre, parfois d'opéra. Et beaucoup de marche !

— Vous alliez aux réunions de parents des établissements scolaires fréquentés par votre fils ?

— Oui.

— En somme, la vie normale d'une mère de famille parfaitement intégrée à la vie de notre bonne ville ?

Ça commençait à faire beaucoup ! Il n'allait pas la canoniser, quand même ! Elle n'avait pas fait que le catéchisme, elle avait tué son fils aussi, il ne faudrait quand même pas l'oublier ! Jason et Maître Chamfort – qui s'était évidemment assise à côté de lui – n'appréciaient guère le ton sur lequel les débats s'étaient ouverts. Et, même en connaissant Métivier et sa réputation, Luigi et Charles étaient étonnés. Seul Philippe Ducat semblait trouver que cela faisait partie du personnage et des habitudes de Madame Monsieur.

À la fin de la séance, le policier chargé de convoyer Emmanuelle de la prison au palais de justice et de la ramener dans sa cellule le soir s'approcha d'elle et lui saisit les poignets pour lui repasser les menottes. Ce n'était pas que l'accusée paraisse dangereuse ou que les rues soient pleines de terroristes qui auraient rêvé de la libérer mais, enfin, c'était la procédure. Ce policier était un tout jeune homme, fraîchement engagé. Il s'appelait Paul Kumli, jeune marié et papa d'une petite fille. Sa femme pensait qu'il était trop sensible pour faire ce métier mais Paul voulait être utile ; il pensait que le monde avait besoin de jeunes comme lui, prêts à mettre les mains dans le cambouis, dans tout ce que le monde peut charrier de choses sales et révoltantes. Les trafics en tout genre, les braquages, il pensait qu'on avait besoin de lui pour tenter de contrer tout ça. Il ne savait pas encore que ce qui mobiliserait le plus son temps, c'était les violences intrafamiliales. Que là où la société se montrait le plus violente, ce n'était pas dans les arrière-cours où se réunissent les dealers et leurs clients mais dans le silence feutré des chambres à coucher. Quand il avait reçu son affectation au palais de justice, il avait été très déçu. Ce n'était pas tant qu'il voulait de l'action mais il avait craint de terriblement s'ennuyer. Et puis la séance qui avait duré plusieurs heures lui avait paru filer à toute allure et prendre seulement quelques minutes : il avait trouvé ça passionnant. Cette femme qui semblait si sage, si raisonnable… Elle avait tué son fils. C'était incroyable ! Paul s'identifiait aux enfants victimes de violences, il pensait à sa petite fille et il empoigna Emmanuelle avec énergie pour lui passer les bracelets. Celle-ci se retrouva avec le bras tordu dans le dos et ne put s'empêcher de pousser un petit cri. Quelque part, le jeune Kumli n'était pas mécontent de lui faire sentir qui détenait l'autorité. Il la poussa vers la voiture cellulaire.

En rentrant au cabinet, Nathalie Chamfort, que la séance avait dérangée, interpella son patron sur le côté bizarre de ce premier interrogatoire de l'accusée par le Président Métivier. Elle demanda à Maître Ducat si, comme elle, il n'avait pas trouvé bizarre sa façon de s'adresser à Emmanuelle.

— Non, ce n'était pas bizarre. Qu'est-ce qui vous fait dire ça ?

— Il a quand même lourdement insisté sur le fait que c'était une femme serviable et paisible.

La procédure habituelle voulait que l'on commence par interroger l'accusée pour déterminer son profil. Métivier avait-il fait autre chose ?

— C'est un simple interrogatoire liminaire.

— Et cette façon d'insister lourdement sur le catéchisme ?

— C'est la procédure. Ce n'est pas de la faute du Président si, dans le passé, elle a fait le catéchisme.

Mais Chamfort avait ses antennes pour ça. L'intuition. Il y avait des choses qu'elle percevait même si elle avait du mal à les expliquer.

— Il la croit innocente !

— Qu'est-ce que vous dites ?

Ces deux-là travaillaient ensemble depuis des années. Ils s'appréciaient beaucoup, s'estimaient même, se voyaient parfois en dehors du travail, on leur aurait posé la question, ils auraient sans doute dit qu'ils étaient amis mais ils n'étaient jamais parvenus à se défaire du vouvoiement.

— Il trouve qu'elle est innocente, qu'il faudrait l'acquitter ! Ça crève les yeux !

Elle se trompait, évidemment. Métivier était comme ça avec tout le monde. Un parangon d'amabilité. Un seigneur.

— Mais non, c'est Métivier, le Président Madame Monsieur ; il est comme ça, c'est tout.

— Croyez-moi, je sais ce que je dis ! Il n'y a qu'une femme pour sentir ça : Métivier ne peut pas le dire mais toute son attitude montre qu'il voudrait l'innocenter !

Chamfort restait accrochée à son idée fixe. Philippe Ducat n'insista pas. Mais ce serait un peu fort qu'un Président de Cour d'Assises se mette à avoir des opinions et à les exprimer. Il était là pour diriger les débats, rien d'autre. Si, en plus, il se mettait à penser qu'une femme accusée de meurtre et passée aux aveux était innocente…

Le procès avait commencé, pourtant Maître Miramar allait encore trouver Emmanuelle en prison pour lui donner des instructions, des conseils sur sa façon de se tenir devant les jurés et de leur parler. Il s'était véritablement pris de passion pour cette affaire. Il se disait de plus en plus que la vérité n'existait pas, que la vérité, c'était d'abord une façon de regarder les choses et que trois personnes qui regardaient la même réalité voyaient trois vérités différentes. Et ce qui lui importait par-dessus tout, c'était qu'Emmanuelle parvienne à la faire percevoir, sa vérité. On l'aurait bien étonné, Maître Miramar, si on lui avait rappelé qu'au début, il n'en voulait pas de cette affaire que Maître Vandevelde lui avait refilée. Il n'aurait même pas voulu le croire.

Ce jour-là, Claudine était absente. Et Chantal, qui était plus sereine et apaisée par rapport à cette détenue hors norme, leur permit d'aller faire quelques pas dans la cour pour bavarder à deux. On les voyait, de loin, comme deux vieux amis, bavarder en marchant côte à côte.

— Tout le monde est en proie à des pulsions violentes ! répétait gentiment Charles à Emmanuelle. Tout le monde se dit, à un moment ou à un autre : « Je vais le tuer, ce con ! ». Chaque fois que vous pouvez tendre un miroir aux jurés, faites-le ! Chaque fois que vous pouvez dire : « Qu'auriez-vous fait à ma place ? Vous pensez que c'est faux ce que je raconte là ? Y en a-t-il un parmi vous qui puisse affirmer que j'ai tort ? », dites-le aux jurés ! Créez de l'empathie pour vous, pas pour la victime, pas pour son père. Il faut créer une situation dans laquelle les jurés seront mal à l'aise avec l'idée de vous condamner parce qu'ils auront reconnu en vous la personne qu'ils auraient pu devenir, peut-être, si les circonstances avaient été différentes.

À ses côtés, Emmanuelle marchait lentement en hochant la tête.

D'ailleurs, à la séance suivante, il sembla à Maître Miramar et à Maître Corda que leur cliente marquait des points. À une question, toujours posée aussi aimablement par le Président Métivier qui voulait savoir si elle avait été sincèrement amoureuse de son mari, Emmanuelle répondit :

— Oui, bien sûr, éperdument amoureuse. Folle amoureuse. Je me souviens d'un soir où j'avais les mains qui tremblaient si fort que je ne parvenais pas à prendre la clé dans mon sac pour aller fermer la porte d'entrée. J'ai mis trois fois le temps que ça aurait dû me prendre normalement. J'étais comme galvanisée. Je savais bien que Jason m'attendait. Et j'étais si impatiente d'aller le rejoindre que je faisais tout de travers.

Après un petit temps, elle ajouta :

— Oh oui, folle amoureuse. Mais c'est aussi un leurre, l'amour. C'est aussi un terrible rapport de force. Un rapport de force où vous ne consentez à baisser la garde que tant que vous êtes persuadée que l'autre n'en profitera pas. Un rapport de force où on couche avec l'adversaire. Un rapport de force avec séduction, peau contre peau. Un rapport de force où, régulièrement, on se réaffirme comme celui qui doit dominer l'autre. Parce qu'on ne peut pas prendre le risque de se laisser anéantir.

Elle semblait perdue dans ses pensées. Elle crut que Madame Monsieur allait l'interrompre mais, comme il ne le faisait pas, elle continua :

— Un couple, c'est deux personnes qui agissent au mieux de leurs intérêts personnels en faisant croire à l'autre qu'on agit pour lui. Vous savez ce que disait Marguerite Yourcenar ? « L'amour est un châtiment. Nous sommes punis de n'avoir pu rester seuls. » Et la punition, c'est de se colleter l'autre. Ses grossièretés. Ses odeurs. Son linge. Ses envies de sexe à des heures indues. Tout ça pour ne pas devoir affronter la solitude et pour se réconforter de l'illusion qu'on est épaulé par quelqu'un.

Les jurés buvaient ses paroles. Miramar et Corda l'écoutaient attentivement mais fixaient les jurés et ne perdaient pas une miette de ce qu'ils prenaient pour une approbation muette.

— Oh oui, j'ai été folle amoureuse de lui ! Mais j'étais naïve. Vous savez ce que disent les statistiques ? Du moment que vous n'êtes ni trafiquant de drogue ni fiché pour grand banditisme, si vous mourez assassiné… Vous avez plus de quatre chances sur cinq que ce soit par quelqu'un qui est domicilié sous le même toit que vous. Plus de quatre-vingts pourcents de risques. Nous vivons avec nos assassins.

Maître Corda se dit qu'elle allait trop loin. Que ça se retournerait contre elle. Mais un juré assis au deuxième rang, un grand chauve acquiesçait discrètement à chacune de ses paroles.

— Ces pauvres mères de famille qui sont inquiètes quand leur grande fille se met à sortir, à courir les rues, les métros, les boîtes de nuit. Ces mères qui sont rassurées quand la fille a rencontré un gentil garçon et s'installe avec lui. C'est à partir de ce moment-là qu'il faut avoir peur. C'est quand on va s'allonger tous les soirs à côté de son agresseur que la vie devient dangereuse. Plus de quatre-vingts pourcents de risques. Presque nonante selon certaines statistiques. Nous ne sommes pas faits pour vivre ensemble. Choisir un conjoint, ça revient à choisir son assassin. C'est en tout cas, dans l'ensemble des êtres vivants, déterminer celui à qui vous confiez le soin de passer le plus de temps à vous engueuler. À vous hurler dessus ! Choisir un conjoint, c'est se dire… De tous ceux que je connais, qui va passer ses nerfs sur moi ? Quel est celui à qui je donne ce pouvoir terrifiant ?

Maître Corda ne savait pas bien ce que ça allait donner. Mais Charles trouvait leur cliente géniale. Avant de se rasseoir, elle se tourna vers les jurés et les apostropha directement.

— Y a-t-il quelqu'un ici, parmi vous, qui puisse dire que c'est faux, ce que je raconte là ?

Une fois rassise sur sa chaise, elle réalisa que le silence dans la salle était écrasant.

La vie d'Emmanuelle se construisait maintenant en mode double : en prison, elle était seule, plus seule qu'elle n'avait jamais été ; elle ne voyait aucune codétenue et les gardiennes s'arrangeaient, elles aussi, pour la voir le moins possible. Le regard de toutes ces femmes-là la jugeait. Au tribunal, elle voyait du monde et on la jugeait aussi. Mais là, en revanche, elle pouvait parler et on l'écoutait dans un grand silence. Elle avait tâché de faire part aux jurés de ce qu'elle avait vécu avec son mari, de la perversité arrivée insidieusement dans le comportement de Jason puis de sa violence. Elle avait expliqué de quelle manière cette perversité d'abord et cette violence ensuite avaient progressivement été reprises par son fils et comment Nicolas était devenu le bras armé, l'avant-garde des forces de son ex chez elle. Bien sûr, Maître Chamfort pour la partie civile avait rétorqué qu'elle avait beaucoup de mal à entendre traiter son client de pervers, de personne violente quand rien n'étayait ces affirmations puisqu'aucune plainte n'avait jamais été déposée à son encontre. À cela, Maître Miramar s'était fait éloquent pour répliquer qu'on ne connaît jamais la violence contenue dans les couples, même hors des plaintes déposées. Que les violences intrafamiliales étaient la première activité qui occupait les forces de l'ordre et que, de l'avis de tous les spécialistes, conseillers conjugaux, psychologues, sociologues, les plaintes déposées contre des conjoints ou des ex-conjoints ne représentaient que la partie émergée de l'iceberg. Et quand Maître Ducat crut terminer l'échange en disant à Emmanuelle qu'il ne la croyait pas, celle-ci répondit d'une petite voix qui fit grand effet sur les jurés.

— Je sais, vous ne me croyez pas. Personne ne me croit jamais. Je n'ai pas de chagrin plus constant que celui-là : ne jamais être crue.

En bref, les gens étaient entrés au tribunal avec la conviction que l'affaire était horrible mais simple : une femme qui tue son fils, c'est un monstre qu'il faut éliminer. Et ils découvraient que l'affaire était plus complexe qu'ils ne l'avaient d'abord cru.

Emmanuelle, qui était terrifiée au moment où le procès commença, prenait maintenant goût à ces joutes. Même si ce n'était pas facile et même si ça resterait sans doute impossible, elle faisait tout ce qu'elle pouvait pour se faire entendre.

Et puis, de retour en prison, ellc était à nouveau condamnée au silence éternel : elle ne parlait plus puisqu'il n'y avait personne pour l'entendre, a fortiori pour l'écouter. Elle s'éveillait dans sa cellule glaciale. Elle voyait que le plateau du petit-déjeuner était déjà là. Ça avait dû être Claudine qui s'était arrangée pour le déposer avant qu'elle se réveille, elle faisait toujours comme ça. Son café était toujours froid. Un matin, cependant, une surprise l'attendait : à côté du bol glacial, un paquet contenait quatre piles, exactement celles qu'il lui fallait pour faire marcher sa petite radio. Sur le paquet, était collé un post-it avec une date, c'était dans plus d'une semaine, une heure dans la soirée et la mention d'une fréquence radio. Qui pouvait lui avoir donné cela ? Quelqu'un essayait de lui délivrer un message mais qui ? Et quoi ? Songeant à cette énigme, elle se rassit, le regard vide. Ça lui semblait incongru que quelqu'un envisage même de lui adresser ne fût-ce qu'un signe. On le sait bien, les femmes qui font ce qu'Emmanuelle avait fait sont mal traitées en prison. Elles sont insultées, humiliées. Parfois battues. Personne ne leur adresse la parole. Alors qui pouvait lui faire parvenir quatre piles avec la mention d'une émission de radio à écouter ? Qui ? Il n'y avait qu'un seul moyen de le savoir : attendre dix jours et, à vingt et une heures, se brancher sur la station indiquée sur le post-it.

Ce jour-là, au lieu de l'emmener à la promenade par le chemin habituel, Claudine lui fit faire un large tour dans la prison. Elle lui fit traverser des halls, passer des grilles habituellement cadenassées, monter des escaliers, en descendre d'autres. Emmanuelle se dit qu'il devait faire un temps épouvantable dehors et que Claudine avait remplacé la promenade par un circuit intra-muros. Elles débouchèrent enfin dans une sorte de sas qui ouvrait sur l'extérieur et Emmanuelle put voir que, contrairement à ce qu'elle avait imaginé, il y avait un grand soleil qui illuminait la cour. Elle s'attendait à sortir quand elle s'avisa que le sas où elles se trouvaient était divisé en deux par une grille. Elle comprit tout. Elle jeta un regard à Claudine qui souriait finement et attendit. Moins d'une minute plus tard, la porte qui donnait sur l'extérieur s'ouvrit et l'autre côté du sas se remplit de toutes les détenues qui revenaient de la promenade à cet instant. L'autre gardienne, Chantal, fermait la marche. Elle l'avait fait exprès, Emmanuelle en était sûre, l'autre n'était au courant de rien mais Claudine l'avait fait exprès. Le brouhaha des détenues s'arrêta assez vite, les conversations s'éteignirent et une bonne trentaine de paires d'yeux se mirent à fixer Emmanuelle à travers les barreaux. Deux ou trois femmes, plus bavardes ou plus inattentives se firent rappeler à l'ordre par leur voisine d'un coup de coude dans les côtes. Et ce furent bientôt toutes les femmes qui ne lâchaient plus Emmanuelle du regard. Le silence était oppressant. Personne ne bougeait plus. Les femmes ne regagnaient pas leur cellule ni l'atelier où elles étaient censées travailler. Emmanuelle ne sortait pas dans la cour. De toute façon, elle savait qu'elle ne pourrait y aller que quand Claudine trouverait que son coup aurait réussi. Il n'y avait plus rien d'autre que ce silence et toutes ces prunelles qui la fixaient. C'était un véritable affrontement. Emmanuelle tâchait de soutenir tous ces regards et se répétait à elle-même « Tenir, tenir, il faut tenir ! ». Mais les femmes s'étaient collées contre la grille qui séparait le sas en deux et elles ne lâchaient pas l'infanticide du regard. Emmanuelle se dit qu'elles allaient la huer mais non : rien que le silence, le silence et elle pensa que c'était plus terrible encore que des cris de haine. Le poids de tous ces yeux était absolument insoutenable. Enfin, en rageant contre elle-même, elle n'y tint plus, baissa la tête et garda les yeux obstinément fixés sur ses pauvres chaussures. Elle comprit alors que Chantal devait être dans le coup aussi parce qu'elle l'entendit crier, avec un accent de triomphe dans la voix : « On y va ». Le sas se vida lentement. Emmanuelle, qui gardait toujours les yeux baissés, savait qu'elle ne serait elle-même pas délivrée tant qu'il en resterait une pour la contempler de l'autre côté de la pièce. Enfin, elle entendit la porte qui grinçait se refermer définitivement, celle qui donnait sur la cour s'ouvrir et la voix de Claudine conclure : « C'est l'heure ! ».

Emmanuelle se demandait ce qui avait pu passer dans la tête de ses gardiennes pour se livrer à un jeu aussi compliqué que lui faire parcourir la moitié des couloirs de la maison d'arrêt pour la faire atterrir au bon endroit au bon moment. C'était simple. Chantal et Claudine suivaient attentivement le procès du monstre à la radio. Elles apprenaient qu'elle se défendait, qu'elle n'était pas qu'accablement et culpabilité et que certains jurés semblaient touchés par son histoire. Ça leur semblait proprement hallucinant et, pour tout dire, indécent qu'on puisse même envisager d'écouter l'histoire d'une femme qui avait tué son fils. Elles voulurent lui mettre la pression. Lui faire sentir d'où venait le vent. Et lui faire bien comprendre que, même si un jury était assez fou pour la libérer, elle ne pourrait jamais oublier son histoire tant qu'il resterait des gens pour la regarder comme on venait de la regarder.

Après la promenade d'Emmanuelle, Chantal et Claudine se retrouvèrent dans leur salle de repos à siroter un mauvais café, très fières du tour qu'elles venaient de jouer à cette garce.

Les avocats Miramar et Corda avaient appelé Jason à la barre. Ses avocats à lui, Maître Ducat et Maître Chamfort, l'avaient prévenu que cela risquait bien d'arriver mais Jason avait eu du mal à y croire. C'était lui, la victime ; c'était son fils qu'on avait tué ! On n'oserait quand même pas s'élever contre lui après ce qu'il avait souffert ! Alors, quand Charles Miramar avait demandé la possibilité de l'interroger, il s'était levé, avait cherché à composer la démarche du gars à qui on ne la fait pas et s'était avancé, goguenard, vers la barre des témoins. De toute façon, il ne confierait que ce qu'il voudrait bien et on ne lui ferait pas dire ce qu'il ne voulait pas dire. Sous ses dehors affables et sympathiques, Miramar, qui prenait cet interrogatoire en charge, avait attaqué tout de suite.

— Est-il exact que vous avez commencé à regarder avec votre fils Nicolas des films pornographiques ?

Jason ne vit pas le danger dans cette question. S'il s'était retourné, il aurait vu que ses avocats étaient au comble de la tension nerveuse mais il ne se retourna pas et décida de la jouer relax. Où était le mal ?

— Des films de charme, oui.

Souriant, en apparence aimable, Maître Miramar ne cessait de marcher autour de lui. Il tenait un papier plié en quatre dans sa main gauche avec lequel il dessinait des arabesques dans l'air.

— J'ai ici la liste. Diriez-vous qu'il s'agit de films de charme ou de films pornographiques ?

Si Jason ne comptait dire que ce qu'il voulait, il fallait bien reconnaître que cet avocaillon épais comme un ticket de bus l'avait piégé en deux questions. Voilà maintenant qu'il était contraint de reconnaître que c'était du porno, du pur porno. Parce que s'il s'obstinait à dire que ce n'était que des films de charme et que le ticket de bus lisait la liste des titres, on verrait bien qu'il y en avait de salés ! Pas une seconde, Jason ne soupçonna que Maître Miramar bluffait et que le papier qu'il tenait dans la main n'était qu'une feuille blanche pliée en quatre. Aussi Jason dut bien préciser à contrecœur.

— Des films pornos.

— Curieuse méthode éducative.

Et puis rien. L'avocat de sa tarée d'ex-femme se taisait. Il ne le lâchait pas des yeux, il était clair qu'il ne considérait pas l'interrogatoire comme terminé mais il ne disait plus rien, il se contentait de le fixer en souriant légèrement. Jason, que ce silence mettait mal à l'aise, crut qu'il serait de bon ton de s'expliquer. Il commença, sur la défensive.

— Tous les jeunes aujourd'hui regardent du porno, ils vont choper ça sur internet et puis… Plutôt que de laisser Nicolas découvrir Dieu sait quelle perversité, je préférais qu'il fasse ça avec moi !

Voilà ! Comme ça, c'était clair ! Pas d'ambiguïté. Alors pourquoi cet avocat de malheur voulait encore se faire préciser les choses ?

— Vous vouliez légitimer les films X ?

Comment on peut poser des questions pareilles ? Il n'avait rien compris ou quoi ? C'est sur un ton offusqué que Jason dut encore clarifier son point de vue.

— Pas les légitimer, non ! Je voulais juste faire le tri.

— Pour le confronter à du bon porno ?

Ce sale type continuait à tourner autour du pot. Jason réalisait bien que, dit comme ça, ça paraissait ridicule. D'ailleurs, quelque part derrière lui, un juré avait ricané, de façon discrète mais très nette. Et puis l'autre continuait encore.

— Dites-moi, se peut-il que dans tous ces films que vous avez regardés avec lui, il y en ait eu de violents ?

Jason ne répondit pas. Qu'est-ce qu'il croyait, cette andouille ? Qu'ils avaient regardé *Martine à la montagne* ? Il le faisait penser à un chien, un petit roquet qui ne lâche pas sa proie une fois qu'il a planté ses crocs. Il enfonça les canines encore un peu plus loin.

— Vous voyez ce que je veux dire ? Des films qui donnent, des relations entre hommes et femmes, l'image de quelque chose de violent ?

Il allait le moucher, ce petit con. C'est avec un air suffisant qu'il répondit.

— Le porno, c'est toujours un peu violent, Maître.

Mais, à voir la réaction du jury, il comprit que sa stratégie n'avait pas dû être la bonne. Qu'est-ce qu'il avait dit de si extravagant ? Et puis toujours cette technique de se taire, sans le lâcher des yeux, comme s'il attendait une suite. Il espérait qu'un de ses avocats allait voler à son secours mais ce fut Emmanuelle qui fut la plus rapide, à son grand désappointement. Elle se leva de sa place, dans le box des accusés, et l'interpella vertement.

— C'est toi qui as mis dans sa tête l'idée qu'il fallait être violent avec les femmes ! Même avec sa propre mère ! C'est toi qui l'as habitué à la violence ! Tu l'as jeté contre moi aussi sûrement que si tu avais voulu que nous nous battions ! Les assassins, ils ne sont pas toujours en pleine lumière !

Et elle acheva dans un cri, une sorte de cri d'hystérique, décidément le seul registre dans lequel les femmes sont à l'aise, pensa Jason.

— Il y en a qui tirent les ficelles depuis les coulisses !

Il vit deux jurés opiner gravement. Qu'est-ce que c'était que ce piège ? On se faisait tuer son fils et, au tribunal, on se faisait traiter comme si on était dans le box des accusés. Pour mémoire, ce n'était pas lui, l'assassin ! C'était l'autre ! Il n'osait pas se retourner vers ses avocats, ça aurait vraiment fait appel à l'aide et Jason ne voulait pas passer pour quelqu'un de faible mais qu'est-ce qu'ils attendaient pour intervenir ? Là encore, son attente fut déçue.

— Voulez-vous que nous suspendions la séance, madame ? demanda le Président Métivier, de sa voix la plus aimable qui était sa voix ordinaire.

Ça, c'était pas mal : c'était elle qui avait tué et on prenait soin d'elle comme si elle était la victime. Elle se rassit avec difficulté et d'une voix blanche, d'une voix contrefaite parce que, oui, Jason en était sûr, elle jouait la comédie, elle pleurnicha.

— Non, merci, Monsieur le Président.

Mais Madame Monsieur insistait encore.

— Nous pourrions faire une suspension de séance et nous reprendrions demain à neuf heures, qu'en dites-vous ?

— Merci, ça ira.

Puis, à nouveau, un silence. Jason se dit que c'était bon, que ça avait assez duré mais le ticket de bus reprit.

— Est-il exact, qu'après votre divorce, vous ayez encouragé votre fils à faire une fugue, lorsqu'il se trouvait chez sa mère ?

Mais ce n'était pas bientôt fini, toutes ces questions ? !

— Qui vous a dit cela ?

— Répondez.

— Prouvez-le !

Voilà la bonne réponse ! Ça allait lui clouer le bec, à ce petit con ! Qu'il le prouve ! Ça, Jason en était sûr, il était bien incapable de le faire !

— Vous ne répondez pas…

— C'est elle qui l'affirme, je suppose ? fit Jason, désignant son ex dans le box des accusés d'un grossier mouvement du menton. Pourquoi j'aurais fait ça ?

— Pour attirer votre fils de votre côté. Pour être le parent cool, qui comprend son grand ado de fils. Vous en auriez fait l'objet d'un pari.

— N'importe quoi ! Et pour quel enjeu ?

— Pour une caisse de vodka !

Oh, l'injustice ! Ça c'était dégueulasse ! Jason rectifia aussitôt.

— Pour une bouteille de vodka, pas pour une caisse !

Puis il réalisa qu'il avait parlé trop vite et se mordit la lèvre mais c'était trop tard. Maître Miramar n'eut plus qu'à conclure, avec une ironie à peine perceptible.

— Pour lui apprendre à faire la différence entre la mauvaise et la bonne, je suppose ? Comme pour le porno ?

Et après un temps, il ajouta.

— Ce sera tout, je vous remercie.

Et il alla se rasseoir, le visage apparemment neutre mais Jason devinait bien qu'il devait jubiler intérieurement. Miramar l'avait retourné comme on retourne un gant. Quand il revint vers ses avocats, il était furieux contre eux. Mais il comprit qu'ils étaient aussi furieux que lui. Ils le lui expliquèrent d'ailleurs dès la fin de la séance : comment défendre un homme qui ne vous dit pas tout ? Philippe Ducat, surtout, paraissait mécontent. Mais comment se souvenir de tous ces détails insignifiants ? plaida Jason. La partie civile se sépara tard et passablement irritée de cette dernière journée.

Miramar et Corda avaient bossé comme des fous pour préparer cette affaire. Le témoin suivant, le lendemain, fut Léa Gilson, la psy qu'Emmanuelle avait consultée et qu'ils avaient retrouvée. C'était d'autant plus étonnant qu'Emmanuelle ne se souvenait plus de son nom (elle préférait tout oublier de ce qui concernait cette personne) et qu'ils avaient dû entamer de sérieuses recherches pour la retrouver. Comme ils ne l'avaient pas prévenue de sa venue, Emmanuelle fut sacrément surprise de voir Madame Pète-Sec s'avancer vers la barre où Maître Miramar commença à l'interroger.

— Madame Gilson, vous êtes psychologue diplômée ?

— Oui.

— Vous êtes installée à votre compte depuis combien de temps ?

— Presque dix ans.

— Pouvez-vous nous dire dans quelles circonstances vous avez fait la connaissance de l'accusée ?

— Elle est venue consulter à mon cabinet. Pour des difficultés relationnelles avec son fils.

— Diriez-vous que c'est une histoire classique comme on en traite souvent dans votre profession ?

— Non ! Non, ça avait déjà pris des proportions plus…

Léa Gilson se tut soudain. On aurait dit qu'elle ne savait comment achever ce qu'elle avait à dire. Charles Miramar la relança gentiment.

— Des proportions comment ? Que voulez-vous dire exactement, Madame ?

— Son fils la frappait. Elle avait le visage dans un état que j'ai rarement vu : arcade sourcilière éclatée, pommettes tuméfiées, lèvres ouvertes…

— Je vais vous demander de confirmer vos propos parce que c'est un point que nous avons du mal à étayer : l'accusée prétend que son fils la laissait le visage en sang mais personne ne vient corroborer ce fait.

— Eh bien, moi, je vous le confirme.

— Elle avait le visage en sang ?

— Oui.

— Et c'est son fils qui lui faisait cela ?

— Je ne l'ai pas vu faire mais c'est ce que l'accusée m'a dit sans la moindre ambiguïté.

— D'après ses dires, la frappait-il souvent ?

— Quand il était chez elle, chaque jour.

— D'après vous, pourquoi personne ne peut confirmer cet état de choses ?

— L'accusée dissimulait ses blessures. Elle s'habillait en long et portait de grosses lunettes noires.

— Pourquoi le faisait-elle ?

— C'est une réaction fréquente chez les femmes battues et chez les victimes de violence en général : elles ont honte.

— De quoi ?

— Se faire battre par son fils n'est pas une situation normale. Ces personnes réalisent bien qu'il y a quelque chose qui ne va pas mais elles ne parviennent pas à résoudre le problème. Alors elles se disent que ça vient d'elles. D'où ce sentiment de honte.

Charles avait volontairement ralenti son débit de parole. Il savait ce témoignage capital parce que c'était la seule personne à pouvoir attester de ce que Nicolas faisait subir à sa mère. Et il tenait à ce que les jurés n'en perdent pas une miette. Il marqua encore une pause.

— Combien de fois l'avez-vous vue en consultation ?

— Deux fois. Et encore, la deuxième fois, je ne l'ai vue que dans la salle d'attente. Elle est partie pendant que je finissais la consultation précédente.

— Une seule séance, donc. Dois-je en conclure que vous n'avez pas pu l'aider ?

Léa Gilson soupira. Elle aussi, cette affaire la rongeait. Vous ne voyez qu'une seule fois une personne venue consulter pour des violences familiales et vous apprenez, des mois plus tard, que cette personne a tué son agresseur… Comment ne pas se sentir coupable ? Elle finit par concéder à regret.

— Non, je ne l'ai pas aidée.

— Qu'avez-vous pensé, Madame, lorsque vous avez appris ce qui s'était passé ?

La psy ne répondait pas. Elle se mordait la lèvre et gardait les yeux dans le vague. Maître Miramar dut insister.

— Madame Gilson, veuillez répondre.

— Je pense n'avoir commis aucune erreur. N'avoir rien à me reprocher. J'ai dit, je crois, ce que tous les psys auraient dit dans ces circonstances. Mais j'ai réalisé que rien de ce que j'avais dit n'avait pu aider cette femme et qu'elle avait dû se sentir particulièrement abandonnée. Et non seulement moi mais tous ceux qui gravitaient autour d'elle. Oui, nous tous, nous avons abandonné cette femme.

Pour la première fois depuis qu'elle était entrée dans cette salle de tribunal, Léa Gilson tourna son visage vers son ancienne cliente. Et, dans ses yeux, Emmanuelle lut ce qu'elle aurait tant aimé y voir lorsqu'elle était venue la voir en consultation : un regard de compassion. Et quelque chose qui devait ressembler à du remords.

Les deux femmes se regardèrent longuement.

Ce témoignage avait produit un certain effet sur les jurés. Malheureusement pour Emmanuelle et ses avocats, le lendemain, le Procureur et les avocats de la partie civile appelèrent à la barre l'expert en balistique qui avait examiné la victime après son décès. De l'avis général, son témoignage fut jugé accablant. Selon ses propres dires, le coup avait été porté à bout touchant, par une main qui ne tremblait pas. Il pouvait y avoir, dans certaines affaires, des lésions caractéristiques sur le bord de la blessure et qui correspondaient à un micro tremblement au moment où lc coup de feu avait été tiré. Rien de tel ici : l'impact était net. La blessure mortelle avait été infligée par une main sûre qui avait porté un coup net. Un coup qui tue tout de suite. La réponse suivante avait à peine été de nature à rassurer les jurés : la victime ne devait pas avoir souffert. Elle n'en avait pas eu le temps et avait dû succomber sur le coup, de façon instantanée. L'endroit de l'impact avait été choisi pour donner une mort immédiate et la meurtrière ne s'était pas trompée.

Interrogée à ce sujet, Emmanuelle répondit que non, elle ne s'était pas renseignée sur l'endroit où tirer le coup de feu, elle avait placé l'arme dans la nuque et avait tiré, voilà tout. Non, elle n'avait pas réalisé qu'elle risquait de laisser son fils paralysé à vie. Et non, elle n'avait pas eu la main qui tremblait, en tout cas ce n'est pas le souvenir qu'elle en gardait. Il fallait dire aussi que tout s'était passé si vite.

À cet instant, l'image d'une Emmanuelle couverte de coups et dont la vie avait été progressivement mangée par un ex et un fils pervers paraissait bien loin.

Le Procureur reprit alors la parole. Il dit à l'expert en balistique qu'il ne pouvait bien sûr pas lui poser la question de savoir si ce coup mortel avait été donné avec préméditation ; ç'aurait été lui demander de se prononcer sur le fond de l'affaire et cela outrepassait ses compétences. Néanmoins, il lui demanda si le genre de blessure qui avait tué la victime était compatible avec un meurtre avec préméditation. L'expert répondit que, de toute façon, il aurait refusé de répondre à la question de la préméditation. Tout ce qu'il pouvait dire, c'était qu'il ne semblait pas, dans le chef de la meurtrière, y avoir eu d'hésitation. Pas de traces de lutte, pas sur le coup de la colère, pas dans l'énervement d'une bagarre qui dégénère. Posément, c'était le mot qui résumait le mieux les constatations qu'il avait pu faire.

À cet instant, Emmanuelle surprit tout le monde en demandant la parole. Elle déclara que pour celui ou celle qui veut tuer quelqu'un par balle et ne possède pas d'arme à feu, qui doit donc d'abord chercher à s'en procurer une, la question de la préméditation ne devrait même pas se poser : il y a préméditation. Cette déclaration fut saluée d'un « oh ! », feutré mais réel, échappé des bouches de toutes les personnes qui assistaient au procès.

L'impression que laissait Emmanuelle, encore la veille, s'était profondément modifiée : on était resté sur une femme battue, désespérée, perdant pied, perdant progressivement tous ses moyens. On voyait maintenant surtout une femme qui avait gardé suffisamment de tête pour acheter une arme à feu, planifier et exécuter ce qu'elle appelait elle-même un meurtre avec préméditation.

À la fin de cette séance, Paul Kumli, le policier chargé de conduire Emmanuelle dans la salle du tribunal le matin et de la ramener en prison le soir, était révolté. Littéralement retourné par ce qu'il venait d'entendre. Lui aussi, comme toute l'assistance, avait commencé, ces deux derniers jours, par éprouver un sentiment de pitié envers l'accusée. Le témoignage de la psy, surtout, l'avait ébranlé. Mais ce qu'il venait d'entendre aujourd'hui avait sacrément remis les pendules à l'heure. Alors, même s'il savait que ce n'était pas bien, même s'il savait qu'il n'avait pas à faire ça, qu'il aurait dû rester neutre et professionnel, il vous empoigna Emmanuelle pour lui remettre les bracelets avec plus que de l'énergie : on devait bien appeler cela de la brutalité.

On était encore à table et il y avait longtemps que les plats étaient froids.

D'habitude, Agnès et Jacques Métivier terminaient par un fruit, un yaourt, quelque chose de léger en tout cas. Puis ils débarrassaient à deux, faisaient la vaisselle des plats et de tout ce qui ne rentrait pas dans le lave-vaisselle et, si Jacques n'avait pas besoin de passer dans son bureau pour finir de lire un dossier pour le lendemain, s'asseyaient côte à côte dans le grand canapé blanc. En général, lui prenait un livre et elle, un magazine. Ou bien elle zappait sur des chaînes de télévision qui la convainquaient de moins en moins. De toute façon, que ce soit livre, magazine ou programme télé, ils finissaient par abandonner ce qu'ils faisaient pour bavarder ensemble jusqu'à près de minuit. Ces deux-là s'aimaient comme au premier jour.

Mais, ce soir-là, rien ne se passait comme d'habitude. La tension entre eux était latente. Ils avaient reparlé de l'affaire et Agnès avait vraiment du mal à comprendre son mari. Il venait encore de lui dire qu'elle n'était peut-être pas coupable ou, plus exactement, pour reprendre ses propres propos, pas si coupable que ça. Pour Agnès, ça dépassait l'entendement. Il l'avait pourtant entendue : elle ne niait rien, elle était en aveu, elle avouait tout. Pour un peu, elle le revendiquerait, même. Mais plus sa femme continuait à aligner ce genre d'argument, plus Jacques Métivier s'énervait en disant que ce n'était pas de cela qu'il s'agissait. De quoi s'agissait-il donc ? pensait-elle. Elle avait décidé qu'elle le ferait, elle avait pris le train, elle était allée acheter une arme, elle était rentrée… Mais Jacques l'avait cueillie avec une phrase qu'elle avait eu du mal à comprendre.

— Ce n'est pas de ce genre de culpabilité là que je veux parler…

De quel genre de culpabilité pouvait-il s'agir, alors ? Tous les éléments matériels du dossier l'accablaient.

— Je veux parler d'une culpabilité morale, soupira Jacques.

Ça, c'était plus fort que tout ! Elle avait prémédité de tuer son fils, elle l'avait fait… et elle ne serait pas moralement coupable ! Qui pouvait être moralement coupable, dans ce cas ? Lui ne disait plus rien, absorbé dans ses pensées ; il s'acharnait à réduire une boulette de pain en miettes. Et puis, tout à trac.

— Tu as vu la manifestation, l'autre jour ?

Quoi, c'était ça qui le préoccupait ? Une centaine d'excités qui s'étaient rassemblés pour exiger le rétablissement de la peine de mort. Son mari ne pensait tout de même pas que c'était lié à l'affaire.

— Ce n'est pas un hasard, évidemment. C'est bien en marge de ce procès qu'ils l'ont organisé, leur rassemblement.

Qu'est-ce que ça pouvait lui faire, quelques dizaines d'agités du bocal ? On n'allait pas faire marche arrière maintenant, il n'y avait même aucun projet de loi qui allait dans ce sens. Mais il semblait bouleversé.

— Comment peut-on demander la tête d'une femme dont on entend la respiration un peu haletante quand elle témoigne ? Comment peut-on souhaiter que ce souffle s'arrête ?

Bon, il pouvait se calmer, quand même. Le bourreau avait été pensionné il y a si longtemps, personne n'allait la lui tuer, son accusée.

— Tu as entendu le porte-parole du collectif ? Il parlait d'une voix calme, posée, sans haine, sans colère. Je l'ai trouvé redoutablement efficace.

Agnès lui fit observer qu'on avait aussi interrogé un représentant du clan adverse.

Ça ne semblait pas rassurer Jacques.

— Oui. Un type qui bégayait, qui s'emmêlait les pinceaux. Bonasse, avec un humanisme gentillet, un peu mou. Il était loin d'être aussi percutant, je t'assure !

Agnès ne parvenait pas à saisir ce qui inquiétait à ce point son Président de mari. Après tout, elle était vraiment coupable, cette femme. Il n'y avait quand même aucun risque d'erreur judiciaire possible.

— Et si, un jour, il l’avait cognée un peu plus fort et s’il lui avait brisé les cervicales ? Ou s’il lui avait précipité le crâne sur le coin d’un meuble ?

Là, il y allait fort quand même ! Ce n’était tout de même pas de la légitime défense ! Et puis, soudain, ce fut comme si une digue avait cédé chez Jacques Métivier : il se mit à parler sans s’arrêter.

— Tu sais à quoi je pense ? Des années ! Des années qu’il l’a fait ! Et moi, je n’ai jamais eu le courage de m’opposer à lui. Oui, je sais bien : tout le monde me dira qu’à l’âge que j’avais, je ne pouvais rien faire, je ne pouvais que subir sans réagir. Mais si je l’avais tué, hein ? Si je l’avais tué ?… Je ne sais pas si je serais en paix aujourd’hui mais ce que je sais, c’est que si je l’avais tué, elle n’aurait pas passé les trente dernières années de sa vie dans un fauteuil roulant. Parce que sa paralysie, c’était lui, bien sûr. Tout le monde fait semblant de ne pas savoir mais, en réalité, tout le monde sait très bien ! Oui, évidemment, on parle de chute dans l’escalier. Comme c’est commode, les chutes dans l’escalier ! Comme si tout le monde ne savait pas que c’est ce qu’on dit dans les bonnes familles quand le mari tabasse sa femme ! Et puis, il y a chute et chute. Une chute, normalement, c’est quand on rate une marche. Mais quand le père de famille, en proie à une crise de jalousie idiote, jette la mère du haut de l’escalier tout en bas, tu crois qu’on peut encore parler de chute ? Alors, moi, cette accusée, je l’admire, je l’envie ! Elle a eu le courage de faire ce que, moi, je n’aurais jamais osé !

Il s’interrompit enfin, pour reprendre son souffle. Ce qu’il venait de dire là, il ne l’avait jamais dit à personne. Agnès se doutait bien, d’après ce que Jacques lui avait déjà dit, que c’était à son père que sa mère devait sa paralysie des jambes. Mais qu’il l’ait, purement et simplement, jetée dans l’escalier, ça non, Jacques ne le lui avait jamais confié. Elle comprit enfin pourquoi cette affaire hantait son mari à ce point. Brusquement, celui-ci se leva et quitta la pièce. On parle, comme ça, sans réfléchir, de goutte qui fait déborder le vase mais c’est exactement ça : l’émotion était trop forte et Jacques, qui sanglotait, s'enfuit précipitamment, comme mû par un réflexe de pudeur instinctive : cacher ses larmes. Il alla s'allonger sur leur lit pour pleurer tout à son aise. Il avait l'impression de se vider sans se libérer, comme une saignée qui laisserait un malade menacé par une congestion aussi oppressé qu'avant.

Agnès, en épouse intelligente, n'alla pas le rejoindre tout de suite. Elle avait compris qu'il avait le besoin de se trouver seul et Jacques lui sut gré de cette discrétion. Quand elle monta se coucher à son tour, il dormait déjà, d'un sommeil agité. Agnès s'allongea près de lui sans bruit. Au cours de la nuit, il vint se blottir contre elle. Elle réalisa qu'il tremblait, comme un enfant.

Le lendemain, au tribunal, c'était encore la défense qui tenait le crachoir. Charles Miramar et Luigi Corda avaient convoqué un très grand nombre de témoins et ils n'avaient pas leur pareil pour les interroger, les mettre dans leur poche et leur faire dire ce qui les arrangeait, eux. Ce jour-là, il s'agissait d'un homme imposant quoique d'allure assez sportive : Monsieur Akim, le professeur de physique de Nicolas. Monsieur Akim témoignait évidemment pour la première fois devant un tribunal et il en était tout impressionné. Il s'était demandé longuement comment s'habiller pour la circonstance, voulait éviter de sortir son beau costume dans lequel il se trouvait engoncé mais ne voulait pas avoir l'air trop cool quand même. Finalement, il avait opté pour un veston en jeans et une petite cravate en cuir noir mais l'avait regretté instantanément en avisant le nombre de tenues très chic autour de lui. Il était donc stressé quand Luigi Corda commença à l'interroger. Heureusement, se dit-il, celui-ci mesurait son embarras et faisait tout pour le mettre à l'aise. Et puis, un type à l'accent chantant et qui roule les R, ça rassure.

— Monsieur Akim, vous étiez enseignant de Nicolas ?

— Pendant deux ans, oui.

— Et vous êtes professeur de… ?

— De physique.

— Pardonnez-moi mais mes souvenirs scolaires sont bien loin. Voulez-vous me rafraîchir la mémoire et me citer quelques-unes des matières que vous enseignez ?

— L'acoustique, l'optique… L'astrophysique et la physique quantique pour les élèves les plus âgés.

— Je dois vous avouer que je n'ai jamais excellé dans cette branche et la matière de quelques-uns des cours que vous dispensez doit constituer mon pire souvenir scolaire. En ce moment, ma pire crainte est que vous me sortiez une page d'exercices de votre poche et que vous révéliez à tout le monde l'étendue de mon incompétence…

Ça, c'était leur méthode, à tous les deux : en trois phrases, détendre l'atmosphère et mettre le témoin à l'aise. C'est donc avec plus d'assurance que Monsieur Akim enchaîna.

— Les gens ont souvent ce rapport-là avec la physique ! Alors qu'il ne s'agit, en somme, que d'exercer sa capacité à faire preuve de cohérence.

En restant le plus affable possible, Maître Corda ramena la discussion au sujet pour lequel le témoin était là.

— Pouvez-vous nous parler de Nicolas ? Quel genre d'élève était-il ?

— Un chouette gamin ! Rieur, enjoué. Pas aussi travailleur qu'il aurait pu être. Mais c'est le cas de beaucoup d'adolescents. Aimant beaucoup plaisanter. Bref, un garçon très, très sympathique.

Le ton de l'avocat se fit complice.

— Des petites amies ?

— Vous savez, ce n'est pas à nous que les jeunes viennent spontanément confier leurs histoires de cœur. Mais oui, à la sortie du collège, j'ai vu qu'il sortait avec des jeunes filles, oui.

— Bref, un adolescent normal, barytonna l'Italien.

— Tout à fait !

De complice, la voix de Luigi se fit empathique, bienveillante.

— Sa mort vous a beaucoup touché ?

Monsieur Akim prit le soin de regarder les membres du jury pour répondre.

— Ça m'a révulsé d'apprendre cela !

Luigi Corda prit une seconde pour revenir vers sa table, y saisit un document avant de se retourner vers le témoin. Celui-ci lui trouva soudain le visage changé, fermé, dur.

— Monsieur Akim, j'ai ici le dernier bulletin scolaire de Nicolas. À la page des résultats de physique, je lis les commentaires suivants : Élève médiocre. Ne fiche strictement rien en classe. À la période précédente : pour les prochains tests, devrait étudier les formules avant, ça pourrait l'aider. Encore le bulletin d'avant : passe son temps la main posée sur la cuisse de sa voisine. Élève franchement désagréable et insolent.

Et puis, il se tut. C'était ça, leur technique : balancer quelque chose qui dérangeait le témoin ou quelque chose d'inattendu à tout le moins et puis se taire. Comme personne n'aime le silence, comme le silence déstabilise, met mal à l'aise, surtout dans un tribunal, le témoin reprenait la parole le premier mais en position plus inconfortable, avec le sentiment de devoir se justifier, même s'il n'avait rien à justifier. Cette fois-ci, ça ne rata pas et c'est avec la voix légèrement tremblante que Monsieur Akim répliqua.

— Et alors ?

Maître Corda enchaîna, toujours aussi aimable mais sur un ton net, précis.

— Avouez que ces commentaires cadrent mal avec le portrait que vous nous faisiez il y a quelques instants… C'est un peu contradictoire.

Luigi avait réussi son coup : Monsieur Akim était maintenant sur la défensive, dans la position de celui qui doit légitimer son discours alors qu'au départ il se sentait plutôt convoqué pour accabler l'accusée.

— Il n'y a pas de contradiction : Nicolas était un élève sympathique qui ne travaillait pas assez en classe…

Comme dans les numéros d'illusionniste, Luigi enfila à toute vitesse un autre costume qui lui allait particulièrement bien : celui du coupeur de cheveux en quatre.

— Pas assez ou pas du tout ? Il y a une minute, vous nous disiez « pas aussi travailleur qu'il aurait pu l'être… ».

— Oui, il aurait dû travailler plus, c'est vrai.

Monsieur Akim commençait à transpirer. Il sentait son veston en jeans coller le bas de son dos et il regretta une nouvelle fois ce choix vestimentaire. L'avocat posa le bulletin sur la barre des témoins, entre eux, et vint placer son visage tout près de lui.

— Monsieur Akim, on dirait que vous avez du mal à assumer ces remarques de bulletin, c'est pourtant vous qui les avez écrites !

La proximité physique de Corda le dérangeait. Il avait envie de hausser le ton mais n'osait pas. Il s'efforça de répondre le plus clairement possible.

— Bien sûr, c'est moi ! Je les assume totalement !

Enfin, cet avocat de malheur le lâcha. Il se mit à marcher de long en large devant le jury.

— Alors… Nicolas était-il un garçon sympathique qui aurait dû travailler davantage pour avoir sa moyenne en physique ? Ou un ado insolent et désagréable qui ne fiche rien ?

Il était marrant, l'autre, avec ses questions manichéennes ! Comme si les choses étaient aussi tranchées.

— Vous présentez cela comme si c'était tout à fait l'un ou tout à fait l'autre. Il était les deux !

Monsieur Akim rectifia avec prudence.

— Il a pu être les deux.

Mais ce satané bavard revint se coller à deux centimètres du nez du prof de physique.

— Monsieur Akim, puis-je me permettre de vous aider ? Ne peut-on pas dire que Nicolas était un élève médiocre et désagréable ?

Et que, sa mort vous ayant profondément heurté, vous le peignez aujourd'hui meilleur qu'il n'a été ?

— Peut-être…

C'était sorti tout seul. Il avait répondu cela sans réfléchir. N'importe quoi si ça pouvait permettre que ce drôle de type recule de vingt centimètres. Ce qu'il fit, effectivement, en se tournant vers l'accusée.

— Pensez-vous que l'on puisse dire de l'accusée qu'elle fut une bonne mère ?

— Maître !

Là encore, c'était sorti tout seul. Une sorte de soupir exhalé sur un ton particulièrement offusqué. Corda, fidèle à la technique, ne disait rien et laissait venir. De sorte que c'est avec un brin d'agacement qu'il reprit la parole.

— Eh bien, oui, je vous écoute.

Akim, en sueur, semblait perdre pied.

— Comment peut-on être une bonne mère… et faire ce qu'elle a fait ?

Luigi se rendait bien compte de ce qu'il infligeait à ce pauvre type mais il s'en fichait ; ça tournait comme il voulait. Il l'exécuta dans les règles de ce qu'il avait prévu.

— Monsieur Akim, le Président vous l'a rappelé et j'y insiste encore : nous vous demandons des faits ! Évitez les interprétations, encore plus les jugements ! Rien que des faits ! Soyons cohérents ! Après tout, cela devrait vous être facile : vous êtes professeur de physique ! Lorsque les bulletins de Nicolas se sont révélés catastrophiques, l'accusée a-t-elle cherché à prendre contact avec vous ?

— Oui, elle a pris un rendez-vous.

— S'est-elle présentée à ce rendez-vous ?

— Oui.

— Y était-elle à l'heure ?

— Oui, soupira Monsieur Akim qui accumulait ces « oui » à regret.

— Vous a-t-elle fait l'effet de ce genre de parents qui sont prêts à excuser leurs enfants de tout ce qu'ils ont pu dire ou faire ?

— Non.

— Vous a-t-elle paru vouloir vous aider dans votre travail pédagogique ?

— Oui.

— Vous a-t-elle semblé être une mère démissionnaire ?

— Non.

Grand silence. Technique Miramar-Corda. Puis c'est sans la moindre émotion affichée qu'il rejoignit sa place. Neutre. Le visage fermé à double tour.

— Ce sera tout, Monsieur Akim, je vous remercie !

Néanmoins, même s'il n'en laissait rien paraître, Luigi Corda était assez fier de lui et de la façon dont il avait mené l'interrogatoire avec ce prof. Comme on était en fin de journée, il rassembla ses affaires dans son vieux cartable en cuir en bavardant avec Charles Miramar. De telle sorte qu'ils ne virent pas Paul Kumli remettre à nouveau les menottes à Emmanuelle sans douceur. Celle-ci ne put s'empêcher de pousser un petit cri qui arrêta le mouvement du jeune policier. Pour la première fois sans doute, ils se regardèrent dans les yeux. Et Kumli emmena l'accusée vers la voiture sans la toucher, se contentant de passer devant elle et la laissant le suivre.

C'était le moment où il était relevé par un collègue parce que c'était la fin de sa journée. Alors, Kumli descendit dans les sous-sols du palais de justice où il disposait d'un casier métallique. Mais en chemin il fit un crochet pour se rendre aux toilettes. Il se lava les mains puis il se passait un peu d'eau sur le visage quand la porte d'un des box individuels s'ouvrit ; le Président Métivier en sortit et il marcha, pâle, le pas peu assuré vers les lavabos. À la grande surprise de Kumli, il s'adressa à lui.

— Aidez-moi, s'il vous plaît.

Kumli s'attendait à tout sauf à cela et il balbutia sa réponse.

— Qu'est-ce que je peux faire pour vous ?

— Je ne sais pas, bafouilla le Président. Je… Je ne me sens pas très bien. J'ai chaud.

Cette demande un peu plus précise rendit ses moyens au jeune policier. Un étourdissement, quelqu'un qui ne se sentait pas bien, cela correspondait à son univers, à ce qu'il avait pu apprendre dans ses cours de secourisme et ailleurs.

— Vous permettez ?

Sans attendre la réponse du Président, il déboutonna sa lourde toge, desserra son nœud de cravate par-dessous et défit aussi le bouton de son col de chemise. Puis, il le fit asseoir sur le radiateur et ouvrit la fenêtre pour laisser l'air frais du soir entrer dans la pièce.

— Ça va mieux ?

— Doucement… J'ai eu comme un étourdissement.

— Vous pouvez marcher ?

— Oui.

— Alors venez avec moi s'il vous plaît.

Et il reprit le chemin vers son casier dans les sous-sols, le Président sur les talons. Là, il le fit asseoir sur un banc pendant qu'il ouvrait son casier. Il en sortit une vieille sacoche d'où il tira un petit paquet avec quelques sucres et un petit flacon. Il imbiba un sucre de quelques gouttes d'un liquide clair et le tendit à Métivier.

— Voilà ! Croquez-moi ça, vous m'en direz des nouvelles…

Le Président prit le sucre et le croqua avec application. Son visage retrouvait progressivement ses couleurs.

— Vous vous sentez mieux ?

— Oui… Qu'est-ce que vous m'avez donné ?

— C'est quelques gouttes d'alcool de menthe sur un sucre.

Le Président Métivier sourit.

— De l'alcool de menthe ? Pendant le service ?... Vous êtes fichu, mon vieux, bon pour la mise à pied.

Kumli avait bien compris que le magistrat plaisantait et continua sur le même ton.

— On va tomber tous les deux pour trafic d'alcool, Monsieur le Président.

Métivier allait mieux. Il sourit encore, se releva et demanda son nom au jeune policier.

— Paul Kumli, répondit celui-ci.

Le Président lui serra la main avec chaleur.

— Eh bien, je vous remercie, Monsieur Kumli.

Et il sortit. Paul était étrangement remué par cette rencontre inopinée. Il ne se serait pas attendu à ce que le Président lui demande son nom ni lui serre la main avec tant de reconnaissance. S'il avait osé, il lui aurait bien demandé comment il faisait pour rester poli et respectueux, y compris avec une accusée qui avait fait ça.

Ce soir-là, Nathalie Chamfort céda : elle accepta, devant tant d'insistance, de sortir avec Jason. En fait, elle en avait vraiment envie. Elle se trouvait seule depuis trop longtemps ; être courtisée, désirée par un homme lui manquait terriblement. Et Jason, dont le désarroi la touchait, lui plaisait beaucoup. Sa seule crainte était que Maître Ducat l'apprenne, lui qui ne plaisantait pas avec la déontologie et la bienséance ; elle entendait déjà son discours moralisateur. Avoir pour patron quelqu'un d'aussi rigide rassurait la jolie femme qu'elle était. Elle se doutait bien que ce ne serait pas lui qui lui ferait des propositions indécentes ou la harcèlerait. Mais là, ça la gonflait. Elle voulait passer la soirée avec un homme et plus rien d'autre ne comptait.

Elle retrouva donc Jason dans un bar aux lumières tamisées, à l'ambiance feutrée où un piano jazz promenait langoureusement ses improvisations. Jason l'accueillit avec un sourire carnassier, en homme qui est parvenu à ses fins. Il voulut lui offrir un verre mais se récria lorsqu'elle réclama une eau plate. Elle prendrait bien un whisky, tout de même, ne serait-ce que pour fêter la chance de leur rencontre. Elle expliquait qu'elle pouvait à la rigueur envisager un Martini ou un Campari mais que, de toute façon, elle détestait le whisky quand le barman déposa un bourbon devant elle ; elle réalisa qu'en fait cet homme ne l'écoutait pas du tout ; il n'écoutait que lui et ses désirs. Nathalie Chamfort réalisa soudain qu'elle était très mal à l'aise : son chevalier servant n'était préoccupé que de lui-même et elle craignait à tout instant de voir entrer Maître Ducat dans le bar. Idée absurde, bien sûr, parce que s'il y avait un genre d'endroit que Philippe Ducat ne fréquenterait jamais, c'était bien ce genre d'établissement. Pour finir, mal à l'aise, elle s'excusa platement et pria Jason de la ramener chez elle. Elle s'attendait à ce que cela pose des problèmes, à ce que Jason fasse des difficultés mais il n'en fit aucune : il se leva, alla régler les consommations et revint avec son manteau qu'il lui tint galamment pour qu'elle puisse enfiler les manches sans difficultés. Ce n'est que dans sa voiture qu'elle comprit : il ne la ramenait pas chez elle, il conduisait sa conquête chez lui. N'avait-il pas compris ou ne l'avait-il vraiment pas écoutée ? Elle était prête à faire une scène, à lui hurler de la reconduire chez elle quand elle se dit qu'elle n'avait plus fait l'amour depuis un nombre de mois tout à fait indécent et que, grands dieux, on ne vit qu'une fois. Dès qu'ils furent installés dans son salon, Jason lui resservit un whisky, preuve, s'il en fallait, qu'il ne l'écoutait vraiment pas. Puis, avec une force qu'elle ne lui aurait pas soupçonnée, il la souleva dans ses bras et l'emmena vers sa chambre où il lui offrit une partie de jambes en l'air absolument médiocre et où il n'était attentif qu'à ses désirs à lui. Il la prit avec violence, comme si elle n'était qu'une chose. Quand il se plaçait derrière elle, il lui tirait les cheveux en arrière avec tant de brutalité qu'elle en garda une douleur aux cervicales pendant plusieurs jours. Enfin, il s'endormit très vite après leurs ébats et se mit à cuver ses whiskies en ronflant avec conviction. Nathalie se dit une chose étrange : si son fils lui ressemblait un tant soit peu, elle n'était pas étonnée qu'Emmanuelle soit allée jusque-là où la violence masculine l'avait entraînée. Elle se dit qu'en fait, c'est elle qu'elle aurait aimé défendre et non pas lui. Elle se rhabilla en silence, appela un taxi et rentra chez elle embrasser ses enfants et placer délicatement une couverture sur le corps de la baby-sitter qui s'était endormie sur son canapé.

L'ennui pour elle fut que, dès cet instant, Jason s'imagina qu'ils étaient en couple et qu'il avait des droits sur elle. Comme elle ne lui avait pas laissé son numéro de téléphone, il lui envoyait des quantités de mails sur la seule adresse qu'il possédait : celle du cabinet. Nathalie Chamfort essayait de l'éconduire de la façon la plus brève et la plus sèche possible, lui faisant entendre que ça avait été une nuit sympa mais que c'était terminé et qu'elle n'avait aucune intention de s'attacher.

— Je peux pas croire que vous soyez ce genre de salope, lui renvoyait sempiternellement Jason.

Elle ne pouvait pas le croire non plus mais elle préférait encore passer pour ce genre de salope, comme il disait, plutôt que de tomber sous la coupe de ce type qui, maintenant, la dégoûtait. Elle croyait avoir bien compris quel genre d'homme il était, lui, et elle n'avait aucune envie d'approfondir la découverte de son intimité. Elle lui ordonna donc de cesser de lui envoyer sur son adresse mail professionnelle des messages à caractère privé auxquels, de toute façon, elle ne répondrait plus. Comme il se trouva sans réponse et qu'il ne pouvait l'accepter, Jason se mit à utiliser la seule autre adresse mail qu'on lui avait donnée ; hélas pour Maître Chamfort, c'était aussi une adresse professionnelle du cabinet à laquelle les deux associés avaient accès. Maître Philippe Ducat découvrit ainsi des messages de leur client évoquant cette merveilleuse nuit qu'ils avaient passée ensemble. Il convoqua aussitôt sa collaboratrice pour une mise au point : sa vie privée était sa vie privée mais, primo, il fallait qu'elle le reste, privée… Et, secundo, il y avait des principes élémentaires de déontologie avec lesquels il n'accepterait pas que l'on transigeât ! Maître Chamfort répliqua qu'il ne s'était rien passé entre leur client et elle, que c'était une obsession qu'il s'était fourrée dans la tête et que jamais Maître Ducat, son patron, n'aurait l'occasion de les surprendre ensemble. Elle le lui jurait. Du coup, Philippe Ducat lui demanda si elle voulait qu'il parle à leur client pour qu'il arrête de la poursuivre de ses assiduités. Nathalie lui demanda de n'en rien faire, lui jurant qu'elle réglerait cela elle-même. Ducat accepta de garder le silence à condition que les messages torrides cessent de se répandre dans la boîte mail du cabinet. Et non sans rappeler à Maître Chamfort de séparer très nettement vies privée et professionnelle.

Au tribunal, l'affaire avançait. On en avait fini avec l'audition des témoins et c'était maintenant le dernier round : encore et toujours Emmanuelle qu'on interrogeait sur les circonstances du meurtre et sur sa vie avec son fils qui l'avait, selon ses dires, poussée à commettre l'irréparable.

— Pouvez-vous tâcher de nous faire comprendre à quoi ressemblait votre vie quotidienne, madame ? demanda Maître Miramar. Tournez-vous bien vers les jurés, c'est à eux qu'il faut vous adresser.

Emmanuelle se leva et se racla la gorge. Ça se jouait maintenant, elle le savait.

— Eh bien… Dans les moments où Nicolas venait chez moi, ma vie ressemblait à une… une sorte d'angoisse permanente. Après quelques mois de séparation, après le jugement où son père a obtenu la garde principale, il ne s'est plus passé un seul week-end de garde chez moi sans violence. Parfois, il me cognait la tête contre le mur pour obtenir mes clés de voiture, parfois il me giflait parce que je voulais l'empêcher de sortir le soir. Alors, je me suis mise à vivre en ayant tout le temps un peu mal au ventre. De peur. Comme si vous saviez qu'un ennemi vivait chez vous, qu'il vous frapperait avant la fin du week-end et que vous ignoriez quand. Je crois que c'était ça le plus terrible. Certaines fois, quand il arrivait chez moi, j'avais envie de lui ouvrir la porte et de lui dire… « Écoute, cogne-moi maintenant, comme ça, on sera tranquille, on sera débarrassé, ce sera fait… ».

Elle fit une pause et continua à voix plus basse. C'était si difficile de revivre tout ça.

— C'est terrible de sentir monter cette violence et de ne rien pouvoir pour l'arrêter. Terrible aussi de sentir ses propres sentiments se transformer. D'en arriver à se dire… « Mon Dieu, c'est mon fils mais je ne veux plus le voir… ». Je continue à penser que le mieux aurait été que nous ne nous voyions plus pendant quelque temps.

Maître Miramar marqua une pause pour que les jurés aient bien le temps de tout assimiler. Puis il reprit la parole.

— Vous avez été blessée ?

— Souvent.

Mais Thierry Lagasse, le Procureur, s'avança vers l'accusée et prit la parole.

— Petit rappel pour la Cour, blessures que vous n'avez jamais pris la peine de faire constater par un médecin…

— Non. J'avais vraiment peur.

— Peur ? s'étonna Thierry Lagasse.

— De ce qui allait advenir.

— En attendant, il n'y a aucune preuve de ce que vous avancez. Aucune preuve que votre fils vous battait.

Maître Miramar intervint.

— Permettez, Monsieur le Procureur, ces coups sont attestés par le témoignage de Madame Gilson, la psychologue.

— Oui, nous savons que l'accusée était battue, concéda-t-il. Mais rien ne prouve que ces coups aient été dus à son fils.

— À qui d'autre? s'irrita Maître Miramar. L'accusée avait divorcé, elle vivait seule. La seule personne qu'elle voyait était ce fils violent.

Puis, se tournant vers Emmanuelle.

— Savez-vous d'où venait cette violence de votre fils envers vous ?

Emmanuelle répondit avec des sanglots dans la voix.

— Dans la violence de mon fils, je reconnaissais celle de mon mari. Enfin, de mon ex-mari. Mais de façon différente. Moins cruelle, moins raffinée, moins subtile. Plus brutale.

Thierry Lagasse reprit la parole.

— Aucune constatation de la violence de votre ex-mari, non plus. Aucun médecin.

À cela, il semblait à Emmanuelle qu'elle pouvait répondre.

— Je l'ai quitté. J'ai eu la possibilité de le quitter. C'est bien là tout le drame qui s'est joué. On ne peut pas divorcer de son fils. Particulièrement quand tout le monde autour de vous souligne l'importance des liens mère-fils. Mais moi, j'avais l'impression que ce n'étaient pas des liens, c'étaient des chaînes !

Dans un silence, la voix toujours aussi aimable, le Président Madame Monsieur s'adressa à Emmanuelle.

— Madame, la Cour souhaite vous lire une question que l'un des jurés a formulée par écrit lors de la pause…

— « Si c'est votre ex-mari qui tirait les ficelles dans l'ombre, pourquoi ne pas avoir cherché à tirer vengeance de lui et pourquoi vous en prendre à votre fils ? »

Un long silence tomba sur l'assistance.

— Veuillez répondre Madame.

Emmanuelle cherchait ses mots.

— Mais… Parce que ce que j'ai fait n'est pas une vengeance ! Une vengeance, c'est dire « Ce que tu m'as fait m'a blessée, je vais te faire la même chose pour que tu souffres aussi ». Moi, j'ai juste voulu me mettre à l'abri. J'ai juste voulu que ça s'arrête. Et puis, mon ex-mari… Il ne pouvait plus rien me faire, mon ex-mari. Nous ne nous voyions plus jamais, la plupart du temps il refusait de prendre mes coups de téléphone, je ne prenais plus les siens. J'en avais fini avec lui. Comment vouliez-vous que je cherche à me venger ?

— Les journaux vous ont fréquemment qualifiée de Médée moderne, reprit Thierry Lagasse. Médée, dans la mythologie, c'est cette femme qui tue ses enfants pour atteindre le cœur de son mari et lui faire le plus de mal possible, parce que son mari l'a abandonnée. Êtes-vous une Médée moderne, Madame ?

— Ça encore, c'est une vengeance, Monsieur. La plus cruelle des vengeances parce qu'elle frappe non celui qu'on veut atteindre mais celui qui lui est le plus cher. Mais moi, je ne me sentais pas abandonnée par mon mari, c'est moi qui ai voulu le quitter. Non, je n'ai pas voulu atteindre Jason en tuant Nicolas, il n'y a aucune vengeance. Aucune. Je ne suis pas une Médée.

— Alors, que pourriez-vous nous dire pour tenter de nous faire comprendre la motivation de votre geste ? reprit Lagasse.

— Je voulais que ça s'arrête, simplement. Arrêter de souffrir. Arrêter de croire que ça va s'arranger quand rien ne s'arrange jamais. Je voulais que ça soit clair. Net. J'ai même envie de dire que je voulais que ce soit propre. Enfin propre.

Emmanuelle se tut. Lagasse allait reprendre la parole quand elle continua.

— Vous savez, c'est comme l'histoire de la résurrection de Lazare, dans l'Évangile. Lazare meurt. Marthe et Marie, sa femme et sa sœur, pleurent. Elles commencent à faire leur deuil. À envisager la vie sans lui. À voir comment elles allaient se débrouiller sans lui. À mettre un peu de consolation sur la douleur. Et puis, voilà Jésus qui débarque. On lui a rien demandé à Jésus. Marthe et Marie lui ont rien demandé. Lazare ne lui a rien demandé. Il fait son petit numéro et Lazare ressort vivant du tombeau. Il faut oublier le deuil et réapprendre la vie avec lui. Si Jésus s'en va et que Lazare, la semaine suivante, y passe de nouveau ? Il faut tout recommencer ? Repasser de la joie à la tristesse ? C'est exténuant ! Eh bien, Nicolas, c'était la même chose. Les coups, la gentillesse le week-end suivant, les coups, la gentillesse... Moi, je dirais que c'est ça : pour n'avoir à faire son deuil qu'une fois. Pour ne plus passer des week-ends avec les coups aux week-ends avec les bras autour de mon cou. Comme Marthe et Marie. Pour ne plus devoir célébrer sans cesse la résurrection de Nicolas. D'un Nicolas qui va se retransformer en monstre le week-end suivant.

— Vous étiez en colère ? demanda encore le Procureur.

— Non, je n'étais pas en colère. La colère, c'est chaud, c'est brutal. Mais ça s'épuise. Ça ne résiste pas au temps qui passe. Non, c'était bien pire que de la colère : c'était de la haine. La haine, c'est beaucoup plus dangereux que la colère. C'est froid. C'est pointu, effilé comme une épée, comme une longue aiguille. Et le temps ne fait rien d'autre que d'aiguiser votre aiguille pour la rendre toujours plus mordante. La colère n'aurait pas résisté aux douze jours d'absence qui séparent les deux week-ends par mois. La haine, elle, a résisté.

— N'y avait-il donc aucune autre solution aux conflits que vous aviez avec votre fils ?

— Mais nous n'avions pas de conflit, c'est ça qui est terrible ! J'étais agressée ! Mais quand vous êtes agressée par quelqu'un, on ramène toujours cela, effectivement, aux proportions d'un conflit. Et, dans un conflit, si on ne s'entend pas, il y a toujours l'idée que c'est un peu la faute de l'un et un peu la faute de l'autre. Voir ça comme un conflit, c'est dire qu'il n'y a pas de différence, ou si peu, entre un fils qui frappe sa mère et la mère qui prend les coups. Nous avons tous les deux une part de responsabilité dans l'affaire, c'est cela que signifie le terme « conflit ». Et si nous sommes tous responsables, nous sommes tous déresponsabilisés. Plus personne n'est responsable quand tout le monde est responsable. Celui qui vous frappe ne fait qu'exprimer sa frustration et sa colère. Comment on ne voit pas que ce genre de discours, ça ne fait qu'ouvrir un boulevard aux agresseurs ? Comment on ne voit pas que si les agresseurs ne sont plus les agresseurs, mais seulement des personnes avec qui on est en conflit, c'est comme si on leur déroulait le tapis rouge ? Vous vivez avec une grenade dégoupillée. Vous ne savez pas quand ça va péter mais vous savez que ça va péter. Comment faire quand on vous explique que tout ça, ce n'est rien d'autre que du conflit ?

— Vous ne pouviez pas pardonner à votre fils ?

Emmanuelle laissa passer un long temps avant de répondre. Elle cherchait ses mots pour tenter de dire exactement ce qu'elle avait dans la conscience.

— Non, je ne le pouvais pas. C'était au-dessus de mes forces. Je ne savais pas pourquoi mais c'était au-dessus de mes forces. Et puis, dans un roman, je suis tombée un jour, par hasard, sur une phrase qui m'a fait comprendre pourquoi c'était au-dessus de mes forces. Cette phrase disait : « L'exercice du pardon est travesti s'il s'adresse à qui ne se repent pas ». C'est exactement ça. Si j'avais été reconnue dans ce que j'avais souffert, j'aurais pu passer à autre chose. Ceux qui s'en sortent, ceux qui parviennent à échapper à l'abaissement, à l'humiliation, ceux-là peuvent finir par pardonner, même s'ils ont du mal. Les autres ressassent, à l'infini.

Elle laissa passer encore un long silence. On la voyait plongée dans ses pensées alors personne n'osa l'interrompre.

— J'ai compris que j'avais tort parce que la mort sanctifie. Nous n'enterrons jamais que des braves gens. Impossible de dire du mal de ceux qui partent. C'est le dernier tabou, l'ultime pornographie de notre monde, dire du mal de ceux qui viennent de mourir. Ça ne se fait pas, les salauds ne meurent pas. La mort lave plus blanc.

Elle se tut encore. La séance était pénible et le silence mettait vraiment mal à l'aise. Thierry Lagasse lui demanda si elle avait des remords. Elle répondit avec sarcasme.

— Ça semble très important pour beaucoup de gens, que j'aie des remords. Certains seraient même prêts à me pardonner, si j'avais des remords. On peut tout pardonner à ceux qui ont des remords, à ce qu'il paraît. Je vais vous décevoir : plus que des remords, j'ai des regrets. Tuer quelqu'un, c'est reconnaître l'emprise qu'il a sur vous. C'est reconnaître que vous le craignez, que vous craignez son jugement, son comportement. C'est reconnaître qu'il vous touche, qu'il vous a atteint. C'est reconnaître que c'est lui qui a gagné.

Après un silence, elle ajouta :

— C'est mon ex qui a gagné, c'est Jason. Je l'avais quitté mais j'étais toujours sous sa coupe.

Durant une nouvelle pause, on entendit les deux avocats de la partie civile qui chuchotaient entre eux et qui ne semblaient pas d'accord. Emmanuelle poursuivit.

— Parce que sa haine, désormais, il la transmettait par Nicolas. Un prédateur pervers a de multiples façons de diffuser son venin.

Philippe Ducat s'avança à son tour. Ce qu'il allait dire, il aurait voulu que ce soit une parole portée par sa consœur, Maître Chamfort. Il lui aurait semblé que cela aurait eu plus d'impact. C'est d'ailleurs comme cela qu'ils s'étaient réparti les rôles : à lui, les aspects les plus techniques, les plus juridiques du dossier. À elle, tout ce qui concernait les relations conjugales et filiales. Un discours mieux reçu s'il était tenu par une femme, avaient-ils pensé. Mais là, en l'occurrence, ce fut Maître Ducat qui s'avança.

— J'ai beaucoup de difficultés à admettre d'entendre traiter mon client de prédateur pervers alors qu'encore une fois, aucune plainte contre lui n'a été déposée, que jamais des sévices n'ont été constatés et que le seul auteur de violences avérées reste l'accusée !

Emmanuelle s'efforça d'être cinglante dans sa réponse.

— Il y a des violences invisibles, Maître ! Des violences qu'il est bien difficile, effectivement, de prouver mais qui vous ruinent la santé, vous font douter de votre raison et vous rendent de plus en plus malade, jour après jour !

Jason se leva lourdement de son siège.

— Qu'est-ce que je t'ai fait, hein ? Dis-le-moi une fois en face ! Pour avoir tué mon fils de cette façon.

Emmanuelle se tourna vers son ex-mari. Il y avait des années qu'elle ne lui avait plus adressé la parole directement.

— Ton comportement de souffler le chaud et le froid, d'embrasser puis de persifler et de cracher ta haine une minute après, d'alterner compliments et injures, coups, humiliations et dénigrement systématique. Il y a de quoi vous rendre folle ! Bien des femmes, ici, comprendront ce que je veux dire !

Cette déclaration provoqua des remous dans l'assistance, d'autant plus qu'on remarqua que l'une des jurées opinait gravement du chef. Cela déstabilisa Maître Ducat qui voulut conclure avec force.

— Moi, je vous dis que mon client n'est pas un prédateur pervers !

— Et moi, je vous dis qu'il est possible qu'il en soit un ! s'insurgea Maître Miramar. Parole contre parole !

Le Procureur s'approcha alors et demanda à Emmanuelle de raconter l'achat de l'arme et le crime. Ce point était capital et il voulait que les jurés puissent bien le comprendre. C'était effectivement le point crucial et Emmanuelle parla à voix si basse que Madame Monsieur dut lui demander de reprendre son intervention du début.

— J'ai pris le train, commença-t-elle à mi-voix. Je suis allée dans la province du Luxembourg. Je ne voulais pas faire ça chez nous. Arrivée sur place, j'ai à peine dû chercher. J'ai débobiné une histoire que j'avais concoctée dans le train. Une vieille remise envahie de rats, des bestioles qui résistaient aux poisons. J'ai dit que je voulais m'amuser à faire quelques cartons. Le vendeur m'a dit « Oui, je vois, Madame désire quelque chose qui puisse tuer ». J'étais un peu soufflée mais j'ai acquiescé. Il ne m'a rien demandé, ni mon nom ni mon adresse. Rien.

Lagasse l'interrompit.

— Vous savez que ce n'est pas du tout conforme à la législation en vigueur, la façon dont vous vous êtes procuré cette arme ? Le vendeur tombe sous le coup de la loi.

— Je l'ai appris depuis, répondit Emmanuelle. Ce n'est plus un sujet de préoccupation pour moi.

— Vous rentrez avec votre achat. Vous ne passez pas à l'action le soir même ? demanda encore Thierry Lagasse.

— Non. Je cache l'arme chez moi plusieurs jours. Deux semaines, je crois.

— Pourquoi cette attente ?

— Pour trouver le courage.

— Si, durant ces semaines, il y avait eu une amélioration dans le comportement de votre fils, vous auriez été capable de la percevoir ?

— Oui. J'en suis persuadée.

— Racontez-nous la fin.

Emmanuelle poursuivit d'une voix blanche, le regard dans le vide.

— J'ai frappé à la porte de la chambre de Nicolas, je n'ai pas attendu qu'il me dise d'entrer, j'ai poussé la porte. Il était sur son ordinateur, dans une communication avec une fille qui avait remonté son T-shirt jusqu'au-dessus de ses seins. J'ai pensé « Encore une victime de Nicolas. Encore une fille dont il va diffuser les photos intimes partout. Encore une qui va regretter d'avoir croisé sa route ». Il m'a dit sur un ton rogue : « Quoi ? Qu'est-ce que tu veux ? ». S'il avait fait autre chose au moment où je suis entrée ou s'il m'avait répondu poliment, je ne serais pas allée jusqu'au bout. J'ai appuyé le canon de l'arme sur sa nuque. J'avais le sentiment de le faire à la fois pour la fille et pour moi. Il ne s'est rendu compte de rien. Le coup est parti. Je m'attendais à un bruit assourdissant. Même pas. Il s'est effondré doucement sur son clavier. La fille, de l'autre côté de l'écran, n'a pas compris. Une tache de sang s'élargissait sur son polo. C'est tout. J'ai décroché le téléphone et j'ai appelé la police.

— Vous dites avoir fait ça pour la fille et pour vous ?

— Oui. Nicolas était devenu un prédateur. Si l'on fouillait son ordinateur, on trouverait les photos de dizaines de filles dont il a violé l'intimité. Dont il a fait circuler les « nudes » partout sur ses réseaux à lui.

— Et vous pensez que ça méritait la mort ?

— Je ne sais pas. Je ne savais pas comment mettre fin à tout ça. Je ne savais plus.

— Vous avez dit au cours de l'instruction que vous aviez tué votre fils pour ne pas être tuée, vous. Quelque chose comme tuer pour ne pas être tuée ? Vous confirmez le fait ?

— Oui.

— Vous vous sentiez à ce point menacée ?

— Oui.

— Qu'est-ce qui peut nous le montrer ?

— Les nombreux coups, contusions et arcades sourcilières ouvertes que j'ai eus pendant des mois.

— Ah oui, ces fameux coups dont nous ne savons toujours pas s'ils sont imaginaires ou non. Pourquoi vous ne les avez pas fait constater par un médecin ?

Emmanuelle avala péniblement sa salive.

— Vous savez bien que la réaction la plus communément ressentie par les gens qui sont battus par leurs proches, c'est d'éprouver de la honte.

— Quelqu'un a pu vous voir avec le visage tuméfié ? Des amis, des collègues de bureau ?

— Des amis, oui. Des collègues, non.

— Pourquoi ?

— Parce que je voulais me cacher.

— Comment ont-ils pu ne pas vous voir si vous aviez le visage abîmé ?

— Je portais des lunettes de soleil pour sortir. Même au bureau.

— Des lunettes de soleil ?

— Oui. Je disais que j'avais une conjonctivite.

— Si vous aviez eu une conjonctivite, ils auraient vu la même chose de votre visage ?

— Oui.

— De sorte qu'ils sont fondés à croire que vous avez eu une conjonctivite. Et c'est ce que nous pouvons tous croire. Rien de plus qu'une conjonctivite.

— Oui. Je n'ai pas de douleur plus permanente que celle de ne jamais être crue.

— Vous n'avez jamais songé à porter plainte ?

— Contre qui ?

— Contre votre fils. Pour coups et blessures.

— Non.

— Pourquoi ?

Emmanuelle chercha ses mots pour répondre précisément.

— Je ne sais pas. Il me semble que ça n'allait pas.

— Ça n'allait pas. Mais tuer Nicolas, ça, ça allait.

— Non, justement, rien n'allait plus du tout. Je craignais qu'il ne vienne plus du tout chez moi.

— La solution n'aurait-elle pas été de cesser de vous voir pendant un temps ?

— Sûrement mais je ne voulais pas perdre le contact avec lui.

— Vous dites aussi avoir été manipulée par votre ex-mari.

Elle regarda les avocats de son ex avec un air de défi.

— C'est incontestable.

— Contre lui non plus, vous n'avez pas porté plainte. Pourquoi ?

— Je pense que la manipulation, c'est impossible à prouver.

— Peut-être. Toujours est-il que vous n'avez pas essayé.

— Non. Le discours de tout le monde tendait à me dissuader d'essayer.

— Et ce tout le monde, c'est qui ?

— Mon avocat, maître Vandevelde, qui a plaidé mon divorce.

— Vous n'avez pas plus songé à changer d'avocat ?

— Non. Je m'étais un peu renseignée et il me semblait que tous les avocats familialistes allaient me tenir le même discours. Et puis la psychologue que j'ai consultée aussi, madame Gilson.

— Que disait-elle ? Vous pouvez nous le rappeler ?

— Elle disait qu'on ne peut pas essayer de démontrer à un enfant manipulé qu'il est manipulé. Ça ne sert à rien. Et c'est contre-productif.

— Et vous n'avez pas non plus cherché à changer de psy ?

— Non.

— Diriez-vous qu'il y a dans votre geste quelque chose d'impulsif ?

— Je ne sais pas si on peut le présenter comme cela.

— Expliquez-nous plus clairement ce que vous voulez dire.

Pendant des mois, j'ai lutté contre l'idée de tuer Nicolas. Chaque fois qu'il était violent, ma résolution s'effritait un peu plus. Chaque fois qu'un spécialiste me disait qu'il est impossible de lutter contre la manipulation, ma résolution s'effritait un peu plus. Après des coups particulièrement durs, j'ai pris ma décision.

— Votre décision ?

— Oui. Mais il m'a encore fallu des semaines pour la mettre en œuvre.

— Vous aviez le sentiment que vous aviez tout essayé ?

— Oui.

— Je ne le crois pas, moi, conclut le Procureur.

À la pause, Paul Kumli, le policier chargé de convoyer Emmanuelle, la confia à un policier affecté au palais de justice et descendit dans le sous-sol aux casiers métalliques : il avait égaré sa montre et il voulait vérifier qu'elle ne s'y trouvait pas. Quelle ne fut pas sa surprise d'y trouver le Président Métivier qui avait quitté sa place et y était descendu encore plus vite que lui. Kumli lui demanda s'il désirait quelque chose et Métivier lui dit qu'il était revenu sur les lieux du crime trouver son dealer. En riant, il ouvrit son casier et donna au magistrat un nouveau sucre imbibé d'alcool de menthe. Après l'avoir mâché consciencieusement, le Président se laissa aller à une confidence : cette affaire le remuait et il la vivait difficilement. Le jeune policier parut se jeter dans la brèche et acquiesça avec conviction.

— Oh, oui ! Cette accusée, quelle…

Le Président Métivier regretta aussitôt de s'être laissé aller à cette confidence, pourtant fort vague, et il leva sur le policier un regard dur. Celui-ci s'interrompit aussitôt. Pourtant il semblait vouloir faire part de son idée alors il reprit.

— Quelle… Hein ?…

Mais il n'acheva pas ; il ne trouvait pas les mots. D'autant que Métivier le fixait toujours, l'air réprobateur. Il articula sèchement.

— Quelle… quoi ?

— Eh bien, vous savez bien… Quelle… Quelle…

Mais il ne parvint pas plus à achever. Métivier, dont la chaleur et la sympathie l'avaient charmé la première fois qu'ils s'étaient croisés, semblait aujourd'hui fermé à double tour. Il continua malgré tout, peu assuré.

— Et vous, vous en pensez quoi ?

La réponse fusa, brutale.

— Je suis tenu à un devoir de réserve, je n'ai pas le droit de parler de l'affaire avec vous.

Et il se releva pour quitter la pièce. Kumli s'enhardit.

— Si je n'ai pas le droit de parler de l'accusée, j'ai au moins le droit de parler de vous ?

Métivier se tourna brutalement vers ce jeune flic. Il n'aimait pas la tournure que prenait leur conversation.

— Qu'est-ce que vous voulez dire ?

Paul Kumli le rejoignit sur le pas de la porte et précisa sa pensée.

— Comment vous faites pour rester toujours aussi poli, aussi correct ? Tout le temps courtois.

Cette question rasséréna le Président. À cela, il pouvait répondre sans difficulté.

— Le travail de la justice exige que toutes les questions soient posées, que rien ne soit laissé dans l'ombre. Aucune complaisance sur le fond de l'affaire. En revanche, des complaisances, on peut en avoir sur la forme. Qu'est-ce que ça apporterait d'être brusque avec un prévenu ? Et puis, vous savez, si l'on veut que la justice soit prise au sérieux, elle doit être irréprochable. Respecter toutes les formes de la politesse, ça contribue à rendre notre discours recevable. C'est comme pour vous : votre travail, c'est de conduire l'accusée devant la Cour puis, quand l'audience est finie, de lui remettre les menottes et de l'emmener. Cela servirait à quoi de serrer les menottes au point de lui blesser les poignets ? Retenez bien ça : vous et moi, nous servons la justice. Et la justice, c'est la fermeté. Pas la brutalité.

Kumli hocha lentement la tête ; les paroles du Président résonnaient en lui. Une sonnerie se fit entendre, très loin.

— La sonnerie fatidique.

Mais Métivier ne paraissait pas avoir entendu.

— C'est l'audience qui va reprendre.

Mais toujours aucune réaction chez le magistrat.

— Il faut y aller, monsieur le Président.

Le Président Métivier parut revenir de très loin, du fond de sa pensée.

— On y va, on y va.

Il se tourna vers Kumli et ajouta dans un sourire.

— De toute façon, ils commenceront pas sans moi, hein ?

La nuit suivante, Agnès Métivier, comme mue par un étrange pressentiment, tâta la place à côté de la sienne dans le grand lit conjugal: elle était seule dans la chambre, le lit était vide. Curieusement habitée par la conviction que cette fois, c'était différent, plus sérieux, elle alluma sa lampe de chevet, vérifia l'heure sur sa montre, se leva en hâte, enfila un peignoir et sortit précipitamment de la chambre.

Jacques était assis à son bureau, évidemment, elle en était sûre. Il avait rouvert la chemise verte, la même chemise verte qui le faisait se lever une nuit sur deux depuis si longtemps et, la tête penchée jusqu'à toucher de son nez les documents, il était plongé dans l'examen de quelque chose. Il consultait pour la énième fois ce même dossier avec fièvre, avec surexcitation même, à en juger par la cafetière italienne et la tasse à café vide posées à côté de lui sur le bureau. Il poussa un grognement de désappointement lorsqu'elle poussa la porte de la pièce et lui demanda s'il ne ferait pas mieux de monter se recoucher. Elle en avait assez de cette affaire qui leur volait, à lui son sommeil et sa tranquillité, à elle le compagnon charmant qu'il avait toujours été. Ces derniers jours, le Président Métivier était, même dans le calme du foyer, d'une humeur massacrante. Elle s'enquit de savoir s'il avait la moindre idée de l'heure qu'il pouvait être.

— De toute façon, je ne pouvais pas dormir, répondit-il, rogue, désagréable, sans lever même le nez du dossier qu'il consultait.

Agnès soupira, s'assit à ses côtés, voulut se servir un peu de café dans la tasse de son mari et constata qu'il avait vidé toute une cafetière. Puis, elle s'efforça de garder une voix douce pour lui demander ce qu'il cherchait cette fois-ci.

— Je consulte les états de service de Miramar, fit-il, laconique.

Agnès ne voyait pas qui c'était. Il indiqua avec brusquerie.

— Son avocat.

L'avocat de qui, il n'avait pas besoin de le préciser, elle l'avait compris tout de suite. Par contre, elle ne comprenait pas pourquoi il avait besoin de fouiller le passé professionnel d'un des avocats de l'affaire qu'il présidait.

— Je veux savoir quel genre de pénaliste il est, précisa-t-il. Il m'a l'air doué, inventif. Audacieux, même ! Mais je le trouve parfois brouillon ! Son défaut, c'est de manquer parfois un peu de structure.

Agnès lui dit clairement que cela ne le regardait pas et qu'il devrait ranger immédiatement ses papiers. Mais la réponse de son mari la cloua sur place.

— Je veux qu'elle s'en sorte !

Comme elle restait interdite, il lui expliqua.

— Cette femme a fait ce que j'ai rêvé de faire toute ma vie sans jamais oser : elle a mis un terme à la violence !

Agnès eut toutes les peines du monde à rester maîtresse d'elle-même. Elle se mit à crier que non, elle n'avait pas mis un terme à la violence puisqu'elle avait tué. On ne fait pas cesser la violence par le meurtre. Mais Jacques s'entêtait dans son idée.

— Elle était face à une violence perverse, quotidienne, répétée. Et elle a eu le courage de dire « Stop ». Je l'admire.

Agnès ne comprenait pas comment son mari pouvait dire ça. Comment il pouvait admirer une femme qui avait fait ça ! Après tout, son rôle, c'était de rester neutre et de diriger les débats. Et elle craignait que sa trop grande sympathie pour l'accusée ne se voie et ne semble suspecte au Procureur ou à la partie civile.

C'était plus que Métivier ne pouvait en supporter.

— Tout le monde a son avis sur l'affaire ! Miramar va plaider l'acquittement, la partie civile va requérir une condamnation, les jurés sortent du palais de justice en discutant de l'affaire, ils commencent à se faire une opinion. Partout, en ville, dans les rues, dans les bus, dans les restaurants, les gens se font une idée de sa culpabilité ou non et ils peuvent en parler franchement. D'ailleurs, tout le monde en parle ! Tout le monde donne son avis ! Il n'y a que moi qui ne peux pas m'exprimer parce que moi, je suis le Président et que je dois rester neutre. Eh bien, moi, j'en ai assez de cette neutralité ! Elle me sort par tous les pores de ma peau, elle me déchire, je n'en peux plus. Moi, ce que je voudrais, c'est crier au monde entier qu'il ne faut pas laisser faire les agresseurs sinon c'est comme si on leur ouvrait la route. Moi, je veux qu'elle sorte libre et la tête haute mais je suis le seul homme dans cette ville qui ne peut pas dire ça et j'en crève !

Et dans son envolée, il fit une chose qu'il n'avait jamais faite : il se leva, empoigna son épouse puis, avec douceur mais fermeté, il la poussa hors de son bureau.

— Tu me gênes, tu m'empêches de travailler. Allez, va-t'en !

Le tribunal était plein à craquer. La tension était palpable. Il n'y avait plus beaucoup de séances, maintenant. On approchait de l'issue de l'affaire et il ne restait plus à écouter que les plaidoiries, Thierry Lagasse d'abord puis la partie civile et, enfin, la défense. Le Président Madame Monsieur, qui semblait avoir mal dormi, se racla la gorge avant d'annoncer :

— Nous allons écouter maintenant le réquisitoire de Monsieur le Procureur.

Cela se passa très vite. Ce fut même presque discret mais pas assez, cependant, pour échapper à l'attention de Jacques Métivier. Jason se leva à peine de son siège et, regardant en direction de son ex, il siffla à l'adresse d'Emmanuelle.

— Salope, tu vas voir ce que tu vas prendre ! Tu vas payer très cher pour ce que tu as fait, ordure !

Alors Métivier lâcha soudain la pression. Il se tourna vers le banc de la partie civile et, à l'attention de Jason, parla d'une voix si forte que personne, dans cette salle, n'avait l'impression de l'avoir déjà entendu hausser le ton à ce point.

— Non monsieur ! Votre invective, je ne l'admets pas !

Malheureusement pour Jason, il ne sentait pas le non-dit d'un discours, il n'interprétait pas correctement les intonations et toute la communication non verbale. La sagesse aurait consisté à s'excuser et à s'écraser. Mais Jason, vent debout, choisit de s'opposer jusqu'au bout.

— Quoi ? C'est pas un tribunal, ici ? On doit pas entendre toutes les opinions ?

Métivier était bien décidé à ne pas le rater, l'ex. Avec une autorité qu'on n'aurait pas pu supposer chez lui, il fit d'un ton sans réplique.

— D'abord, je ne vous ai pas donné la parole…

N'importe qui aurait fait marche arrière. Mais Jason n'était pas n'importe qui : ces dernières années l'avaient transformé en quelqu'un à qui le sens de la mesure et des bornes à ne pas franchir échappait totalement.

— Alors je peux dire ce que je pense : que cette salope doit croupir en taule !

Prudemment, Maître Ducat se leva de son siège et vint se mettre à côté de Jason pour essayer de reprendre le contrôle de son client. Discrètement, dans sa nuque, il murmura.

— S'il vous plaît, s'il vous plaît.

Chez Métivier, le ton montait à chaque phrase.

— Premièrement, je vous prierai de ne pas m'interrompre !

Mais Jason n'avait toujours pas compris.

— Mère dénaturée, va ! Espèce de monstre !

Et, derrière lui, Ducat essayait toujours de le calmer en lui chuchotant de se rasseoir.

— Monsieur, pour la dernière fois !

Jason, offusqué, se retourna vers le Président.

— Quoi ? Je dis ce que je pense et personne m'en empêchera.

Métivier explosa vraiment.

— Maître Ducat ! Si vous ne parvenez pas à tenir votre client, je serai forcé de l'exclure des débats !

Jason était choqué.

— M'exclure des… ?

Ducat insistait.

— Taisez-vous, bon Dieu !

Le plus discrètement possible, Nathalie Chamfort vint derrière Jason lui serrer le bras. Il ne semblait pas remarquer sa présence alors Chamfort colla son corps contre lui et, tout à coup, il parut enfin se détendre. Philippe Ducat comprit soudain que sa collaboratrice avait dû coucher avec son client. Jason semblait sortir d'un état second. Juste à temps pour entendre le Président l'achever.

— Et s'il veut tâter de l'outrage à magistrat, qu'il continue sur sa lancée !

— Moi, je croyais que la justice, c'était que chacun puisse se faire entendre, protesta-t-il mollement.

Le Président Métivier se leva et déclara dans une belle envolée.

— Oui Monsieur ! En effet, c'est bien cela le principe de la justice : entendre tout le monde ! Vous avez d'ailleurs eu largement l'occasion de nous entretenir de l'excellence de votre système éducatif. En tant que Président, c'est à moi d'organiser le déroulement des débats et d'assurer à chacun la possibilité de se faire entendre. Mais, primo, je ne vous ai pas donné la parole ! Et ensuite, et surtout, c'est votre ton, c'est votre vocabulaire que je n'admets pas ! Quels que soient les faits que nous ayons à traiter, je tiens à assurer la dignité des échanges et la courtoisie des débats. C'est à cette condition expresse que nous pourrons exercer sereinement la justice. Les mots « salope » ou « ordure » n'ont pas leur place ici ! Pas de ces mots-là devant moi ! Pas dans mon tribunal !

Cette dernière sortie avait mouché Jason qui finit, enfin, par se rasseoir. Le Président Métivier se tourna vers Emmanuelle et lui sourit brièvement.

— Vous vous sentez bien, Madame ?

Emmanuelle, étonnée, se leva et regarda le Président. Elle répondit d'une voix blanche.

— Ça me coupe toujours bras et jambes.

Un silence glissa sur la salle que Jason interrompit, tâchant encore une fois de se faire entendre.

— Je vous ferai remarquer qu'à elle, vous lui parlez aimablement.

— À vous aussi, Monsieur, je parle aimablement tant que vous respectez les règles du jeu ! Mais, à partir de maintenant, si vous ouvrez la bouche sans que je vous y aie autorisé, je fais appel à la force publique pour vous faire jeter dehors et j'ouvre une procédure pour entrave à la justice !

Le plus discrètement possible, Maître Chamfort resserra encore son étreinte autour du bras de Jason sous l'œil désapprobateur de Maître Ducat. Le Président revint à Emmanuelle et lui sourit à nouveau.

— Continuez, Madame.

Emmanuelle semblait visiblement épuisée.

— Puis-je me rasseoir, Monsieur le Président ?

— Je vous en prie.

Emmanuelle se rassit. Elle avait les yeux dans le vide, elle semblait chercher ses mots.

— C'est comme… C'est comme une eau sale. C'est comme une petite pluie fine qui s'insinue partout. Vous vous croyez au sec et vous avez déjà les pieds trempés. Je suis épuisée.

— Vous voulez parler de la violence verbale de votre ex-mari ?

Jason se leva avec indignation sans rien dire. Le Président se tourna vers lui et le regarda avec dureté. Les deux hommes s'affrontèrent du regard. Puis Jason se rassit. Le corps toujours collé contre lui, Nathalie Chamfort trouvait que le Président Métivier allait trop loin ; elle ne le trouvait plus neutre. Mais elle s'abstint de tout commentaire. Puis le magistrat se tourna à nouveau vers Emmanuelle pour entendre sa réponse.

— Oui. C'est bien cela que je veux dire.

— Pouvons-nous reprendre maintenant ?

Sans répondre, Emmanuelle hocha lentement la tête.

— Je disais donc avant cette interruption… La parole est à Monsieur le Procureur.

Thierry Lagasse se leva et s'avança vers le jury. La joute verbale qui venait de s'achever avait impressionné le public, on avait vu que

Madame Monsieur pouvait faire preuve d'une grande autorité et le jury était extrêmement silencieux. Lagasse regarda chacun des jurés dans les yeux avant de commencer son réquisitoire.

— Mesdames et Messieurs les jurés, nous devons bien constater que nous nous trouvons aujourd'hui devant une affaire extrêmement simple. Dans bien des cas, lorsque j'ai eu à requérir dans le cadre d'affaires criminelles, il y avait un doute sérieux sur l'identité de l'auteur des faits. Ici, l'auteur du meurtre nous est connu ; l'accusée est en aveux complets. Dans bien des cas, il y avait doute sur l'arme du crime et des experts en balistique tenaient des discours contradictoires. Rien de tel ici : l'arme est connue, identifiée et l'accusée elle-même l'a remise aux services de police. Parfois, même s'il y avait accord sur l'auteur des faits et l'arme du crime, on pouvait palabrer longtemps sur la question de savoir s'il y avait eu, ou non, préméditation. Dans le cas qui nous occupe, on ne peut nier la préméditation : l'accusée en convient elle-même, elle a préparé son geste avec minutie, longuement. La froideur même avec laquelle elle nous a raconté l'achat de l'arme du crime a de quoi nous effrayer.

Thierry Lagasse alla se placer devant l'accusée.

— Aussi, Mesdames et Messieurs les jurés, nous avons l'effroyable chance de nous trouver devant un cas absolument limpide : l'accusée est majeure, en pleine possession de toutes ses facultés, elle reconnaît les faits, rien n'est laissé dans l'ombre. Elle est coupable ! Prenez donc un instant pour prendre toute la mesure de cette phrase : « L'accusée est coupable ». On a entendu ces mots si souvent qu'on ne sait plus toujours très bien à quoi ils renvoient. Cette phrase peut s'appliquer à tant de situations différentes. Ici, ces mots vont servir à décrire une situation exemplaire, universelle ! Car, d'où que nous venions, quelles que soient nos opinions politiques, nos sensibilités religieuses, nos origines, notre âge ou notre sexe, nous nous retrouverons d'accord sur cette valeur fondamentale : tuer un enfant est contraire à tout ce qui est juste ! Tuer un enfant est contraire à toutes les idées auxquelles nous pouvons adhérer. Chaque fois que nous tolérons que l'on tue un enfant, c'est un morceau d'humanité, de notre humanité qui s'en va ! Et encore ! L'accusée n'a pas seulement tué un enfant. Elle a tué son enfant ! Son fils. La victime n'est pas seulement un enfant ; c'est son enfant ! Elle a tué deux fois un enfant, si j'ose m'exprimer ainsi : l'être fragile et désarmé que la société doit protéger ; et l'être fragile et désarmé qu'une mère doit protéger ! Son propre fils ! Tuer un enfant est un acte indigne ! Mais tuer son enfant est le fait d'un monstre !

Il arpentait à grandes enjambées l'allée principale de la salle d'audience.

— Ainsi donc, nous avons le redoutable devoir, Mesdames et Messieurs les jurés, de regarder en face cette affaire dans toute sa clarté, dans toute sa cruauté : pas de doute sur l'identité de la meurtrière, pas de doute sur l'arme du crime, aucune interrogation à avoir sur la question de la préméditation. Et, de surcroît, les personnalités même de l'assassin et de sa victime font de cet acte une abomination. Il s'agit de l'histoire la plus sordide qui puisse survenir entre une mère et son fils. Comprenez-moi bien : aucune circonstance atténuante ici, rien de fortuit, rien d'accidentel. Il ne s'agit pas d'une querelle qui tourne mal ; il ne s'agit pas de ce genre d'affaire malheureuse où, lors d'une dispute, une personne poussée un peu trop fort tombe malencontreusement et vient donner du crâne sur l'arête d'un meuble. Il s'agit d'un acte calculé, froidement préparé et froidement exécuté… sur l'être même que tout devait vous conduire à protéger le plus ! Les faits me semblent si clairs, dans leur simplicité nue, que j'ose à peine imaginer ce que mes honorables confrères de la défense pourraient plaider. Bien sûr, on va vous dire que Nicolas était un enfant terrible, infernal. Incontrôlable ! C'est sûrement vrai. Mais à cela, moi, je réponds… est-ce que cela donne le droit de tuer ? N'y avait-il donc aucune autre solution que ce meurtre affreux ? Bien sûr, on va s'étendre longuement sur le rôle du père de Nicolas, au moment du divorce, qui a sans doute exercé sur son fils une influence néfaste. C'est sûrement vrai. Mais à cela, moi, je réponds... est-ce que cela donne le droit de tuer ? N'y avait-il donc aucune autre solution que ce meurtre glauque ? Bien sûr, on va nous reparler de la violence à l'encontre des femmes et nous rappeler que cette violence est épouvantable, c'est vrai. J'en conviens. Mais à cela, moi, je réponds... est-ce que cela donne le droit de tuer ? Croit-on guérir une violence en lui opposant la violence contraire ? C'est comme cette histoire absurde que nous a confiée l'accusée : qu'elle avait tué autant pour elle que pour les victimes des agissements douteux de Nicolas. Qui peut croire sérieusement à cette fable ? Ce sont là moins que des circonstances atténuantes. Ce sont des prétextes !

Thierry Lagasse retourna se placer derrière son bureau.

— Aussi, Mesdames et Messieurs les jurés, à l'encontre de l'accusée, je vous demande, je vous réclame la réclusion criminelle à perpétuité.

Après un temps, le Procureur se rassit dans un grand silence. C'était alors le tour de la partie civile. Normalement, c'était Maître Chamfort qui devait s'adresser aux jurés. C'était ce dont les deux avocats étaient convenus. Maître Chamfort plaidait brillamment et ils s'étaient dit que la plaidoirie aurait plus d'impact si elle était prononcée par une femme. Mais, à la dernière minute, Nathalie Chamfort signala à Philippe Ducat qu'elle ne plaiderait pas. Celui-ci ne comprit pas pourquoi mais n'eut d'autre choix que de se lever et de prendre la parole.

— Mon client a vu sa vie complètement dévastée par la faute de cette femme ! commença-t-il. Tous ses chagrins, tous ses malheurs, c'est à elle qu'il les doit ! D'abord, elle le quitte. Ensuite, leur divorce n'est qu'une suite de vexations, de coups de fil déplacés, de procédures inutiles. Enfin, elle tue leur enfant unique. Son trésor. Son petit prince. La chair de sa chair. Comment pourriez-vous imaginer, Mesdames et Messieurs les jurés, qu'on ne réclamât pas contre cette femme la condamnation la plus lourde qui soit ? Bien sûr, la défense ne manquera pas de souligner ce qu'elle considérera comme des erreurs éducatives de mon client. Mais dites-moi franchement : qui n'en fait pas ? Et puis surtout : quel rapport avec le meurtre ? En quoi cela le justifierait-il ? En quoi cela pourrait-il servir de circonstances atténuantes ? En quoi même cela contribuerait-il à le faire comprendre ?

Il se mit devant les jurés et les regarda, lui aussi, les uns après les autres.

— Je le dis avec d'autant plus de fermeté que la situation est très claire : cette femme mérite la condamnation la plus lourde que vous pourrez prononcer contre elle !

Philippe Ducat ne plaida pas très longtemps, au grand étonnement de l'assistance. Il laissa l'impression d'une intervention mal préparée, personne ne comprit pourquoi. Il restait donc largement assez de temps pour écouter la plaidoirie de la défense. Aussi l'étonnement fut-il grand quand le Président Métivier annonça que la séance était suspendue et que les audiences reprendraient le lendemain à neuf heures. Madame Monsieur estimait que les jurés devaient être fatigués de la concentration qu'on leur demandait et il tenait absolument à ce que ceux-ci soient tout à fait à même de tout comprendre de la prestation de Maître Miramar.

Songeur, Paul Kumli s'approcha donc de l'accusée pour lui repasser les menottes. Sans intention particulière, machinalement, il empoigna le bras d'Emmanuelle avec la même énergie dont il usait d'ordinaire pour faire ce geste. Cette fois, pourtant, celle-ci protesta.

— Vous savez, vous n'avez pas besoin d'être aussi brutal avec moi.

Paul Kumli, qui songeait souvent à sa récente conversation avec le Président Métivier, en fut étrangement gêné. Il répondit sans oser regarder Emmanuelle dans les yeux.

— Moi, je fais mon travail, c'est tout.

— Eh bien, faites-le plus doucement, votre travail. Vous savez bien que je ne vais pas me sauver.

— Excusez-moi, fit-il dans un murmure.
Et ils quittèrent la salle d'audience côte à côte.

Il pleuvait quand Charles Miramar et Luigi Corda quittèrent le palais de justice. Une petite pluie fine, insistante, qui s'insinuait partout. Sans s'être concertés, ils marchèrent jusqu'en direction d'un vendeur de journaux, non loin, rue Lelièvre. Une chose semblait particulièrement troubler l'esprit de Maître Corda.

— Ne me dis pas que tu vas le faire ! Ce serait scandaleux, ce serait comme l'abandonner.

— Ce n'est pas de l'abandon, répliqua tranquillement Charles.

— Tu as entendu comme moi le réquisitoire de Lagasse : il n'a rien laissé passer.

— C'est un grand professionnel, il sait ce qu'il fait !

— La préméditation, pourquoi vous n'avez pas changé de psy, pourquoi vous n'avez pas changé d'avocat, pourquoi vous n'avez pas porté plainte pour coups et blessures, pourquoi vous n'avez pas fait constater les sévices par un médecin ? Il ne lui a fait cadeau de rien.

Ils marchèrent quelques instants en silence. Finalement, c'était logique : s'ils avaient été contactés par l'ex de leur cliente, ils auraient plaidé en ce sens, eux aussi. Est-ce que la justice, ça ne dépendait donc que du côté où on se plaçait ? Qui faisait l'effort de se mettre des deux côtés d'une affaire ? Les jurés. Eux devaient se prêter à cet exercice intellectuel. Mais Charles semblait tellement persuadé de l'innocence de sa cliente qu'il n'envisageait même plus d'autre stratégie. Ça étonnait toujours Luigi, à quel point son confrère pouvait rentrer dans une affaire. Ce fut celui-ci qui finit par rompre le silence.

— Elle n'a pas arrêté d'appeler au secours pendant des mois et personne ne l'a entendue.

— Peut-être. Mais là, tu dois essayer de renverser la vapeur, répondit Luigi.

— Je ne serai jamais aussi bouleversant qu'elle, quand elle témoigne simplement et que les jurés la voient si chamboulée.

— Tu lui en as parlé ?

— Bien sûr, elle est d'accord.

Ils marchèrent encore un instant en silence. Philippe Ducat n'avait pas dit grand-chose, songeait Luigi. Tant mieux. C'était déjà ça de gagné.

Ils étaient arrivés chez le vendeur de journaux où Charles voulait acheter le magazine qu'il feuilletait toujours pour se vider la tête quand il était sur une grosse affaire. Il s'adressa au vendeur.

— Bonjour, je voudrais *La Revue automobile*, s'il vous plaît.

Mais son attention fut attirée par Luigi qui lui donna un coup de coude. Sans mot dire, celui-ci lui désignait un autre journal : en couverture figurait une photo d'Emmanuelle avec les menottes, le jour de son arrestation. La photo était barrée d'un gros titre en capitales : « Une monstrueuse affaire ».

— Attendez ! Donnez-moi aussi *Détective*.

Le vendeur semblait en humeur de confidence. En prenant le billet de Charles et en rendant la monnaie, il commença.

— Quelle histoire, hein ?

Charles décida de jouer les naïfs.

— Quoi donc ?

— Ben, cette histoire. Cette mère qui a tué son fils. En plus, vous savez que c'est une affaire qui se juge pas loin d'ici ?

— Sans blague ?

Le vendeur se mit à montrer la rue devant lui, comme il devait le faire vingt fois par jour pour renseigner les touristes.

— Je vous jure ! Au palais de justice, par là, à deux cents mètres, en tournant à main gauche, vous pouvez pas le rater.

Luigi décida, puisqu'ils étaient incognito, de pousser cet avantage et de savoir ce qu'on pouvait raconter d'une affaire comme la leur dans le public.

— Vous en pensez quoi ?

Le vendeur n'attendait que ça. Comme si, enfin, on avait fait appel à l'expert patenté pour se prononcer sur ce genre de cas. C'est incroyable, pensait Luigi, cette propension des gens à donner un avis, surtout quand ils sont incompétents.

— Écoutez, moi, j'ai pas de gosses, hein ? Ceux de ma sœur, je vois bien qu'ils la rendent chèvre. Un jour où elle en peut plus, et clac ! Elle pourrait bien se retrouver à la place de l'accusée.

— Donc vous la comprenez ? demanda Maître Miramar.

Mais le vendeur opérait un glissement vers d'autres affaires familiales.

— Ma sœur ? Pas question ! Elle avait qu'à pas épouser ce type, d'abord. Toute la famille l'avait mise en garde. Remarquez, lui, il s'est tiré quand elle était enceinte du deuxième. C'est pas lui qui les a élevés, les mômes.

— Mais vous pouvez comprendre qu'on peut être poussé à bout par ses enfants et commettre l'irréparable ? interrogea encore Charles qui ne lâchait pas prise facilement quand il voulait une réponse.

Le vendeur acquiesçait, sentencieux.

— Pour sûr, je peux comprendre. Mais quand même, tuer son fils, ça, on peut pas comprendre. Vous savez qui je plains le plus, dans tout ça ?

— Le père ?

— Les jurés ! expliqua le vendeur de journaux. Enfermés toute la journée à écouter les fadaises des avocats, tous ces blablas. Tout ça pour finir par prononcer quand même une condamnation.

Les deux avocats se regardèrent.

— Vous êtes si sûr qu'elle sera condamnée ? demanda Maître Corda.

— Comment vous voulez que ça finisse si c'est pas de cette façon ? Tuer son fils, personne peut comprendre ça.

Luigi et Charles se regardèrent encore, entre effrayés et amusés. Charles avait semblé écouter tout cela avec un certain détachement alors que Luigi sentait monter en lui une panique de plus en plus incontrôlable.

Le lendemain, donc, à neuf heures, était le temps dévolu à la défense. Maître Miramar se leva derrière son bureau mais, au contraire de ses deux confrères, il ne s'approcha pas des jurés et resta sur place. Il prit par contre le temps de les regarder. Il s'efforçait de capter le regard de chacun. Puis il commença.

— Que pourrais-je dire que l'accusée n'ait déjà exprimé ? Beaucoup mieux que moi, parce qu'elle, elle l'a vécu ! Si vous n'avez pas compris l'immense désarroi de cette femme, est-ce ma parole qui vous le fera saisir ? La seule défense possible, c'est le témoignage de l'accusée. Enfin, que pourrais-je ajouter, moi, qui ne soit pas indécent après tout ce que nous venons d'entendre ? Aussi, en accord avec l'accusée, nous ne plaiderons pas. Nous ne pouvons pas plaider !

Avec dignité, dans un profond silence, Maître Miramar se rassit. Les jurés étaient plutôt étonnés. Aucun d'eux, puisqu'ils étaient tous jurés pour la première fois de leur vie, ne mesurait pleinement ce qu'il y avait non seulement d'inhabituel, mais de presque impossible, dans ce que venait de faire cet avocat de la défense. Quant au Président Métivier, il était stupéfait. Et furieux. Il avait interrompu la séance de l'après-midi, la veille, pour laisser à Miramar le loisir de plaider tout à son aise. Et voilà que cet imbécile refusait de plaider ! Il avait bien eu raison de penser que ce type était brouillon. Là, il avait été effrayé par le côté hors normes de cette affaire, il avait perdu les pédales et il laissait sa cliente se débrouiller elle-même. C'était dégueulasse. Quelque chose comme couper une cordée en montagne et laisser le dernier tomber tout seul. Quelque chose comme de la non-assistance à personne en danger. Il était si choqué qu'il ne réalisa pas tout de suite que c'était à lui de reprendre la parole. Dans un état second, il demanda à Emmanuelle si elle avait quelque chose à ajouter pour sa défense. Il se disait qu'elle au moins allait dire quelque chose. Mais non ! Elle aussi déclina cette possibilité ! Madame Monsieur se dit que tout était foutu. C'est d'une voix étranglée qu'il annonça que le jury allait se retirer pour délibérer et qu'il ordonna qu'on reconduise l'accusée dans sa cellule.

Kumli s'approcha donc d'Emmanuelle avec les menottes. Elle se leva, tourna les poignets vers lui et il eut la surprise de la voir lui adresser un sourire. Un sourire franc qui illuminait son visage. Le jeune policier en fut tout remué. Il venait de s'aviser pour la première fois qu'Emmanuelle ressemblait à sa mère. Bouleversé par cette observation qu'il venait de se faire, comme s'il avait seulement regardé l'accusée pour la première fois, il restait là, les bras ballants, en oubliant de lui remettre les menottes. Charles Miramar crut qu'il y avait un souci et il s'approcha.

— Un problème, madame ?

Emmanuelle ne le regarda pas ; elle ne lâchait pas le policier du regard et elle tendait toujours ses poignets, ce qui ramena le jeune inspecteur à la réalité ; il finit enfin par lui passer les menottes.

— Il n'y a aucun problème, Maître. À demain.

Une fois Emmanuelle reconduite en cellule, Paul se dit qu'il allait en profiter pour rentrer tôt chez lui, à Bouge, et chercher Camille lui-même à l'école. Camille avait cinq ans. Elle était le diamant de son existence, il l'aimait plus et mieux qu'il ne parvenait à le dire et il regrettait de ne pouvoir aller la chercher à la fin de sa journée aussi souvent qu'il le voulait. Ça ne posait aucun souci puisque sa mère était institutrice dans le même établissement scolaire et, tous les jours, la maman et la fille rentraient ensemble, à pied, jusqu'à leur petite maison qui était située à deux rues de là. Mais là, il avait le temps, il irait leur faire la surprise.

À l'heure dite, il y avait bien du monde dans la cour de l'école et Paul essayait de distinguer où elles pouvaient être, l'une et l'autre. Ce fut Camille qui l'aperçut la première et elle courut vers lui pour lui sauter dans les bras.

— Papa !

Paul la serra contre lui, très fort. Mû par une sorte d'instinct, il la serrait plus fort que d'habitude, sans bien parvenir à s'expliquer pourquoi. La petite semblait tout étonnée.

— Tu es malade, papa ?

Caroline, la maman, avait fini par les apercevoir. Elle les rejoignit et Paul expliqua aux deux femmes de sa vie.

— Non, je ne suis pas malade, j'ai fini plus tôt, c'est tout.

Ils rentrèrent à pied chez eux. Camille, enchantée, au milieu de ses deux parents donnait la main à chacun d'eux. Ils prenaient toute la largeur du trottoir. En chemin, ils s'arrêtèrent à la camionnette du marchand de glace.

Ils jouèrent dans le petit jardin de la maison et Camille, épuisée, s'endormit assez vite. Alors, Caroline, qui connaissait bien son mari, lui demanda ce qui n'allait pas.

— Rien, répondit celui-ci. Tout va bien. Je suis juste fort ému. Plus qu'ému, même, bouleversé. Et je ne parviens pas à m'expliquer pourquoi. Tu sais bien, pour l'instant, je suis affecté au palais de justice, où on juge cette femme qui a tué, tu vois ?... Je dois la convoyer depuis des jours et des jours et je viens seulement de me rendre compte qu'elle ressemblait à ma mère. C'est idiot mais ça m'a fait quelque chose. Et quand elle lève les yeux brusquement, elle a le même regard que toi. En fait, je viens seulement de le réaliser, elle a l'air comme tout le monde. Je pensais qu'une femme qui avait tué son enfant, devait au moins avoir quelque chose de différent. Que la saloperie qu'elle a faite devait, d'une façon ou d'une autre, se voir sur son visage. Même pas. Je sais, c'est bête, je fais ce métier depuis suffisamment longtemps pour savoir que le crime n'est pas peint sur le visage des criminels. Mais ça me surprend toujours. Ça me dégoûte un peu, même.

Il semblait perdu comme un enfant. Il ajouta, après un silence.

— Je crois que je ne m'y fais pas.

Caroline se leva et vint prendre son mari dans ses bras.

Au tribunal, le Président Métivier avait accompagné les jurés dans la salle affectée aux délibérations. Il devait leur lire les questions auxquelles ils auraient à répondre, classiques dans une affaire de ce genre : culpabilité, préméditation, circonstances atténuantes. Après quoi seulement, il serait statué sur la peine. Seulement, quelques jurés s'étaient absentés pour aller aux toilettes, d'autres demandèrent s'ils pourraient bénéficier d'une pause. Aussi, bon comme toujours, Madame Monsieur leur avait accordé vingt minutes d'interruption. Et, tandis qu'ils s'éloignaient, les jurés présents commençaient à échanger leurs premières impressions.

Ils s'étaient instinctivement groupés par deux et dans la première de ces paires, deux quinquagénaires, un homme et une femme vêtue d'un manteau trop chaud qu'elle passait son temps à ouvrir puis à reboutonner discutaient déjà. Lui estimait que l'affaire était simple : coupable, il n'y avait pas à sortir de là. Elle avait avoué, on avait l'arme du crime, elle avait tué, point barre. La femme qui avait toujours trop chaud lui répliqua que sur le plan matériel ça paraissait effectivement facile à trancher : oui, elle avait tué. Mais, pour tout le reste, ça lui semblait beaucoup plus difficile. Comme son interlocuteur ne voyait pas bien ce qu'elle entendait par là, la femme au manteau de fausse fourrure répliqua que rien que sur le mobile, il y avait déjà matière à discuter. Et que si, en plus, on envisageait la culpabilité morale, on n'avait peut-être pas fini de s'étriper. Ils furent interrompus par un grand homme chauve en costume trois-pièces, celui qui hochait la tête dans les débats, malgré lui, quand il voulait approuver un propos qui était tenu, généralement, par la défense. Lui estimait qu'il fallait acquitter l'accusée mais qu'elle s'était trompée de victime : c'était le père du jeune homme qu'elle aurait dû tuer. C'était son ex qui avait tiré les ficelles, c'était lui le vrai salaud dans l'affaire. La femme au manteau n'était pas d'accord et elle le dit au chauve : il essayait de crâner mais on voyait bien que le père, quand il était venu déposer à la barre, on voyait bien qu'il était effondré. Ça, le chauve comprenait bien qu'il était dans le trente-sixième dessous : il avait perdu à la fois sa femme et son fils. N'empêche que s'il s'était comporté correctement avec le petit, rien de tout ça ne serait arrivé. C'était lui qui avait monté le gamin contre sa mère : avec tous ces cadeaux, il achetait l'affection de son fils, c'était clair. Le coup du père qui regardait des pornos avec son garçon, ça l'avait choqué ! Lui, il ne lui serait jamais venu à l'idée de regarder des pornos avec son fils. Dans la foulée, le chauve avait demandé aux deux autres s'ils avaient des enfants. Le premier type, celui qui trouvait que l'affaire était simple, avait deux filles et tout se passait bien avec elles. Mais la femme au manteau se troublait : elle avait bien un fils, ça oui, mais ça faisait des années qu'elle ne l'avait plus vu. Du coup, le chauve, en grand expert autoproclamé des relations filiales lui dit que c'était sûrement la même chose que dans l'affaire qu'ils traitaient là, maintenant : son ex qui devait avoir monté son fils contre elle. La femme au manteau crut mettre un terme à la discussion en déclarant que son ex était mort mais ça ne freina pas la verve du chauve : il se mit à déclarer que ça ne changeait rien et que, même, d'une certaine façon, c'était encore pire : qu'un gamin ne pouvait pas aller contre la parole d'un mort et que si son ex l'avait dépeinte sous des traits abominables, c'était fini, c'était fichu : elle ne reverrait jamais plus son fils. Ça se voyait tous les jours, ce genre de choses : c'était de l'aliénation parentale, ni plus ni moins. La femme au manteau de fourrure commençait à trouver ce grand chauve drôlement désagréable et elle lui répondit sèchement que c'était peut-être de l'aliénation parentale mais que ça n'expliquait pas tout et qu'il y avait plein de familles où on trouvait de l'aliénation parentale mais que ce n'était pas pour autant qu'un des parents tuait son fils. Pour moi, insista le grand chauve, c'est lui qu'elle aurait dû tuer. Moi, elle butait son ex, je l'acquittais direct. Mais la femme au manteau de fausse fourrure s'énerva d'un coup et le ton monta quand elle déclara qu'il y avait assez à faire avec l'affaire qui les occupait pour ne pas, en plus, délibérer sur les meurtres qui n'avaient pas eu lieu. Le chauve était vexé et il planta là cette femme avec le type qui trouvait que l'affaire était simple et il alla s'incruster dans un autre groupe.

Là, c'était les deux plus jeunes du jury, un jeune gars et une jeune femme, dans le milieu de la trentaine, tous les deux. Lui était une espèce de punk qui avait fait le maximum, vu les circonstances, pour discipliner sa tenue en arborant un veston assez classique. Il n'avait toutefois pas voulu dissimuler une boucle d'oreille assez voyante, en forme de tête de mort. Elle arborait un chemisier plutôt chic, très coloré, avec un motif qui rappelait le soleil levant. Un chemisier qui l'avait mise mal à l'aise ce jour-là et qu'elle trouvait finalement assez peu approprié pour un tribunal où on requérait contre un infanticide. La jeune femme au chemisier coloré se demandait comment devaient se dérouler les discussions et par quoi il fallait commencer ; le jeune homme à la boucle d'oreille en tête de mort lui répondit qu'ils ne pouvaient pas commencer pour le moment et qu'il fallait attendre que le Président soit venu expliquer aux jurés les questions auxquelles ils auraient à répondre.

À ce moment-là, on apporta un plateau avec deux thermos de café et des gobelets en plastique. Ils allèrent chacun se servir un café et ils partirent le boire dans l'embrasure d'une fenêtre, toujours suivis par le grand chauve qui voulait absolument s'immiscer entre eux. Le jeune punk demanda donc aux deux autres, la jeune femme et le vieux chauve, comment ils avaient trouvé les débats, ajoutant que lui, pour sa part, il avait trouvé ça passionnant. La femme au soleil levant sur le chemisier, elle, avait surtout trouvé ça traumatisant. Cette mère qui avait tué son fils, elle avait trouvé ça affreux, impossible. L'entendre raconter, tout tranquillement, comment elle était allée acheter une arme, elle n'en dormait plus. Elle, ça ne la passionnait pas, ça la dégoûtait. Le punk allait répondre quelque chose mais il fut interrompu par le chauve qui fit observer que ce qui dégoûtait l'une et ce qui passionnait l'autre, c'était peut-être une seule et même chose. Comme la femme au chemisier ne comprenait pas ce qu'il voulait dire, il expliqua que, quand on voyait une histoire comme celle-là, dans la presse ou à la télé, on avait toujours envie de se poser la même question : savoir comment c'était possible, comment une histoire avait pu dégénérer au point d'en arriver là. Quelle était la suite des événements qui, jour après jour, avait entraîné les gens pour qu'ils finissent par aller aussi loin ? Ça lui paraissait toujours incroyable, continuait ce grand chauve qui décidément aimait bien qu'on l'écoute, quand on résumait une affaire pareille à une ligne : Madame Unetelle a tué son fils. Alors, oui, c'était affreux comme histoire mais au moins assister au déroulé de tous les événements permettait de mieux la comprendre. Finalement, avec le contexte, les questions du juge, des avocats, les témoins, ça passait mieux. La jeune femme au chemisier coloré n'était pas d'accord : ça ne passait pas mieux, c'était abominable. Bien sûr, c'était abominable, répliqua le chauve qui, pour la deuxième fois, coupait la parole au punk qui voulait répondre. Il n'était pas en train de dire que ce n'était pas abominable. Simplement, maintenant, il comprenait mieux comment il était possible d'en arriver là. Comment la séquence des faits avait amené un pas puis un autre… et comment tous ces pas avaient conduit au drame. Le jeune gars à la boucle d'oreille profita du moment où le chauve reprenait haleine pour intervenir : lui, expliquait-il, avait trouvé Maître Miramar absolument extraordinaire. Grosse, grosse impression de l'avocat, s'enthousiasmait-il. Il y avait des témoins qu'il avait retournés comme des crêpes. Et cette façon de conclure, à la fin, en refusant de plaider, chapeau ! Ça l'avait beaucoup impressionné ! C'est l'instant que choisit un monsieur barbu, assez ventripotent, pour venir s'imposer dans la conversation : il trouvait que, bien sûr, tout le monde avait droit à un procès équitable, que tout le monde avait le droit d'être défendu, il n'y avait rien à dire à cela, mais que convoquer des jurés pour une affaire aussi simple, c'était du temps perdu ; il était clair que cette femme était coupable. Ce procès, c'était juste du temps et de l'argent perdus. La jeune femme se récria : l'accusée était coupable, c'était clair ; matériellement, ça ne faisait aucun doute. Mais, justement, c'était maintenant que le procès prenait tout son sens : pour déterminer les circonstances et donc, aussi, forcément, la peine. La peine ? demanda le gros barbu. Culpabilité égale condamnation, je ne vois pas comment vous allez sortir de là. Le chauve en costume trois-pièces n'appréciait visiblement pas d'être tenu longtemps loin du centre de la conversation : il interrompit le punk qui allait répondre : d'accord, condamnation, fit-il précipitamment, mais laquelle ? Quelle peine ? Quelle durée ? Vous trouvez ça si simple ? La femme au chemisier coloré, que sa responsabilité de jurée dans ce procès effrayait, intervint : bien sûr que non, ce n'était pas simple, c'était bien ça qui la paniquait. Il aurait dû y avoir des tarifs, comme pour les infractions au Code de la route, tel délit égale telle peine, ç'aurait quand même été plus simple. Elle, elle n'arrivait plus à dormir, se plaignit-elle. Le chauve lui demanda si elle croyait vraiment qu'une sorte de barème lui simplifierait la vie. Du genre tel crime, ça vaut autant. Mais c'était loin d'être aussi facile ! Il y avait toutes les circonstances qui tournaient autour du crime qu'il fallait prendre en considération. D'ailleurs, lui, il le disait tout net, il était favorable à un acquittement. Le gros barbu rougeaud sembla particulièrement choqué par ce dernier propos ; il se tourna vers le chauve et lui rappela, distillant chaque syllabe que cette femme avait quand même tué son fils ! Mesurait-il bien ce que cela voulait dire ? Cette femme avait tué son fils. Et il le répéta encore une fois. Je comprends, reprit le jeune gars à la boucle d'oreille, vous cherchez à vous apaiser, à voir dans cette affaire quelque chose de banal. Seulement, prétendait-il, ce ne serait pas comme cela qu'on y arriverait, à s'apaiser. Parce que cette femme, et il demandait qu'on se représente bien ce que cela voulait dire, cette femme avait été battue par son fils presque tous les jours. Et que personne, ni son ex, ni sa psy, ni personne n'avait pu apaiser ou consoler cette femme. Alors, concluait-il, on devait se poser la question : qu'est-ce que chacun d'entre nous aurait fait à sa place ? Moi, je n'aurais pas tué, répondit le gros barbu. Moi, je ne sais pas, fit le chauve. Le jeune punk affirma avec force qu'on ne devrait pas pouvoir condamner quelqu'un sans s'être demandé sérieusement ce qu'on aurait fait à sa place. Alors, reprit la jeune femme en chemisier, fallait-il être favorable à un acquittement ? Oui, à coup sûr, reprit le chauve. Non, à coup sûr, s'indigna le gros. Le jeune punk à la boucle d'oreille se tourna vers sa compagne et répondit qu'il n'en savait rien, que franchement il n'en savait rien. Que sans doute il fallait condamner l'accusée parce qu'une société ne pouvait pas laisser faire ça sans réagir mais qu'il ne voyait pas à quoi on pouvait la condamner. Sur cette question-là, il l'avouait bien volontiers, il ne savait pas quoi répondre.

Toutes ces discussions furent interrompues par le retour du Président Métivier qui appela les jurés un par un, par leur nom, et les fit asseoir pour leur lire les questions posées au jury et auxquelles ils allaient devoir répondre.

Emmanuelle ne quittait plus sa cellule. Ce n'était pas que le procès était terminé, non, mais les jurés délibéraient et ça prenait du temps. Elle ne savait pas si c'était bon signe ou pas que ça prenne du temps, elle ne voulait plus se poser la question. Elle ne savait même plus depuis combien de temps elle n'était plus sortie. En cherchant un calendrier, elle réalisa qu'on était ce jour dont la date lui avait été communiquée sur un post-it. La date qui lui avait été transmise avec une heure, vingt et une heures, et une fréquence de radio. Son généreux bienfaiteur, qui lui avait donné les piles pour son transistor, voulait sans doute lui faire passer un message. À tout le moins, il voulait qu'elle écoute cette émission, ce soir-là sur cette fréquence.

Emmanuelle chercha donc le signal émis par la station ; elle eut du mal à le capter mais finit néanmoins par avoir une réception qui était fort bonne en retournant son poste vers le mur. L'émission était un talk-show composé essentiellement des interventions d'auditeurs qui pouvaient appeler par téléphone pour donner leur avis sur les sujets les plus divers. Bien sûr, il y avait un thème général à chaque émission mais, à l'intérieur de ce thème, la conversation pouvait prendre la couleur voulue par chaque invité. L'émission était en différé, après une première diffusion en direct en journée, à chaud. Le soir, le montage était plus soigné et les différentes séquences étaient entrecoupées par de la musique et de la pub. Le thème ce soir-là était la sécurité de nos enfants. Après quelques interventions tournant autour du thème de la sécurité routière et des accidents de la circulation, l'animateur annonça la participation d'une certaine Claudine dont Emmanuelle reconnut immédiatement la voix. Elle appelait, disait-elle, parce qu'elle était vraiment choquée par cette histoire qui défrayait la chronique judiciaire, cette femme qui avait tué son fils de dix-huit ans et qu'on jugeait, apparemment, d'après l'auditrice, dans la plus grande indifférence.

— Écoutez, faisait la voix, moi, ça me dégoûte, cette histoire ! Ça me révulse. Pour moi, cette bonne femme, cette mère, c'est plus un être humain ! Faut pas être un être humain pour faire ça ! C'est à vous faire regretter qu'on ait abandonné la peine de mort ! Moi, si je pouvais, cette mère, et comment que je te la passerais à la moulinette !

Emmanuelle savait d'où venait le coup. Dans un grand cri, elle coupa sa radio.

Un jour, enfin (était-ce le lendemain? Le surlendemain? Elle ne savait plus), on vint la chercher dans sa cellule, on lui passa les bracelets et, dans la voiture cellulaire, elle retrouva son fidèle Kumli. Elle savait ce que cela voulait dire: le jury avait fini son travail, le verdict allait être prononcé et elle serait enfin fixée sur son sort. Kumli et elle firent le trajet en silence. Elle avait l'impression que son cœur allait imploser dans sa poitrine. Elle ressentait une angoisse si forte qu'elle pensait qu'elle était sur le point de faire un malaise.

Au palais de justice, ils durent attendre sur un banc en bois, dans la petite pièce attenante à la salle du tribunal. Comme cette attente se prolongeait, Kumli alla aux renseignements pour savoir ce qui coinçait et il revint en disant qu'il y avait apparemment « un problème » et qu'il fallait patienter. Quel problème? Kumli n'en savait rien ou il ne voulut pas le dire. La situation était épouvantablement dure pour Emmanuelle qui avait de plus en plus de mal à attendre calmement. Et puis, elle ignorait la nature du problème évoqué par Kumli. Un juré qui, à la dernière minute, avait voulu changer d'avis? Un malaise du Président? Un problème électrique dans la salle? Comme l'attente se prolongeait toujours, un collègue était venu rejoindre Kumli et, à deux, ils s'étaient approchés d'une fenêtre, avaient allumé une cigarette, fumaient en rejetant leur fumée vers l'air frais et en bavardant à voix basse. Emmanuelle n'en pouvait plus. Elle finit par interpeller Kumli.

— S'il vous plaît!

Mais le jeune policier n'avait pas entendu et elle dut presque crier pour se faire entendre.

— S'il vous plaît! Vous pourriez me donner une cigarette, s'il vous plaît?

Kumli se tourna vers elle, embarrassé.

— C'est interdit de fumer ici!

Et il reprit sa discussion à voix basse avec son collègue. Mais Emmanuelle ne s'avoua pas vaincue pour autant.

— Vous fumez bien, vous !

L'Inspecteur ne répondit pas. Il leva les yeux au ciel. Emmanuel continua.

— Vous ne croyez pas que la loi devrait être la même pour tout le monde ?

Ça, c'était un peu fort ! Ce n'était tout de même pas cette femme, qui avait tué son fils, qui allait lui faire un rappel à l'ordre sur le respect de la loi. Les deux flics ne répondaient pas. On aurait pu croire qu'ils se sentaient pris en faute de s'être laissés aller à fumer à la fenêtre. Le collègue de Kumli se défila et quitta la pièce.

— Je vous en prie, insista Emmanuelle, je suis si nerveuse, j'ai l'impression que mon cœur va éclater, laissez-moi au moins tirer une taffe.

Le policier soupira. Il vint s'asseoir à côté d'Emmanuelle, lui mit une cigarette dans la bouche et la lui alluma. Emmanuelle le remercia entre deux bouffées.

— Merci ! Ça fait du bien ! Vous n'imaginez pas dans quel état je suis !

Paul Kumli se serait bien mordu la langue mais il répondit presque malgré lui.

— Il fallait y penser avant, non ?

Elle parla avec une émotion retenue, le visage presque inexpressif.

— Vous aussi, vous êtes comme tous les autres ? Vous pensez que ce que j'ai fait est indéfendable ? Vous avez raison, c'est indéfendable. Vous croyez que j'ai fait ça parce que je suis fondamentalement mauvaise ? Vous pensez qu'il faut m'éliminer ? Comme on pique un chien une fois qu'il a mordu jusqu'au sang ?

Kumli n'aurait pas dû entrer dans cette discussion, il le savait bien.

— Il y avait moyen de faire autrement, non ?

— Vous ne pensez pas que j'ai essayé d'appeler au secours ? Par tous les moyens possibles ? De toutes les façons possibles ?

— Il y a toujours des gens pour vous tendre la main !

— Vous ne me croyez pas. Personne ne me croit. C'est ma douleur la plus permanente. Personne ne me croit jamais. Je n'ai pas trouvé d'autre moyen d'en sortir.

— Si personne vous croit, c'est peut-être signe que c'est pas croyable.

Des larmes commencèrent à couler sur le visage d'Emmanuelle mais elle restait curieusement impassible.

— Vous savez le plus terrible ? Ce qui m'effraie le plus ? Ce qui, vraiment, m'empêche de dormir ? Et si les jurés m'ont crue ? Et s'ils m'acquittent ?

Elle laissa passer un long temps avant de conclure.

— Je vais faire quoi ???

ÉPILOGUE

Le Président Métivier gravit les trois marches et rejoignit son siège. Ses deux assesseurs étaient déjà en place, Thierry Lagasse était là, le Procureur, ainsi que le père du jeune homme avec ses avocats, la partie civile. De l'autre côté, le policier ramenait l'accusée à son banc, juste derrière Maître Miramar et Maître Corda. Tous les membres du jury s'étaient rassis à leur place.

Devant lui, la salle était comble et chacun retenait son souffle.

Une drôle de pensée vint à l'esprit de Madame Monsieur. Vers la fin de sa scolarité, il avait eu à rédiger une dissertation sur le thème : Qu'est-ce qu'un moment parfait ? Un repas en amoureux, une belle représentation théâtrale, une soirée à bavarder entre amis, étaient-ce des moments parfaits ? Y avait-il des moments plus parfaits que d'autres ?

Il se souvint, comme dans une fulgurance, de la réponse formulée jadis à ce sujet. Pour qu'un moment soit parfait, avait-il écrit, il fallait que toutes les personnes présentes communient à la même émotion. À quoi bon un sublime spectacle au théâtre si certaines personnes s'ennuyaient ou ne suivaient pas la pièce ? À quoi bon une soirée entre amis si l'un d'entre eux était préoccupé par quelque chose et ne participait pas à la joie collective ?

Devant lui, ils étaient tous là. Jessica, la petite amie du jeune homme, qui avait pleuré tout au long des débats, la psy de l'accusée qui avait l'air de se sentir vaguement coupable, Alessia, l'amie de l'accusée qui était revenue spécialement d'Italie, le prof de physique de Nicolas, celui qui s'était embrouillé dans son témoignage, les frères de Jason accompagnaient celui-ci, tout le monde était là. Même Agnès, sa femme, avait pris congé pour assister à ce moment si particulier.

Tous, ils allaient communier à la même émotion. Ce ne serait peut-être pas un moment parfait mais, assurément, ce serait un moment qui compte. Un de ceux dont on se souviendrait longtemps.

Alors, le Président Métivier ouvrit l'enveloppe posée devant lui, en sortit le document préparé par le jury, le déplia et, d'une voix calme et bien posée, il commença à lire le verdict.

Imprimé en France
ISBN 979-10-203-5736-6
Dépôt légal : 1er trimestre 2023